조선의 조직폭력배 검계
2

조선의 조직폭력배 검계 2

초판 1쇄 찍은 날 2008년 11월 3일
초판 1쇄 펴낸 날 2008년 11월 10일

지 은 이 | 이수광
펴 낸 이 | 서경석

편 집 장 | 문혜영
책임편집 | 정은경

펴 낸 곳 | 도서출판 청어람
등록번호 | 제1081-1-89호
등록일자 | 1999. 5. 31
어람번호 | 제 9-0002호

주소 | 경기도 부천시 원미구 심곡동 163-2 서경B/D 3F (우) 420-010
전화 | 032-656-4452 팩스 | 032-656-4453
http://www.chungeoram.com
E-mail | eoram99@chollian.net

ⓒ 이수광, 2008

ISBN 978-89-251-1542-9(SET)
ISBN 978-89-251-1544-3(04810)

※ 파본은 구입하신 서점에서 교환하여 드립니다.
※ 저자와 협의하여 인지를 붙이지 않습니다.
※ 이 책은 도서출판 청어람과 저작자의 계약에 의해 출판된 것이므로 무단 전재 및 유포·공유를 금합니다.

조선의 조직폭력배

검계 劍契

이수광 역사 소설 2

제8장 세상을 악으로 사는 여인…6

제9장 조선의 거지 대장 광문…48

제10장 한양 암흑가의 전쟁…80

제11장 조선에서 가장 긴 하루…146

제12장 검녀의 슬픈 죽음…184

제13장 피를 부르는 책략…218

제14장 경종 독살 사건…252

제15장 여인이 한을 품으면 오뉴월에 서리가 내린다…280

작품 후기…300

책속부록 숙종, 경종, 영조 시대의 붕당 조직도…304

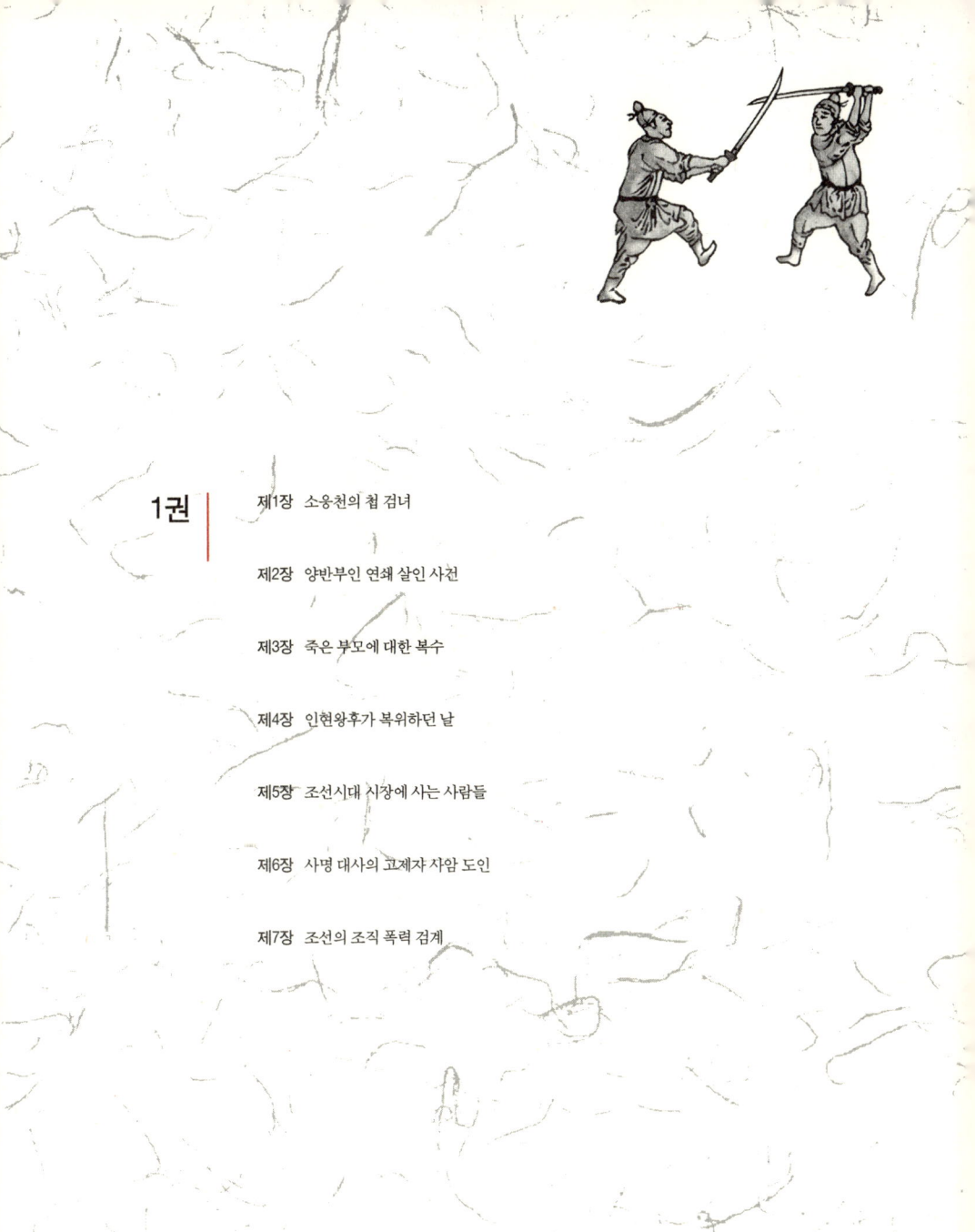

1권	제1장 소옹천의 첩 검녀
	제2장 양반부인 연쇄 살인 사건
	제3장 죽은 부모에 대한 복수
	제4장 인현왕후가 복위하던 날
	제5장 조선시대 시장에 사는 사람들
	제6장 사명 대사의 고제자 자암 도인
	제7장 조선의 조직 폭력 검계

    오늘날 기강이 점차 해이해져서 간사한 무리가 멋대로 횡행하고 있습니다. 이영(李瀯)이라는 자는 본시 천얼(賤孼)로서 무뢰배와 결탁하여 멋대로 여항(閭巷)을 횡행하였는데, 그가 돌보던 창녀가 공조에 숨어 있었던 것으로 인하여 칼을 뽑아 들고 낭관의 직소에 돌입하여 방자하게 소란을 일으키니, 온 공조가 두려워하여 놀란 나머지 이졸(吏卒)들이 사방으로 흩어져 달아났습니다. 그래서 마침내 붙잡지 못했으니 마땅히 포도청으로 하여금 잡아서 율에 의해 엄중하게 다스리게 해야 합니다.

—『영조실록』에서

칼꽃

8

세상을 악으로 사는 여인

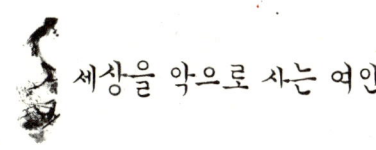

세상을 악으로 사는 여인

표철주는 때때로 인생이 무상하다고 생각했다. 지난밤 꿈을 생각하자 아직도 가슴이 먹먹하고 눈시울이 뜨거워져 오는 것 같았다.

날씨는 후텁지근했다. 비가 오려는 것일까. 하늘이 잿빛으로 낮게 가라앉으면서 사방이 갑자기 어둠침침해져 오고 있었다. 연잉군 금은 이현궁의 독서당에서 책을 읽고 있었다. 10여 년 전에도 책을 읽었는데 지금도 여전히 책을 읽고 있다. 독서당에서 20여 보 떨어진 오동나무 아래서 표철주는 연잉군이 책을 읽는 소리에 귀를 기울이다가 우두커니 생각에 잠겼다.

'내가 연잉군 마마의 호위무사를 한 것도 어느 사이에 10년이 훌쩍 넘었구나.'

10여 년의 세월을 돌이켜 보고 싶지는 않았다. 지난 세월을 곱씹어도 죽은 아이들이 다시 살아 돌아올 까닭이 없다. 부질없는 짓이다. 10여 년 동안 호위무사를 했으나 연잉군을 시해하려는 움직임은 한 번도 없었다. 노론이 정권을 잡으면서 오히려 위험해진 것은 세자 윤이었다. 그러나 세자가 병약하기 때문인지 그를 시해하려는 시도는 보이지 않았다. 노론 쪽에서는 세자가 병들어 저절로 죽기를 바라고 있는지도 모를 일이었다.

표철주는 연잉군이 책을 읽고 있으면 자신은 근처에서 의서를 읽거나 무예를 연마했다. 아침에도 무예를 연마하고 의서를 읽었는데 연잉군이 또 독서당에서 책을 읽고 있었다.

'오늘은 일찍 집에 들어가야겠구나.'

지난밤 꿈 때문인가. 어린 딸의 해맑은 얼굴이 갑자기 보고 싶어졌다. 이제 아홉 살이 된 딸이다. 그와 함께 꿈속의 풍경이 다시 뇌리에 떠올랐다.

언젠가 본 병풍에 있던 한 폭의 그림 같은 쓸쓸한 풍경이었다. 아이를 묻은 무덤 뒤 우뚝 솟아 있는 소나무에 눈보라가 몰아치는 것을 보고 표철주는 가슴이 먹먹해 왔다. 먼저 간 누나가 외로울까 봐 아들이 뒤따라간 것이러니 생각하여 누나 옆에 아들을 묻었었다. 딸과 아들이 누워 있는 그 황량한 산속에 눈보라가 몰아치는 것을 보자 살점이 떨어져 나가는 것 같은 고통이 엄습해 왔다. 표철주는 사납게 몰아치는 눈보라 속에서 울었다. 눈에 넣어도 아프지 않을 아이들이었다. 그 아이들이 두창(痘瘡:천연두)을 앓다가 죽었을 때 표철주는 하늘이 야속했다. 아이들의 맑은 웃음소리가 귓전에 찰랑거리는 것 같았고, 아이들이 금방이라도 환하게 웃으면서 그의 품속으로 달려들 것만 같았다.

예분은 혼례를 올린 지 1년이 지나자 딸을 낳았고 이듬해 또 딸을 낳았다. 표철주는 처음에 갑자기 아버지가 된다는 사실이 생경했으나 딸들이 아장아장 걷기 시작하자 그렇게 귀여울 수가 없었다. 매일같이 무릎에 앉히고 놀았다. 표철주는 어깨가 무거워지는 듯한 기분이었다. 그러나 표철주에게도 많은 변화가 일어나고 있었다. 표철주가 연잉군의 호위무사가 되고 황 장사를 꺾으면서 위상이 높아졌다. 표철주가 기루나 시정에 나타나면 그곳에서 활약하는 무뢰배들이 달려와 정중하게 허리를 굽혀 인사를 했다.

표철주가 집을 나서면 황 장사를 비롯하여 하영근 객주 이철환의 수하로 있던 이기종과 동수패의 돌쇠 등 5, 6명의 무뢰배들이 수행했다. 표철주는 음식값이나 술값도 내지 않았다. 시전이나 기루에서 술을 마시면 주인이 허리를 굽신대면서 와주신 것만 해도 황송하다고 머리를 조아렸다. 사람들은 표철주를 한양 장안에서 으뜸가는 주먹패로 꼽았다. 표철주는 자신도 모르게 어깨를 펴고 거들먹대면서 뒷골목을 돌아다니게 되었다.

표철주는 모든 것이 만족스러웠다. 어릴 때는 구걸을 했으나 이제는 먹을 것과 입을 것이 풍족했고, 이향을 첩으로 맞아들이면서 여자도 둘이나 거느린 셈이 되었다. 이향을 첩으로 들인 것을 표철주는 언제나 과분한 일이라고 생각했다. 이향은 뛰어난 무인이고 나이도 표철주보다 훨씬 많았다. 표철주는 이향을 첩이라고 생각하지 않고 언제나 누님이라고 생각했다.

예분은 이향을 첩으로 들이는 것을 반가워하지 않았다. 이향으로서도 연하의 남자인 표철주의 첩이 되는 것이 씁쓸했을 터이다. 그러나 표철주는 두 번 다시 그녀와 헤어지고 싶지 않았다. 표철주는 예분이 완강하게 이향을 받아들이지 않자 집을 한 채 사서 이향을 거처하게 했다. 표철주도 집을 나와 이향과 함께 살았다.

"내가 네 연놈들을 갈가리 찢어 죽일 것이다. 너희들은 반드시 급살을 맞아 죽을 거야!"

예분은 눈이 뒤집혀 길길이 날뛰었다. 표철주는 예분이 광태를 보이자 저러다가 실성을 하는 것이 아닌가 하고 걱정이 되었다. 이향도 예분 때문에 괴로워했다. 몇 번이나 표철주를 떠나려고 했으나 하루도 못 되어 다시 돌아오고는 했다. 그러던 어느 날, 몇 달 동안 눈에서 광기를 뿜으며 패악질을 하던 예분이 덜컥 앓아누웠다. 장마가 끝난 8월 어느 날의 일이었다. 중추절을 며칠 앞두고 호열자가 창궐하여 전국을 휩쓸었다. 삼남지방에서 호열자가 창궐했다는 풍문이 돌자 도성에서는 집집마다 문을 닫아걸고 출입을 삼갔다.

삼남지방에서 수많은 사람들이 죽어 시체가 길바닥에 즐비하다는 파발이 매일같이 도성으로 올라왔다. 도성은 공포에 휩싸였다. 조정에서 호열자가 창궐한 곳에 의원을 보냈으나 특효약이 없어서 찬바람이 불기만을 기다릴 뿐이었다.

예분은 고열과 설사로 몸이 젓가락처럼 말라갔다. 표철주는 자신이 직접 약을 처방하여 예분에게 떠먹였다.

"오빠가 나를 독살하려는 거야. 나를 죽인 뒤에 천한 다모 년과 같이 살려는 거야."

예분은 표철주가 처방한 약을 먹으려고 하지 않았다. 표철주는 어쩔 수 없이 이향에게 예분을 돌보게 했다. 의원이 아니었으나 표철주도 호열자를 앓는 사람들을 치료하느라 여념이 없었다.

"예분이는 어때?"

밤늦게까지 환자들을 치료하고 집으로 돌아오자 이향이 탕약을 끓이고 있었다.

"이제 겨우 잠들었어."

이향이 한숨을 내쉬면서 말했다.

"약은 먹었어?"

"의심하면서 먹지를 않아. 아무래도 철주가 한 번 안아주어야 할 것 같아."

이향이 표철주를 외면하고 담 밑의 채송화를 보면서 말했다. 중추절이 가까운 탓에 사방에서 풀벌레가 울고 있었다.

"무슨 소리야?"

"부부 싸움 칼로 물 베기라고 하잖아? 안아주면 철주가 자신을 버리지 않을 것이라고 생각할 거야."

"그렇지만 예분이는 환자야. 환자를 어떻게……?"

"오히려 전화위복이 될 수도 있어. 난 피곤해서 돌아가서 쉴게."

이향이 탕약의 불을 조절해 놓고 돌아갔다. 표철주는 이향이 돌아가는 모습을 바라보다가 안방으로 들어갔다. 예분은 고열 때문에 속치마 차림으로 잠들어 있었다. 표철주가 예분의 이마에 손을 얹자 불덩어리처럼 뜨거웠다. 표철주는 예분을 안아서 무릎에 앉혔다.

"오빠."

예분이 희미하게 눈을 뜨고 표철주를 쳐다보았다.

"약을 먹고 빨리 나아야지."

"오빠가 미워서 난 죽을 거야."

"네가 죽으면 나는 어떻게 하라구? 너는 내 본처잖아? 죽을 때까지 너를 버리지 않을 거야."

"정말?"

"그럼. 정말이야."

그때 예분을 안아주라던 이향의 말이 섬광처럼 그의 뇌리를 스치고 지나갔다. 문득 예분과 살을 섞음으로써 예분의 몸이 삶의 의욕을 찾을지도 모른다고 생각했다. 그것은 단순히 욕망을 위한 것이 아니라 삶의 희망을 위한 것이었다.

"너에게 내 기운을 넣어줄게."

표철주는 예분의 속치마를 벗겨내고 그녀의 몸속으로 깊숙이 침투해 들어갔다. 예분은 처음에는 당혹스러워하면서 그를 밀쳐 내려고 했으나 이내 그를 받아들이기 시작했다. 그녀의 얼굴이 붉어지고 눈에서 광채가 일어났다. 예분의 몸은 용광로처럼 뜨거웠다. 그러나 그녀의 몸은 표철주를 기꺼이 받아들이고 있었다. 예분은 방사가 끝나자 혼곤하게 잠이 들었다. 그녀의 창백한 얼굴에는 붉은 홍조가 감돌았고 고열도 가라앉고 있었다. 이튿날 아침이 되자 그녀는 탕약을 먹기 시작하고 사흘이 지나자 일어나서 걸을 수 있게 되었다.

'예분이 삶의 의욕을 찾은 거야.'

남녀의 방사는 쾌락을 위한 것이 아니고 삶을 위한 것이었다. 표철주를 받아들이면서 예분의 몸이 스스로 삶의 활기를 찾은 것이다. 예분은 몸이 완쾌되자 사람이 완전히 달라졌다. 그녀는 이향을 표철주의 첩으로 인정하기 시작했을 뿐 아니라 집에 들어와 살기를 권했다. 이향에게는 아담한 별당을 하나 지어주었다.

표철주는 예분과 이향이 자매처럼 친하게 지내자 만사형통이었다. 그러나 인생이 좋은 일만 계속되지를 않았다. 해가 바뀌자 이번에는 두창이 온 나라를 휩쓸었다. 두창은 해마다 발병하여 많은 사람의 목숨을 앗아갔는데 표철주의 큰딸이 덜컥 두창에 걸린 것이다. 표철주는 밤을 새워 의서를 뒤지면서 딸을 치료하려고 했으나 발병한 지 이레 만에 숨을 거두고 말았다. 태어난 지 3년이 되지 않은 아이였다. 딸을 북한산 등성이의 커다란 소나무 밑에 묻던 날은 진눈깨비가 내렸다. 예분은 만삭이었기 때문에 산에 오르지를 못했다.

'아아, 야속하구나. 네 귀여운 웃음소리가 아직도 귀에 쟁쟁한데 너를 차디찬 땅속에 묻어야 하다니…….'

표철주는 어린 딸을 묻고 걸음이 떨어지지 않았다.

예분은 딸을 묻은 지 보름 만에 아들을 낳았다. 딸을 잃은 슬픔이 지극했으나 배냇짓을 하는 아들을 보면서 그들은 슬픔을 달랠 수가 있었다.

그해 겨울이 오자 두창이 다시 창궐했다. 표철주도 두창에 걸려 거의 한 달을 병석에 누워서 보냈다. 병이 심했을 때는 며칠 동안 의식불명이어서 돌도 되지 않은 아들이 두창에 걸려 먼저 죽었다는 사실을 알지도 못했다. 표철주의 몸이 어느 정도 회복되었을 때 예분이 제 누나 옆에 묻어주었다고 알려주자 표철주는 눈물조차 나오지 않았다. 그저 우두커니 허공만 바라보았을 뿐이었다.

표철주는 회상에서 깨어나 연잉군의 호위를 다른 갑사들에게 맡기고 집을 향해 터벅터벅 걷기 시작했다. 어느 사이에 잿빛으로 흐린 하늘에서 성긴 빗발이 뿌려지고 있었다.

무더위로 부풀어 오른 열기를 식히면서 빗줄기가 처량하게 흩뿌리고 있었다. 제기현 영마루에서 이영은 성긴 빗줄기 사이로 저녁 연기가 푸르게 피어오르는 마을을 시린 눈빛으로 내려다보았다. 남루한 초가가 몇 채 옹기종기 모여 있는 초가 마을이 살풍경하게 시야에 들어왔다. 어느 집이나 할 것 없이 가난한 촌민들이 모여 살고 있는 마을이었다. 그 마을 가장 안쪽에 잿빛 기와 한 채가 마치 마을을 굽어보듯이 자리하고 있어서 한 폭의 남루한 그림인 듯 이질적으로 보이게 하고 있었다. 퇴락한 마을 앞으로는 실개울이 흐르고, 실개울 옆에는 벼 포기가 푸르게 웃자란 논이 있고, 고추와 들깨 나부랭이를 심은 채마밭이 있었다. 이영은 마을 가장 안쪽의 와가를 보면서 명치끝이 묵직해져 오는 것을 느꼈다. 어머니 아버지가 살았던 마을이고 홍준래가 살았던 마을이다.

문득 눈앞이 흐릿해지면서 부옇게 안개가 서리는 것 같았다. 10여 년 전

홍준래의 집을 찾아가 그의 일가를 몰살시킨 뒤에 종종 눈앞에 안개가 서리는 듯 붉은색이 가득하게 펼쳐질 때가 있었다. 홍준래의 배를 가르고 그 부인의 목을 베었어도 원한이 풀리지 않았다.

'모조리 죽여야 돼.'

이영은 홍준래와 그의 부인, 그리고 그의 형 홍우래 일가를 모조리 살해했다. 오로지 목숨을 붙여놓은 것은 홍준래의 젖먹이 막내딸뿐이었다. 그 아기를 죽이려고 했을 때 어머니의 젖을 물고 있던 여동생이 떠올라 차마 벨 수가 없었다. 일가를 모조리 살해했으니 그 아기도 젖을 물지 못해 죽을 것이라고 생각했다. 그런데 누가 데려다가 키웠는지 뜻밖에 그녀가 어른이 되어 홍준래의 집에 돌아와 있었다.

1년 전 이영이 홍준래의 집을 불현듯이 찾아왔을 때 발견한 계집이다.

홍준래의 집은 폐허가 되어 있었다. 일가가 몰살당한 집이다. 마을 사람들이 발길을 끊어 기와가 무너지고 담장에는 구멍이 숭숭 뚫려 있었다. 마당에는 잡초가 키를 넘게 자라 뱀이 나온다고 마을 아이들까지 들어오지 않는 집에 홍준래의 딸이 돌아와 귀신처럼 살고 있는 것을 보자 이영은 당혹스러웠다.

"이 살인 백정 놈이 누구에게 손찌검이야?"

문득 계집의 비수처럼 날카로운 목소리가 이영의 귓전을 울렸다. 며칠 전 계집과 대판 싸웠다. 이영이 가슴팍을 내지르자 계집이 눈알을 희번덕거리면서 달려들었다. 악다구니만 남아서 패악질을 하는 계집의 독살스러운 눈이 보기 싫어 손찌검을 했다. 그러자 계집이 발광을 하듯이 그에게 달려들었다. 이영은 계집을 발길로 내지르고 주먹질을 했다. 계집이 그제야 발악을 멈추고 울음을 터뜨렸다. 가소롭기 짝이 없는 계집이었다. 이영이 제대로 주먹질을 했다면 일각도 버티지 못하고 죽었을 계집이다.

"네놈하고 나하고는 분명히 부모 죽인 철천의 원한이 있을 거야."

계집은 달려들수록 매를 맞는다는 사실을 깨닫고는 방바닥에 주저앉아 통곡하면서 악담을 퍼부었다. 옷고름이 풀어져 허옇게 드러난 젖무덤과 치마가 찢어져 통통하게 살이 오른 허벅지가 묘하게 욕망을 자극했다. 이영은 순식간에 하체가 불끈거리고 일어나 다짜고짜 계집을 쓰러뜨리고 치맛자락을 걷어 올렸다.

"이 악독한 놈아, 뭐 하는 짓이야?"

계집이 발버둥을 치면서 저항했으나 이영은 계집을 찍어 누르고 자신의 바지 허리띠를 풀었다.

"저리 비켜!"

"이년이 맞아 죽고 싶어?"

"죽일 테면 죽여라! 네놈 손에 죽는다고 해도 하나도 억울할 것이 없다!"

계집이 파랗게 독기를 내뿜었다. 가슴의 독기가 머리 꼭대기까지 차오른 계집이었다. 발광을 하듯이 사납게 저항하는 계집을 찍어 누르고 깊숙이 침입했다.

"악!"

계집은 이영이 전신을 찍어 누르고 있어서 저항을 하지 못하자 이영의 팔을 이빨로 깨물었다. 이영은 날카로운 비명을 지르면서 주먹으로 계집의 얼굴을 후려쳤다. 계집의 입에서 피가 터져 나왔다.

"내가 네놈을 반드시 죽여 버릴 거야."

혀로 피를 핥으면서 이를 가는 계집의 눈에 야릇한 미소가 번졌다.

'모진 년 같으니……'

이영은 악밖에 남아 있지 않은 계집을 생각하자 자신의 가슴속에서도 스산한 가을비가 내리는 것 같았다.

'언젠가는 그 계집에게 죽으리라.'

이영은 불길한 예감을 느끼고 있었다. 제기현 영마루에서 마을을 내려다보던 이영은 홍준래의 집을 향해 성큼성큼 걸음을 떼어놓았다. 밤이 되면 계집이 기루에 나가고 없을지도 모른다.

"네 어찌 기루에 나가느냐?"

언젠가 계집에게 물은 일이 있었다.

"부모가 몰살을 당한 뒤 친척집을 전전하면서 살았어. 아홉 살이 되었을 때 일가가 살해되었다는 사실을 친척에게 들었지. 오갈 데 없는 계집애가 갈 곳이 어디겠어?"

계집은 남의 이야기를 하듯이 심드렁하게 말했었다.

"기루에서 무엇을 하느냐?"

"술도 팔고 몸도 팔지."

"이 집에는 왜 들어왔느냐?"

"내 집이니 들어왔지 왜 들어왔을까?"

어릴 때부터 친척집을 전전하고 구걸을 하다시피 살았기 때문에 계집의 말투에는 세상에 대한 원망과 분노가 서려 있었다. 이영은 계집이 자신이 살려두었던 홍준래의 젖먹이 딸이라는 사실을 알았을 때 가슴을 쥐어뜯는 듯한 통증을 느꼈다. 그 계집이 살아서 앞에 있다는 사실에 뒤엉킨 운명의 실타래를 느꼈다. 인생이란 것은 저 어두운 골목에서 불어오는 한줄기 어둡고 축축한 바람 같은 것이라고 생각했다.

"네 집이래서 온 것뿐이냐?"

"흥! 그렇지 않으면 뭣 하러 이 집에 들어와 살겠어? 남의 속사정을 왜 알려고 꼬치꼬치 묻는 거야?"

"궁금해서 그런다."

"궁금할 것도 썩었네."

"네년의 뱃속엔 다른 꿍꿍이속이 있겠지."

이영은 계집이 단순하게 자신의 부모가 살던 집이라고 해서 찾아와 살고 있는 것은 아닐 것이라고 생각했다. 계집이 이 집에 와서 살고 있는 것은 어떤 음모가 있을 것이다.

"이 집에서 살다가 보면 언젠가 원수 놈이 찾아올 거라고 생각했어."

"원수 놈을 만나면 어떻게 할 건데?"

"나도 죽여달라고 하지."

"원수를 갚는 것이 아니라 죽여달라고 한다고?"

"아녀자의 손으로 어떻게 원수 놈을 죽이겠어? 내가 살인 백정 같애?"

계집이 톡 쏘듯이 내뱉었으나 이영은 그 말에 날이 시퍼런 비수가 숨어 있다는 것을 알 수 있었다. 계집의 그런 말투는 이영이 처음 덮쳤을 때도 마찬가지였다. 1년 전 홍준래의 집을 10여 년 만에 찾아갔을 때 그 집에는 뜻밖에도 열예닐곱 살쯤 되어 보이는 계집이 살고 있었다. 이영은 그 계집에게 맹렬한 살의를 느꼈다. 계집을 덮친 뒤 난도질을 하여 죽이리라고 생각했다. 치마저고리를 입은 꼬락서니나 몸종 하나 거느리지 않은 것이라든지, 분을 더덕더덕 처바른 것으로 보아 여염집 계집은 아니지 싶었다. 아니나 다를까, 며칠 동안 계집의 뒤를 밟자 장안의 기루에 있는 계집이었다.

"네놈의 뜻을 이루게 해줄 테니 얼굴은 상하게 하지 마라. 나도 먹고살아야 할 것이 아니냐?"

캄캄한 밤중이었다. 이영이 다짜고짜 쳐들어가서 덮치려고 하자 계집이 날이 서린 목소리로 내뱉었다. 무서워하지도 않을뿐더러 언중유골이라고, 비수까지 말속에 품고 있었다.

'맹랑한 계집애구나.'

이영은 계집이 독기를 뿜어대고 있다고 생각했다. 젖먹이 때 부모를 여의고 모질게 살아온 세월이 그녀의 가슴에 독기를 품게 했는지도 모른다고 생각했다. 그러나 이영은 그날 밤 계집을 죽이지 않았다. 그리고 다음에도 여전히 죽이지 못했다. 다음번에 와서 죽이자 하면서도 막상 계집과 그 짓을 하고 나면 거짓말처럼 살의가 사라졌다. 그렇다고 계집의 말투가 온순해진 것도 아니었고 그가 좋다고 매달리고 있는 것도 아니었다. 한바탕 열기가 휘몰아칠 때면 그의 등에 뱀처럼 두 다리를 휘어 감고 허우적거리다가도 막상 일이 끝나면 언제 그랬냐는 듯이 독기를 뿜어댔다.

"어찌 밤중에 담을 넘어 들어오는 것이요?"

계집은 일이 끝나면 얼음 가루처럼 차가워진 얼굴로 그를 쏘아보기 일쑤였다.

"내 원래 습관이 그렇다."

"살인 도적이라 담을 넘는 것이겠지. 담 넘고 살인하는 재주밖에 없는 놈이니."

"에이, 못된 년!"

이영은 계집에게 정을 주려다가도 발끈하여 가슴팍을 내지르고 집을 나오고는 했다. 정을 주어서도 안 되고 살을 섞어서도 안 되는 계집이었다. 살을 섞은 뒤에는 가차없이 배를 갈라 피바다를 만들어야 할 원수 놈의 딸이었다. 언젠가 소삼작노리개와 칠보 비녀를 계집에게 준 일이 있었다.

"이거는 어디서 났어?"

계집이 모처럼 살갑게 눈웃음을 치면서 물었다.

"알 거 없다."

이영은 계집의 독살스러운 눈매에 반발하듯이 심통 맞게 내뱉었다.

"살인하고 빼앗아 온 거 아니야?"

계집은 비웃듯이 얼굴에 조소를 담아 그를 쏘아보았다. 이영의 냉랭한 말투에 계집도 성깔이 일어난 것 같았다.

"고약한 계집년, 내 다시는 오지 않으리라."

이영은 얼굴빛이 싸늘해지면서 일어섰다.

"어찌 그냥 가는 거야?"

계집이 당황스러운 표정으로 그를 쳐다보았다. 계집이 심통을 부리는 것도 본심은 아니지 싶었다.

"네 낯짝을 보니 한시도 같이 앉아 있기가 싫구나."

"살 섞으러 오지 않았어? 내 낯짝이 보기 싫으면 치맛자락 덮어쓰면 그만이지."

계집은 코웃음을 치고 풍성한 치맛자락을 뒤집어쓰더니 벌렁 누워서 다리를 벌렸다.

"어디 한번 풀무질이나 제대로 해보지 그래."

계집은 일패의 기생이 아니라 삼패의 색주가 계집이 주절대는 음담을 거리낌없이 내뱉었다. 이상한 일이었다. 그 도도하고 추잡한 말투에도 이영은 무섭게 욕망이 치밀어 올라 계집에게 허겁지겁 달려들고는 했다. 그러나 계집은 금세 얼굴에서 치마를 내린 뒤 해실대고 웃었다.

"왜 치마를 내리는 것이냐?"

"흥! 치마를 덮어쓰면 숨이 막혀서 어떻게 살아?"

암팡진 계집이었다. 나이로 따져도 이영이 훨씬 많을 텐데 반말지거리를 예사로 내뱉었다. 이영이 계집을 사람 취급하지 않자 계집도 이영을 더러운 버러지 취급하고 있었다.

'어디로 간 거지?'

홍준래의 집에는 계집이 보이지 않았다. 이영은 계집의 부재가 집안을 더욱 고적하게 하는 것을 느끼면서 방으로 들어가 털썩 앉았다. 횃대에 계집의 치마저고리 몇 벌이 걸려 있고 벽에 전모가 걸려 있는 방에서는 지분 냄새가 물씬 풍기고 있었다. 이영은 방 안을 둘러보다가 윗목에 작은 상이 하나 놓여 있는 것을 발견했다. 상보를 걷어내자 몇 가지의 안주와 호리병이 놓여 있었다. 계집이 그가 올 것에 대비하여 술상을 차려놓은 것이었다.

'화주로군.'

계집이 준비해 놓은 술은 독한 화주였다. 이영은 화주를 병째 입으로 가져가서 벌컥벌컥 마시고 밖으로 나왔다.

천영루에 이영이 들어서자 여자들의 얼굴이 사색이 되어 어쩔 줄을 모르고 있었다. 비 오는 날이니 나막신을 신었고 얼굴을 보이지 않으려고 검은 삿갓을 썼다. 삿갓에는 두 개의 구멍이 뚫려 있어서 소름 끼치는 무서운 살기를 내뿜고 있었다. 양반집을 골라 살인을 하고 부녀자를 겁탈했다고 하여 장안을 발칵 뒤집어놓았던 검계가 분명할 것이다. 기루에서 수많은 사람들을 상대한 기생들은 사람을 보면 한 눈에 그가 어떤 인물인지 알아볼 수 있었다. 그가 검을 뽑으면 살아남는 사람이 없다고 했다. 몇 달 전에 운심이 때문에 장안의 왈짜들과 싸움이 붙었는데 왈짜 둘이 목이 부러져 죽는 것을 보고 천영루의 기생들은 그가 부녀자를 겁탈하고 살해하는 검계일 것이라고 추측했다. 왈짜가 둘이나 죽었기 때문에 포도청에서 나와 조사했으나 운심도 모르는 인물이라고 잡아떼고 그가 어디에 사는지 알 수도 없어서 조사가 흐지부지 되었다. 그가 나타나면 포도청에 고발해야 했으나 후환이 두려워 고발을 하지도 못했다. 비윗살을 거스르면 살아남지 못한다는 무서운 살인귀가 천영루에 나타난 것이다.

"운심이는 잔치에 불려갔으니 조금만 기다리세요."

행수 기생이 손을 비비면서 애원을 했다. 이영의 앞에 서 있는데 손발이 후들후들 떨렸다.

"손님들을 다 내보내라."

이영은 냉기를 뿌리면서 소매에서 엽전 꾸러미를 꺼내 땅바닥에 내던지고 중문이 훤히 보이는 넓은 방에 들어가 앉았다. 계집이 돌아오는 것을 문을 열어놓고 볼 심산이었다.

"아직 손님들은 들지 않았고 왈짜패 몇이 뒷방에서 술을 마시고 있을 뿐입니다."

"다 내보내."

이영은 토막을 치듯이 짧게 끊어서 잘라 말했다. 행수 기생이 얼굴을 찌푸리고 뒷방으로 달려갔다. 그러나 그녀가 뒷방으로 간 지 일각도 되지 않아 웅성거리는 소리와 함께 한 떼의 건장한 청년들이 나타났다.

"대체 이영이라는 놈이 어떤 놈이기에 감히 어른들 술 마시는 데 와서 행패를 부린단 말이냐?"

텁석부리사내가 저고리 소매를 팔뚝까지 걷으면서 험상궂은 눈으로 이영을 쏘아보았다. 이영의 눈이 삿갓 안에서 혈광을 뿜었다.

"조용히들 물러가라. 우림아(羽林兒:대궐의 호위무사)를 다치고 싶지 않다."

건장한 사내들 중에는 붉은 철릭을 입은 별감들의 모습까지 보였다. 임금의 호위무사들이니 막강한 권세를 가지고 있어서 장안의 기루를 제집처럼 드나들면서 기둥서방 노릇까지 하는 자들이었다.

"우리가 우림아라는 것을 아는 놈이 감히 행패를 부려? 우리가 술 마시는 것이 네놈한테 해악이 되기라도 하는 것이냐?"

텁석부리가 우림아들의 패두인 듯 유세를 부렸다.

"이리 가까이 오너라."

"뭣이 어째?"

"내가 너에게 할 말이 있다."

텁석부리가 어리둥절한 표정으로 이영에게 가까이 다가왔다.

"별시위 대내고수라는 말을 들어보았느냐? 우리는 사람을 죽여도 처벌받지 않는다."

이영의 눈에서 무시무시한 살기가 뿜어졌다. 텁석부리의 안색이 확 변하더니 벌벌 떨면서 몸을 돌렸다.

"가, 가세."

텁석부리는 우림아들을 이끌고 총총히 천영루를 빠져나갔다. 이영은 그들이 물러가자 벽에 비스듬히 등을 기댔다. 그때 행수 기생이 술상을 들고 들어왔다. 이영은 그녀에게 나가라고 손짓을 한 뒤 혼자서 술을 따라 마셨다.

이영은 때때로 자신이 살고 있는 이 세상이 꿈속의 일이고 꿈속의 일이 이 세상인 양 느껴지고는 했다. 잠만 들면 찾아오는 악몽, 양반 홍준래가 어머니를 죽이는 꿈을 되풀이하여 꾸고는 했다. 이영은 꿈을 잊기 위해, 밤마다 되풀이되는 악몽을 떨쳐 버리기 위해 술과 여자에 절어서 살았다. 그러나 그는 동궁전에서 별시위를 맡으면서 술과 여자를 절제하려고 노력했다.

그것은 그가 대내고수의 한 사람이 되었기 때문이기도 하지만 숙종을 은밀하게 알현하는 일이 한 달에도 두세 번이나 되었기 때문이다. 숙종은 그가 부녀자 연쇄 살인범이라는 사실을 전혀 모르고 있었다.

지난 10년은 동궁전을 둘러싼 어떤 음모도 없었다. 노론이 정권을 잡고 있기는 했으나 노론에서 세자를 해치려는 어떤 움직임도 보이지 않았다. 어쩌면 그 10여 년이 이영에게는 가장 조용한 세월이었는지도 몰랐다. 그 동안 동궁전에도 많은 변화가 일어났다. 동궁이 세자빈 심씨를 부인으로 맞이했는데 그만 몇 해 전에 죽고 말았다. 심씨는 청은 부원군 심호의 딸로 11세 때 세자빈이 되었다. 그러나 소녀로 성장하면서 남자를 알아가야 했으나 세자 균이 성불능자였기 때문에 평생을 남자를 모르고 산 불행한 여인이었다. 세자는 그런 심씨가 애틋했는지 스스로 행장을 지어 부인의 죽음을 슬퍼했다. 세자는 이때 이미 30세로 숙종에 의해 대리청정을 하고 있었다. 심씨는 남편의 병으로 인해 어두운 인생을 살면서 눈에 띄지 않게 조용하게 처신했다.

'10여 년 동안이나 남자를 모르고 살았으니 삭막했겠지.'

이영은 심씨의 인생이 참으로 고단했을 것이라고 생각했다. 세자빈 심씨가 죽고 얼마 되지 않아 숙종은 새로운 세자빈을 간택했는데 노론이 정권을 장악하고 있어서 병조참지 어유구의 딸이 세자빈으로 간택되었다. 어차피 소생을 얻지 못하고 평생을 석녀로 살아야 할 운명이었기 때문에 비교적 한미했던 노론 어유구의 딸이 간택되었던 것이다.

'남자 구실을 못하는 세자에게 또 부인을 얻어주다니 황당하군.'

이영은 세자가 국혼을 올리고 어유구의 딸을 세자빈으로 맞아들이자 코웃음을 쳤다. 이런 경우에는 세자를 폐하고 연잉군을 세자로 책봉하는 것이 옳다. 양녕대군이 방탕하자 충녕대군을 세자로 책봉한 태종 이방원처럼 단호하게 왕실을 정리해야 한다. 그러나 숙종은 병든 아들이 측은하여 왕세자를 폐하지 못하고 있었다. 시정에서는 숙종이 희빈 장씨를 증오하여 세자를 미워하는 것으로 알고 있었으나 사실은 누구보다도 병든 아들을 사랑하고 있었다.

저잣거리에서는 흉흉한 소문이 나돌고 있었다. 숙종에게 사약을 받을 때 희빈 장씨가 세자의 하초를 깨물어 양도가 부실해졌다거나 궁녀들이 어린 세자의 양경을 빨아서 좁쌀만 해졌다는 소문이 쉬쉬하면서도 은밀하게 나돌고 있었다.

세자가 새로 맞아들인 세자빈 어씨는 불과 14세밖에 되지 않았으나 무서울 정도로 재기발랄한 소녀였다.

'세자빈이 여간 영악한 여자가 아니야.'

궁중의 법도가 엄격해 세자빈의 얼굴을 똑바로 바라보고 있을 수는 없었다. 그러나 세자빈의 얼굴을 힐끗 살피자 작은 눈에 상당한 결기가 있었다. 이영이 예상했던 대로 세자빈 어씨는 동궁전에 들어오고 몇 해가 지나자 은밀하게 활동하고 있었다. 처음 세자빈이 되었을 때는 나이 어린 탓에 얌전하게 세자빈 역할에 충실했으나 3년이 지나자 세자를 조종하기 시작한 것이다.

'세자빈이 풍파를 일으키려는 것이 아닌가?'

인간의 속내는 도무지 짐작할 수가 없다. 이미 장년이 된 세자보다 세자빈 어씨가 더욱 노련해 보일 정도로 그녀는 조정이 돌아가는 판세까지 훤히 꿰뚫고 있었다. 그녀는 지금 소론의 김일중과 가까이 지내고 있었다.

'김일중은 음험한 자야.'

이영은 김일중이 소론 중에서 가장 강경한 자라는 것을 알고 있었다. 그러나 세자빈 어씨가 그를 따뜻하게 대해주고 있었기 때문에 김일중의 일을 방해하지 않았다.

하루는 이영이 동궁전의 지붕 위에 엎드려 있는데 어씨의 또렷한 목소리가 들렸다.

"지붕 위에 있는 자는 잠시 내려오게."

이영은 사대부가의 규수로 자란 어씨가 자신이 지붕 위에 엎드려 있는 것을 눈치 채자 경악했다. 무예의 고수가 아니라면 지붕 위에 납작 엎드려 있는 것을 눈치 챌 수가 없는데 자신이 지붕 위에 있는 것을 간파한 것이다.

"대내고수인가?"

이영이 지붕 위에서 날아내려 무릎을 꿇자 어씨가 낮은 목소리로 물었다.

"송구하옵니다."

이영은 가슴이 세차게 뛰는 것을 느꼈다. 세사빈 어씨에게선 무엇이라고 표현할 수 없는 매서운 기도가 뿜어지고 있었다.

"전하께서 보내신 것인가?"

"소인은 대답할 수가 없습니다."

이영의 대답에 어씨는 물처럼 조용한 눈빛으로 쏘아보았다.

"세자 저하를 호위하는 무사로 알고 있겠네. 며칠째 지붕 위에 엎드려 있으면서도 저하를 해치지 않았으니 동당이라고 생각하는 것이네."

동당이라는 것은 같은 편이라는 뜻이다. 이영은 어씨의 지혜가 자신을 압도하고 있을지도 모른다고 생각했다.

"망극하옵니다."

"하나 부부의 침실까지 엿볼 필요가 있는가? 멀리 떨어져서 호위를 하게."

어씨의 목소리는 오뉴월에 서리가 내리듯이 냉랭했다.

"영을 따르겠습니다."

이영은 어씨의 영에 순순히 물러나왔다. 세자와 세자빈 어씨가 침전에서 어떤 이야기를 나누더라도 상관할 일이 아니었다. 그는 오로지 세자의 목숨만 지키면 되는 대내고수인 것이다. 이미 지난 10여 년 동안 세자의 목숨을 지키기 위해 모든 노력을 다했다.

하루는 대궐이 긴박하게 움직이더니 숙종이 세자에게 영을 내렸다.

"세자는 대리청정을 하라."

이영은 숙종이 그와 같은 영을 내리자 깜짝 놀랐다. 무엇보다 이영이 놀란 것은 노론인 좌의정 이이명이 숙종을 독대한 뒤 그와 같은 영이 내려졌기 때문이다. 승지와 기사관이 입시를 하지 않으면 대신들은 임금과 독대를 하지 않는 것이 조선의 오랜 전통이었다. 숙종은 안질을 앓고 있었는데 대신들과 수응(酬應:말을 주고받는 것)하기가 어렵다는 이유로 변통하는 방도가 있어야겠다고 이이명에게 말했었다. 그러자 이이명이 갑자기 세자를 곁에 두고 참견(參見)하게 하라는 진언을 올렸다. 세자가 옆에서 정사에 조언을 하라는 의미였다.

"당나라 때에 변통시켰던 일이 있었는가?"

숙종이 이이명의 돌연한 말에 의아하여 하문했다. 이이명의 말은 완곡하지만 세자에게 대리청정을 시키라는 주장인 것이다. 대리청정은 임금이 지나치게 늙어서 양위를 하기 위한 전 단계로 시행하는 경우가 있었으나 대부분 정치적인 목적으로 대리청정을 꺼냈다가 숙청의 빌미를 만들고는 했었다.

이이명은 세 번이나 기억하지 못하겠다고 대답하고 대신을 불러서 의논하게 하자고 청했다. 대신들이 숙종의 병환과 세자의 병에 대해서 이야기를 했으나 감히 대리청정을 주장하지 못했다. 이들이 물러가고 나자 숙종이 희정당에 앉아서 유독 이이명만을 별도로 부르고 승지와 사관을 입시하지 못하게 했다. 이이명이 숙종의 뜻을 헤아리고 기다렸다는 듯이 들어갔다가 한참만에야 물러나왔다. 그러나 숙종과 밀담한 이야기를 조정대신들에게 밝히지 않아 많은 사람들이 의혹의 눈으로 바라보았다.

이날 저녁 숙종이 다시 이이명과 이유, 김창집 등을 불러서 의논한 뒤 세자에게 대리청정을 하라는 영을 내린 것이다. 그러나 노론의 대신들이 세자에게 대리청정하게 한 것은 불순한 의도를 갖고 있는 것이 분명했다. 노론의 대신들은 세자에게 대리청정을 시켜놓고 흠을 잡아 폐세자를 시키려는 무서운 음모를 꾸민 것이다.

"감히 강신(强臣:권력을 갖고 있는 대신)과 흉얼(凶孼: 흉악한 서자)이 국본(國本:세자)을 동요시키는 경우에는 역률(逆律: 역모를 다스리는 법)로 논죄하겠다."

숙종이 강경하게 대신들에게 선언한 일이 있었기 때문에 노론의 대신들이 고육책을 실행한 것이다.

숙종은 대신들을 조종할 정도로 정치력이 뛰어난 인물이었기 때문에 세자에게 대리청정을 시키고 노론의 대신들에게 조정을 맡겼다. 서로 사이좋게 권력을 나누어 가지라는 뜻이었다.

'전하께서 세자 저하에게 보위를 물려주시려는 거야.'

이영은 숙종의 복심을 헤아릴 수 있었다. 숙종은 세자가 결코 오래 살지 못할 것이라는 사실을 알고 있었다. 연잉군이 보위에 오르는 것은 세자가 통치를 하다가 죽은 뒤에도 충분하다고 생각하고 있는 것이 분명했다.

"내가 살아 있을 때 세자가 죽는다면 이는 노론의 책임이다."

숙종은 노론의 대신들에게 강력하게 경고했다. 노론의 대신들이 지난 10여 년 동안 숨을 죽이고 있었던 것은 그와 같은 까닭이었다.

사방이 캄캄하게 어두워졌을 때야 천영루의 중문이 왁자해지면서 잔치에 불려갔던 기녀들과 악공들, 허드렛일을 하는 종들이 들이닥쳤다. 행수 기생과 잔치에 참여하고 돌아온 기녀들이 수다스럽게 이야기를 주고받더니 안으로 들어갔다. 밖에는 아직도 비가 추적추적 내리고 있었다. 천영루의 마당이 질펀하게 젖고 나뭇잎이 검푸르게 나부꼈다. 기생들이 이영이 앉아 있는 방을 핼끔거리고 살피더니 뒷방으로 물러갔다. 행수 기생이 기생들에게 무엇이라고 책망을 하고 종종걸음으로 이영의 방으로 왔다.

"운심을 오라고 해라."

이영은 술이 취해 행수 기생에게 말했다.

"죄송합니다. 운심이는 오지 않았습니다."

행수 기생이 안절부절못하면서 이영의 눈치를 살폈다.

"운심이 오지 않았다는 것이 무슨 소리야?"

이영의 눈초리가 매섭게 찢어졌다.

"공조 낭관이 데리고 갔다고 합니다. 잔치를 마치고 돌아오는데 공조 낭관이 조사할 것이 있다면서 강제로 끌고 갔다고 합니다."

"낭관이? 낭관이 어디로 끌고 갔다는 것이냐?"

"공조 직소로 끌고 갔다고 합니다."

이영은 행수 기생을 싸늘한 눈으로 노려보았다. 공조 직소는 공조 관리들이 숙직을 하는 방을 말하는 것이다. 다음 순간 이영은 이미 술상을 박차고 밖으로 뛰어나가고 있었다.

'낭관 놈이 내 계집을 직소로 끌고 가?'

이영은 눈에서 불이 일어나는 것 같았다. 포도청도 아닌 공조에서 기녀를 끌고 가는 것은 불을 보듯 뻔한 일이었다.

"운심은 어디에 있느냐?"

광화문 앞 대로, 공조 아문에 이르자 이영은 쩌렁쩌렁 울릴 정도로 소리를 질렀다.

"뭣 하는 놈이야?"

아문에서 번을 서던 포졸들이 우르르 달려왔다. 밤이기는 했으나 대로를 지나던 행인들이 하나둘씩 모여들었다.

"운심을 내놓아라. 낭관 놈이 끌고 갔다고 한다."

"이놈! 예가 어딘 줄 알고 술주정을 부리느냐? 치도곤을 당하기 전에 썩 물러가라!"

포졸들이 취객이 주정하는 것으로 생각하고 호통을 치면서 창으로 이영을 밀어내려고 했다.

"핫핫핫! 이까짓 젓가락으로 날 어떻게 하겠다는 것이냐?"

이영은 포졸들이 겨눈 창을 밀쳐 버리며 요란하게 웃음을 터뜨렸다. 이영이 공조 아문 앞에서 실랑이를 벌이자 직숙을 하던 낭관들과 서리까지 몰려 나왔다. 그들은 이영이 가소롭다는 듯이 아래위로 흘겨보고 있었다.

"뭘 하는 놈인데 감히 공조에서 행패를 부린단 말이냐? 저놈을 당장 포박하여 포도청에 넘기도록 하라."

낭관이 아문을 지키는 포졸들에게 영을 내렸다. 그러자 포졸들이 머리를 조아리고 이영에게 다가오기 시작했다. 그러나 이영이 가지고 있던 지팡이를 번쩍 들어 휘두르자 두 포졸이 처절한 비명을 지르면서 나뒹굴었다. 그들은 이영의 지팡이에서 언제 검이 뽑혔는지 알 수 없었다. 허공에서 백광이 번쩍하고 빛을 뿌리자 두 포졸이 목에서 피를 뿜으면서 나뒹굴었던 것이다. 포졸들의 목에서 핏줄기가 콸콸대고 흘러내렸다.

"검계다!"

누군가 다급하게 소리를 질렀다. 그러자 공조의 낭관과 서리들이 귀신이라도 만난 듯이 경악하여 뿔뿔이 흩어져 달아났다.

"운심은 어디 있느냐?"

이영은 기절초풍하여 달아나는 낭관들을 뒤쫓아 공조 안으로 들어갔다. 그의 칼에서 피가 뚝뚝 떨어졌다. 공조에서 직숙을 하던 낭관과 서리, 관노와 다모들이 비명을 지르면서 달아났다. 공조는 순식간에 아수라장이 되었다.

"나 여기 있소."

운심은 이영이 공조를 발칵 뒤집어놓은 뒤에야 낭관들의 직소에서 어슬렁거리고 나왔다.

"당했느냐?"

운심의 옷고름이 풀어져 있는 것을 보고 이영이 미간을 잔뜩 찌푸렸다. 그의 눈에서 무시무시한 살기가 폭사되었다.

"별 시덥잖은 소리 하고 있네. 내가 어떤 년인데 당해?"

운심이 눈을 내리깔고 옷고름을 맸다. 이영은 운심의 허리를 낚아채 옆구리에 끼고 공조 정청의 지붕 위로 날아올랐다. 운심이 깜짝 놀라 이영의 허리에 바짝 매달려 눈을 질끈 감았다. 그녀의 귓전으로 바람 소리가 휙휙거리며 지나갔다.

"세상에! 내가 정녕 꿈을 꾸고 있는 것인가?"

운심은 이영의 허리춤에 매달려 눈을 떴다. 그러자 눈 아래에서 지붕과 담들이 지나가고 사람들이 웅성거리고 있는 것이 보였다.

공조에 있던 사람들은 이영이 운심을 옆구리에 꿰어 차고 지붕 위로 날아오르자 입을 벌리고 탄성을 내뱉었다. 그러나 그들이 입을 다물기도 전에 이영은 지붕 위를 날아서 아득하게 사라져 버렸다.

이영은 장안의 즐비한 고루거각 위를 날아서 삼청동에 있는 집에 이르렀다.

"예가 어디요?"

방바닥에 팽개쳐졌던 운심이 몸을 추스르면서 물었다.

"내 집이다."

"어찌 천영루나 내 집으로 데려다 주지 않은 것이오?"

"그냥 이곳에서 자거라. 천영루로 돌아갔다가는 포도청에 잡혀 가서 살아남지 못할 것이다."

운심은 이영을 빤히 쳐다보고 있었다. 마치 귀신에 홀린 듯이 넋이 빠져 있었다.

"왜 그러느냐?"

"당신은 사람이오, 귀신이오?"

"흥!"

"사람이 어찌 지붕 위를 날 수 있소? 당신은 분명 귀신이나 도깨비일 것이오."

"미친 소리 작작 해라."

"귀신이라고 해도 좋고 도깨비라고 해도 좋소. 나에게 그 술법 좀 가르쳐 주시오."

"헛소리하지 말고 이 집에서 나가지 말거라."

이영은 운심을 방에 남겨놓고 동궁전으로 돌아왔다. 밤이 늦었는데도 동궁전에는 전에 없이 사람들의 발길이 분주했다. 이영은 지붕 위로 올라가 대전 쪽을 살폈다. 대궐에 비상이 걸렸는지 환관과 궁녀들이 분주하게 오가고 대신들이 대전으로 모여들고 있었다.

'무슨 일이지?'

이영은 대궐에 변고가 생긴 것이 아닌가 하여 긴장했다. 그러고 한 시진도 지나지 않아서 숙종이 위독하다는 사실을 알 수가 있었다.

'때가 온 것인가?'

이영은 지붕 위에 앉아서 암울한 눈빛으로 하늘을 쳐다보았다. 그러나 비가 내리고 있는 하늘은 캄캄하여 아무것도 보이지 않았다.

장붕익은 공조 아문 앞에 나뒹굴고 있는 두 구의 시체를 보고 낮게 한숨을 내쉬었다. 빗속에 쓰러져 있는 두 구의 시체에서 흘러내린 피가 낭자했다. 장붕익은 검계가 공조까지 와서 행패를 부리는 것을 이해할 수 없었다. 단순한 검계라면 공조까지 와서 살인을 하지 않을 것이다. 이자는 정체가 분명하지 않지만 조정 대신의 비호를 받고 있는 것이 분명했다.

"그자가 와서 행패를 부린 이유가 무엇이라고 하는가?"

우포도대장 이삼이 장붕익에게 물었다.

"운심이라는 계집을 내놓으라고 했다고 합니다."

장붕익은 공조의 사람들이 목격한 일을 이삼에게 보고했다. 이삼은 소론 쪽 인물로 소론이 아끼는 무반이었다. 공조에서 살인 사건이 벌어졌으므로 좌우 포도대장이 현장에 출동했으나 이삼이 장붕익보다 선임이었다.

"운심이 무엇을 하는 계집인가?"

"천영루의 기녀입니다."

"천영루의 기녀를 무엇 때문에 공조에 와서 찾는 게야? 기녀가 공조에 있을 까닭이 없지 않은가?"

"공조 낭관이 기녀를 직소에 데리고 있었다고 합니다."

"이런 얼빠진 작자가 있나! 어찌 기녀를 공조의 직소에 끌어들인단 말인가!"

이삼이 대노하여 공조의 낭관과 서리들을 노려보았다. 낭관과 서리들이 면구스러운 표정으로 황망히 머리를 조아렸다.

"사건을 묻어버리기에는 일이 너무 커진 것 같습니다."

"검계의 정체는 파악했는가?"

"운심이라는 계집을 잡아들여야 하는데 행방을 알 길이 없습니다."

"한양 장안을 샅샅이 뒤져서라도 운심을 잡아들이게."

"예."

장붕익은 허리를 숙이고 이삼 앞을 물러나왔다. 장붕익은 순돌을 데리고 표철주를 만나기 위해 연잉군저로 걸음을 옮기기 시작했다. 표철주는 장안에서 한량으로 이름이 높았기 때문에 포도청에서 수사를 하는 것보다 표철주에게 수사를 맡기는 것이 한결 좋다고 생각한 것이다.

"나리, 대궐에 변고가 생긴 것 같습니다."

순돌이 장붕익의 뒤를 따르면서 낮게 말했다. 장붕익도 대궐에서 변고가 일어났다는 사실을 어렴풋이 짐작하고 있었다. 대궐과 도성에 비상계엄이 실시되고 포도청의 포졸들이 모두 동원되어 경계에 나섰다.

장붕익은 소론의 움직임이 유난히 분주해진 것을 보고 불길한 예감을 느꼈다.

"나리, 무슨 변고일까요?"

"그걸 내가 어찌 알겠느냐?"

"나리는 정승 판서들한테 줄도 서지 않습니까? 그러다가는 좌대장 자리마저 쫓겨납니다."

순돌이 혀를 차면서 종알거렸다. 장붕익은 노론으로 분류되고 있었으나 핵심 인물들과 일정한 거리를 유지하고 있었기 때문에 도무지 승진을 하지 못했다. 순돌은 포도청 오작사령 출신의 노비였으나 그런 장붕익이 답답했다. 지금쯤은 포도대장에서 물러나 병조판서를 역임하고 훈련대장이나 어영대장을 해야 했으나 장붕익은 여전히 좌포도청 포도대장이었다. 그것도 몇 년 동안 자리를 내놓았다가 연잉군의 강력한 추천으로 다시 포도대장을 할 수 있었다.

"네놈이 나설 일이 아니다."

"나리가 출세를 해야 소인 놈도 떡고물이 생기지요. 말단 종사관 노비 노릇 하다가 굶어 죽게 생겼습니다."

장붕익은 순돌의 불평이 옳을지도 모른다고 생각했다.

장붕익이 순돌을 데리고 연잉군저에 도착했으나 표철주는 보이지 않았다. 장붕익이 연잉군저에 한참을 기다리자 황 장사와 주먹패 몇을 거느리고 오영달과 함께 어슬렁거리며 나타났다. 한양에서 주먹패로 이름이 높아지자 표철주에게는 언제나 주먹패 똘마니들이 따라다니고 있었다.

"나리께서 이현궁까지 어인 행보이십니까?"

표철주가 술 냄새를 풍기면서 물었다. 표철주는 숙종이 병을 앓게 되어 연잉군이 대궐에 들어가 숙직을 하고 있어서 궁차사(宮差使:대군 및 왕자들의 일을 하는 사람. 일종의 집사)가 되어 이현궁까지 관리하고 있었다. 궁차사 일로 수월찮게 벌어들이고 검계 짓을 하면서 난전의 주먹패들에게 거두어들이는 돈도 적지 않은 눈치였다.

"이야기할 것이 좀 있네. 어디 조용한 곳이 있나?"

"그럼 저희 집으로 가시지요."

장붕익의 말에 표철주가 주위를 살핀 뒤 자신의 집으로 안내했다. 표철주의 집에서는 예분과 이향이 평상에 앉아서 어린 계집아이의 머리를 빗질하면서 무엇이 즐거운지 한바탕 웃음보를 터뜨리고 있었다. 장붕익은 이향을 보자 가슴이 타는 것 같았다. 이향이 표철주의 첩이 되리라고는 꿈에도 생각하지 못했다.

'참으로 알 수 없는 것이 사람 속이라고 하더니……'

장붕익은 다모 이향이 표철주의 첩으로 살고 있는 것을 도무지 이해할 수 없었다. 또한 표철주가 여자 둘을 거느리면서 사는 것도 모자라 기생들과 온갖 염문을 뿌리고 다니는 것도 장붕익으로서는 납득할 수 없었다. 더구나 처와 첩은 견원지간이어야 하는데 예분과 이향은 자매처럼 사이가 좋았다.

"나리 오셨습니까?"

이향과 예분이 평상에서 일어나 장붕익에게 머리를 숙였다. 장붕익도 머리를 숙여 그녀들에게 답례를 했다. 장붕익은 표철주의 사랑에 들어가 마주 앉았다.

"대궐에 무슨 일이 있습니까? 도성이 어수선합니다."

이향이 술상을 들여오자 표철주가 술을 따르면서 물었다.

"대궐의 일은 알 필요 없고, 자네, 사람을 찾아야겠네."

장붕익은 공조에서 일어난 일을 표철주에게 자세하게 이야기했다.

"마침 연잉군 마마께서 대궐에 들어가 계시니 소인에게 시간이 있습니다."

표철주가 검은 수염을 쓰다듬으면서 말했다. 표철주는 어느 사이에 장년의 사내가 되어 있었다.

"나리, 그러니까 천영루의 운심이를 잡아들이면 되는 것입니까?"

"운심이가 목적이 아니라 정체를 알 수 없는 검계가 목적이다."

"그러면 운심의 뒤를 밟아 검계를 추적하겠습니다."

표철주는 머리가 비상하다. 이미 장붕익의 말을 알아듣고 무엇을 해야 할지 알아차린 것이다.

"검술이 뛰어난 자다. 일검에 포졸 둘의 목을 베었으니 조심해야 한다."

"일검이라고 하였습니까?"

"일검이다."

표철주는 장붕익의 말에 전신이 팽팽하게 긴장되는 것을 느꼈다. 그 정도 실력의 검계라면 옛날에 이향을 죽음으로 몰고 갈 뻔했던 흑의인일지도 모른다고 생각했다.

"나는 그만 돌아갈 것이다. 이 일은 네가 자주 만나는 사람들에게도 비밀로 해야 한다."

"예. 살펴 가십시오."

표철주가 장붕익을 대문 앞까지 배웅했다.

이튿날 아침 표철주는 수표교로 거지왕 광문을 찾아가서 공조에 나타난 검계의 이야기를 했다. 장붕익은 주위의 벗들에게도 말하지 말라고 했으나 광문의 협조를 얻으려면 어쩔 수 없었다.

"장안에 검술이 뛰어난 검계가 있다는 소문은 옛날부터 들었어. 그런데 최근에는 별다른 일이 없어서 죽었거나 은둔한 것으로 알았는데 다시 나타났군."

광문은 주먹이 들락거릴 정도로 커다란 입으로 하품을 한 뒤 말했다.

"그러니 자네 비렁뱅이들을 모조리 풀어서 조사를 해달라는 거야."

표철주는 광문이 비록 거지왕 노릇을 하고 있어도 협객이라고 생각했다.

"잘못하면 거지들이 다칠 거야."

"그놈은 살인백정이야."

"아무튼 거지들을 시켜 알아보기는 하지."

표철주는 광문이 거지들을 불러서 운심의 행방을 찾으라고 지시하는 것을 보고 집으로 돌아왔다. 이제 거지들은 천영루는 물론 장안을 샅샅이 뒤져 운심을 찾을 것이다.

"밥 차려요?"

예분은 집에서 여자들과 푸성귀를 다듬고 있었다.

"별당은?"

표철주는 이향이 보이지 않자 예분에게 물으면서 방으로 들어갔다. 10여 년의 세월이 흐르는 동안 예분은 여인네의 모습을 완전하게 갖추었다.

"빨래하러 갔어요."

예분이 표철주를 따라 방으로 들어왔다.

"가서 향이를 불러와. 며칠 동안 데리고 다니면서 일을 시킬 거야."

표철주가 보료 위에 앉으면서 말했다.

"왜?"

"이유는 알 거 없어."

"둘이서 좋은 데 가려고 그러지?"

예분은 생각하는 것이 단순했다.

"이놈의 여편네가……."

표철주는 샐쭉한 표정을 짓고 있는 예분을 덥석 안아서 이불 위에 눕혔다.

"대낮인데 왜 이래?"

예분이 속으로는 좋으면서도 겉으로는 앙탈하는 시늉을 했다.

"낮거리도 몰라?"

표철주가 예분의 치맛자락을 걷어 올리면서 빙긋이 웃었다. 예분을 깔아 누르고 한바탕 살풀이를 해야 얌전해지지 싶었다.

"휘이! 조선국 금상 혼백…… 복(復)……!"

내시 안중경이 근정전의 용마루 위에서 어둠을 향해 목이 터져라 소리를 질러댔다. 임금이 목숨 줄을 놓고 하늘로 올라가니 다시 돌아오라고 부르는 것이다. 그래서 고복(皐復)이라고도 하고 초혼(招魂)이라고도 했다. 이승을 떠나 저승을 향해 강을 건너는 임금의 혼령을 세 번 목이 터져라 부른 뒤에도 돌아오지 않으면 비로소 죽은 것으로 간주하여 훙(薨)이라고 했다.

"조선국 금상 혼백…… 복……!"

임금의 혼백을 부르는 내시 안중경의 목소리는 간장이 끊어질 듯이 처절했다.

이영은 동궁전 지붕 위에서 안중경이 소리치는 것을 바라보았다. 숙종이 죽었으므로 이제는 세자가 보위에 오르게 될 것이고, 그는 곧 대전의 대내고수들로부터 호위를 받게 될 것이다. 공식적으로는 내금위 갑사들이 호위를 하지만 실제로 임금의 목숨을 지키는 것은 대내고수들이었다. 그들이 누구인지, 몇이나 되는지, 어떤 모습을 하고 있는지조차 알 수 없다. 그들의 진정한 모습을 볼 수 있는 것은 새 임금이 위기에 빠졌을 때일 것이다.

'내 임무는 끝났다.'

이영은 이제 자신이 할 일이 없어졌다고 생각했다. 길고 오랜 시간 동안 세자의 그림자가 되어 호위를 했다. 이제는 세자가 임금이 되어 대전으로 들어가기 때문에 그 임무를 대전의 대내고수가 맡을 것이다.

부우우웅!

고복이 끝나자 광화문 문루에서 천아성이 구슬프게 울었다. 흰 관복을 입은 장악원 관리들이 문루 양쪽에서 천하 백성들에게 임금이 죽었다고 알리기 위해 나발을 불고 있었다.

이영은 동궁전의 지붕에서 대궐을 한눈에 조망했다. 세자와 세자빈은 숙종의 장례를 치루기 위해 빈전(殯殿:국상 때 왕이나 왕비의 관을 모셔두는 곳)에 들어가 있어서 동궁전이 조용했다. 동궁전의 상궁들과 무수리들까지 빈전으로 가서 동궁전이 더욱 조용했다.

세자빈이 동궁전으로 돌아온 것은 인정이 가까운 시간이었다. 습관이란 얼마나 무서운 것인가. 세자가 숙종의 장례를 치르기 위해 빈전에 들어가 있는데도 그는 여전히 동궁전의 지붕 위에 앉아 있었다. 대궐은 흰옷을 입은 궁녀들과 내시들로 마치 흰 꽃이 여기저기 피어난 것 같았다.

"지붕 위에 있는 자는 내려오라."

세자빈 어씨가 낮게 영을 내렸다. 이영은 지붕 위에서 날아내려 세자빈 어씨 앞에 무릎을 꿇었다.

"삼가 인사드리옵니다."

이영은 머리를 조아린 뒤 세자빈 어씨를 쳐다보았다. 어쩌면 이것이 그녀의 얼굴을 보는 마지막이 될지도 모른다고 생각하여 고개를 든 것이다. 세자빈 어씨도 그를 찬찬히 살피고 있었다.

"3년이 넘었느냐? 내가 너를 안 지가…… 전에는 무엇을 했는지 모르겠다만 3년을 한결같이 세자 저하를 호위해 온 너의 공로를 잊지 않을 것이다."

"망극합니다."

"나는 때때로 생각하였다. 지붕 위에 있는 자는 비가 이렇게 오고 있는데 어떻게 견디고 있는가. 지붕 위에 있는 자는 이렇게 매서운 칼바람이 불고 있는데 어떻게 견디고 있는가……."

세자빈 어씨의 목소리는 촉촉한 물기에 젖어 있었다.

"소인은 빈궁 마마의 많은 은혜를 입었습니다. 죽어도 그 은혜를 잊지 않을 것이옵니다."

이영이 떨리는 목소리로 대답했다. 세자빈 어씨는 비가 몹시 장하게 내리는 날이나 날씨가 혹독하게 추울 때면 술 한 병을 준비하여 문 앞에 내놓고는 했다.

"내가 대전에 들어가는 날 너는 떠나겠지."

"소인은 오직 빈궁 마마의 광영만을 기원할 것이옵니다."

"고맙구나. 내 주위가 적막강산인데 나를 생각해 주는 사람이 있으니……."

"소인은 비록 물러간다고 하여도 마마께서 부르시면 언제든지 다시 올 것입니다."

"너를 부르려면 어떻게 해야 하느냐?"

"삼청동 고갯길에 큰 감나무가 있는 집이 있습니다. 소인은 그곳에 거처하옵고, 이름은……."

이영은 한 번도 자신의 이름을 다른 사람들에게 말한 적이 없었다. 그러나 세자빈 어씨에게는 이야기하고 싶었다.

"이름이 무엇인가?"

"이영이라고 하옵니다."

"기억할 것이다. 수일 내에 사람을 보낼 것이니 그리 알라."

"소인 물러가옵니다."

이영은 절을 하고 동궁전을 물러나왔다. 그는 세자빈 어씨가 조선의 왕비이자 국모가 된다면 머지않아 적지 않은 풍파가 일어날 것이라고 생각했다. 그리고 그러한 어씨에게 자신이 필요할 것이라고 예측했다.

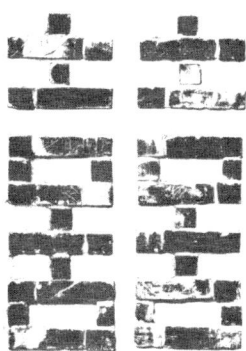

    광문이 표철주(表鐵柱)를 가리키며,
    "너는 사람 잘 치던 표 망둥이 아니냐. 지금은 늙어서 너도 별수 없구나."
했는데, 망둥이는 그의 별명이었다. 서로 고생을 위로하고 나서 광문이 물었다.
    "영성군 박문수 대감과 풍원군 조현명 대감은 무고들 하신가?"
    "모두 다 세상을 떠나셨다네."
    "김경방(金擎方)은 지금 무슨 벼슬을 하고 있지?"
    "용호장(龍虎將)이 되었다네."
    그러자 광문이 말했다.
    "이 녀석은 미남자로서 몸이 그렇게 뚱뚱했어도 기생을 껴안고 담을 잘도 뛰어넘었으며 돈 쓰기를 더러운 흙 버리듯 했는데 지금은 귀인이 되었으니 만나볼 수가 없겠군. 분단(粉丹)이는 어디로 갔지?"
    "벌써 죽었다네."
    그러자 광문이 탄식했다.

                                                —연암집의 『광문자전』에서

허풍

9

조선의 거지 대장 광문

조선의 거지 대장 광문

표철주는 방으로 들어서자 후텁지근한 공기 때문에 숨이 막히는 것 같았다. 거지왕 광문과 이향이 열흘이나 걸려서 찾아낸 집이었다. 집주인인 홍준례는 10여 년 전에 일가가 몰살을 당해 그의 집이 흉가처럼 버려져 있었는데 불과 1년 전에 한 기녀가 와서 살고 있다는 것이 마을 사람들의 이야기였다. 그런데 얼마 전부터 삿갓을 쓴 수상한 사내까지 들락거린다고 했다.

"벽에 화려한 꽃무늬의 전모(氈帽:기생들이 외출할 때 쓰던 모자)가 걸려 있고 치마저고리가 횃대에 걸려 있는 걸 보니 기녀가 틀림없어."

이향이 방을 둘러보면서 표철주에게 말했다. 포도청 다모를 지낸 이향은 사물을 보는 눈이 예리했다. 표철주는 방 안을 휘둘러보고 바깥을 내다보았다. 무너진 토담에는 호박 넝쿨이 덮여 있었고 장독대 앞에는 봉선화며 채송화 같은 여름꽃이 만개해 있었다. 사람이 없는 빈집이라 적막한 기운만이 감돌고 있었다.

"그럼 이 기녀가 운심이란 말인가?"

"운심이겠지. 이 마을에는 기녀가 한 사람밖에 살지 않아. 천영루의 기생들이 운심이 제기현에 있는 싸리골에 산다고 진술했어."

"그런데 운심이라는 기녀는 왜 여기에 살고 있는 거지?"

"홍준래 일가는 가족들이 몰살을 당했어. 마을 사람들 말에 의하면 젖먹이 여자 아이 하나가 살아 있었는데 먼 친척이 데려다가 키웠대."

이향의 말에 의하면 운심이 홍준래의 딸이라는 뜻이다. 홍준래 일가가 몰살을 당했다고 하자 표철주는 기분이 미묘했다. 방 안에서 피 냄새가 진동하는 것 같았다.

"홍준래 일가가 왜 몰살을 당한 거야?"

"옛날 일이라 자세히는 알 수 없는데, 홍우래와 홍준래라는 양반 형제가 이 집에 살고 있었어. 그런데 홍준래 일가가 노비에게 죽임을 당했어."

"노비에게?"

"사연이 복잡해. 홍준래의 형 홍우래는 성격이 패악한 자인데 술에 취해 자신이 거느리는 외거노비의 부인을 겁탈한 모양이야. 노비가 홍우래의 아버지에게 가서 호소하자 홍우래가 책망을 당했대. 그러자 홍우래가 노비의 집에 달려가서 노비에게 몽둥이를 휘두르고 노비 부인에게 발길질을 하고…… 그 과정에서 홍우래는 노비의 어린 아들을 발로 밟아 죽였던 모양이야. 이에 눈이 뒤집힌 노비 부부가 홍우래를 목 졸라 죽이고 암매장을 했어. 그것이 발각되어 노비 부부는 체포되어 재판을 받았는데 관에서 정상을 참작하여 곤장만 때리고 석방했대. 그러자 홍우래의 동생 홍준래가 형의 원수를 갚는다고 노비 부부를 살해했어."

이향의 말을 들은 표철주는 안색이 어두워졌다. 노비는 주인에게 딸린 종이다. 노비의 부인이나 딸들은 종종 주인집 남자들에게 겁탈을 당하는데 항의를 해도 소용이 없었다.

"홍준래는 처벌을 받지 않았나?"

"재판이 꽤 오랫동안 계속되었는데 아무도 노비 편을 들어주지 않았어. 홍준래는 무죄로 석방되었어."

"홍준래가 왜 무죄야?"

"형의 원수를 갚았다는 거지. 조선의 법에 부모형제를 죽인 원수를 현장에서 죽이면 무죄야. 게다가 노비가 주인을 살해한 죄는 강상의 죄야."

강상의 죄는 윤리에 벗어난 죄로 부모를 때린 죄와 같이 조선에서는 십악이라고 하여 엄중하게 처벌했다.

"어떻게 이런 사연을 다 알아?"

표철주가 이향을 은밀한 눈빛으로 살피면서 물었다. 더위 때문에 이향의 콧등에 땀방울이 송골송골 맺혀 있었다.

"포도청에 있는 기록을 살폈어."

"노비 집안이 풍비박산이 되었겠군."

"노비의 큰아들이 살아남았는데 홍준래 일가가 몰살을 당하자 그 아들이 복수한 것이라는 소문이 파다했어."

"홍준래는 양반이지만 죽임을 당할 만한 자야. 그런데 운심이와 검계는 무슨 관계지?"

표철주는 고개를 갸우뚱했다.

"검계가 운심의 남정네겠지. 기둥서방이라던가 뭐 그런 것 있잖아?"

"운심은 이 집에서 달아났나?"

"옷들을 챙겨가지 않은 것을 보면 운심이 꼭 한 번 들를 거야."

"그럼 누나가 여기를 좀 지켜줘. 난 연잉군 마마를 경호해야 돼."

표철주는 이향을 제기현 홍준래의 집에 남겨두고 연잉군저로 돌아왔다. 숙종이 승하하고 경종이 즉위하면서 연잉군저는 침울한 분위기 속에 가라앉아 있었다. 숙종의 국상이 끝나자 연잉군은 대궐에서 돌아와 이현궁에 머물고 있었다. 연잉군은 숙종이 보위에 있을 때와 달리 위기감을 느끼는 듯 밤에 잠을 이루지 못했다.

"마마, 근심이 있으십니까?"

표철주는 연잉군이 활을 쏘러 이현궁을 나서자 말고삐를 잡고 나서면서 물었다.

"봄이 오면 여름이 오는 것을 걱정하고 밤이 오면 아침이 오는 것을 걱정하는 것이 인간이 아니냐?"

연잉군이 공허하게 웃었다. 왕자로 살아가는 것도 근심이 떠날 새가 없다는 뜻이다. 표철주는 연잉군이 학문과 무예 모두 사대부들보다 월등하게 뛰어나다는 사실을 알고 놀란 일이 있었다. 그는 중국의 고서를 두루 섭렵하여 경륜 높은 학자들에게 하늘이 내린 재목이라는 평가를 받고 있었다. 사대부들이 권력 쟁탈에 혈안이 되어 있었으나 그는 백성들의 궁핍한 삶을 돌아보는 것을 좋아했다. 날이 밝지 않은 새벽에 일어나 소세를 하고 단정하게 앉아서 책을 읽는 것은 10년 전이나 지금이나 한결같았다.

"목호룡(睦虎龍)이라는 자를 아느냐?"

"예. 지관인데 가끔 만나 술을 마시고는 합니다."

"그래. 감여술(堪輿術:풍수지리)에 능통한 인물이지. 어젯밤에 꿈에 보이더구나."

"마마께서 목호룡을 아십니까?"

"내 사친의 산소 자리를 잡아주어 내가 청릉군에게 부탁하여 면천을 시켜주었어."

표철주는 연잉군이 목호룡에 대해 이야기하는 것이 의아했다. 그러나 연잉군은 목호룡에 대해서 더 이상 이야기하지 않았다. 표철주는 말고삐를 잡고 느릿느릿 걸었다. 서강이 가까워지자 잎잎이 푸른 수양버들이 바람에 나부끼는 것이 보였다. 그들이 서강의 사대로 들어서려 할 때 흙먼지를 자욱하게 일으키면서 인마가 달려왔다. 표철주가 얼굴을 찌푸리고 살피자 대궐에서 나온 내시였다.

"속히 내궐로 들라는 어명이십니다."

연잉군을 데리러 온 사람은 내시 안중경이었다.

"무슨 일이냐?"

명소패를 가지고 온 안중경에게 연잉군이 불안한 낯빛으로 물었다.

"전하의 어선에 독이 들었습니다."

안중경의 말에 연잉군의 안색이 하얗게 변했다. 경종이 즉위한 지 얼마 되지 않아 독약 사건이 터진 것이다.

표철주는 대궐에서 독약 사건이 터졌다고 하자 경악했다.

"전하께서는 괜찮으신 것이냐? 누구의 짓이라고 하느냐?"

"소인은 알 수가 없습니다. 다행히 전하께서 수라를 들기 전에 발견하여 해악을 당하지는 않으셨습니다."

"전하께서 무사하시니 다행이다. 대궐이 발칵 뒤집혔겠구나. 나는 대궐로 들어갈 테니 너는 돌아가라. 퇴궐할 때 부르겠다."

연잉군은 안중경을 따라 말을 타고 대궐로 달려갔다. 표철주는 연잉군을 대궐 앞까지 호위한 이현궁으로 돌아가기 시작했다.

"망동이 아닌가?"

표철주가 사직동 삼거리를 지나 서소문을 향하는데 누군가 뒤에서 소리를 질렀다. 표철주가 뒤를 돌아보자 호랑이 제 말 하면 온다고, 연잉군이 이야기하던 지관 목호룡이었다.

"지관이구먼. 날이 더운데 무슨 일로 예까지 걸음을 했는가?"

표철주는 말을 세우고 목호룡을 보았다. 목호룡은 키가 작고 눈매가 가늘게 찢어져 있었다. 눈빛이 음침하여 도무지 무엇을 생각하는지 속내를 짐작할 수 없는 사내였다.

"날이 더워서 술을 마시러 가는 게야. 바쁘지 않으면 목이라도 축이러 가지."

"어디로 가는데?"

"삼청동에 옥류각이라는 기루가 있어. 노래하는 기생 중에 옥향이라는 계집의 미태가 빼어나서 선녀라고 부른다네. 같이 가지 않겠는가?"

표철주는 목호룡의 말에 술 생각이 났다.

"내가 가도 괜찮겠는가?"

"장안에서 명성 높은 협사가 가는데 누가 말리겠는가? 함께 가세."

"협사는 무슨……."

표철주는 손을 내젓고 말에서 내려 목호룡과 함께 삼청동으로 방향을 잡았다.

"어디를 갔다가 오는 길인가?"

"연잉군 마마를 대궐까지 모셔다 드리고 돌아가는 길일세."

"연잉군께서 무슨 일로 입궐하시나?"

"대비 마마께 문안 인사 여쭈러 들어가시는 것이겠지."

표철주는 목호룡에게 대궐에서 독약 사건이 발생했다는 사실을 말하지 않았다. 목호룡이 게슴츠레한 눈빛으로 표철주를 살피더니 앞서 걸었다.

옥류각의 정자에는 이제 겨우 해거름인데 김용택을 비롯하여 이천기와 이희지가 기녀들을 옆구리에 끼고 거나하게 술판을 벌이고 있었다. 김용택, 이천기, 이희지는 모두 노론 고위 대신들의 자제였다.

"목호룡이 인사드립니다."

표철주가 말을 매어놓자 목호룡은 시원한 정자에서 술을 마시는 사대부들에게 인사를 올렸다. 표철주는 목호룡의 옆에 가서 머리를 숙였다.

"소인 인사드립니다."

표철주는 김용택, 이천기, 이희지와 안면이 있었으나 직접 인사를 한 일은 없었다.

"어서 올라오게."

김용택이 정자로 올라오라고 손짓을 했다. 목호룡은 궁차사 일을 하여 많은 돈을 벌었기 때문에 사대부들이 좋아했다.

"여기는 일전에 말씀드린 협사입니다."

목호룡이 표철주를 가리키면서 말했다.

"자네는 연잉군 마마의 호위무사가 아닌가?"

이천기가 표철주를 알아보고 물었다. 연잉군을 호위하는 심복무사이니 시정의 주먹패라도 대우를 하는 것이다.

"그러하옵니다."

"그러고보니 우리 모두 한식구로군. 그렇지 않은가? 어서 자리에 앉게."

김용택의 말에 사대부들이 왁자하게 웃으면서 자리를 마련해 주었다. 표철주가 자리에 앉자 옆에 앉은 기녀가 술을 따랐다.

"그래, 호위무사라고 하니 무예가 어느 정도인가?"

이천기가 표철주에게 관심을 보이면서 물었다.

"장안에서 손가락 꼽힌다고 자부하고 있습니다."

"스승은 누구인가?"

"스승에 대해서는 말씀을 올릴 수가 없습니다."

"형가(荊軻)를 아는가?"

"형가라면 진시황을 시해하려다가 실패한 자객이 아닙니까?"

"그렇지. 역수한(易水寒)이라는 시가 유명하지."

이천기가 무릎을 치자 계월이라는 기생이 역수한을 안다고 말했다. 계월의 말에 좌중의 사대부들이 일제히 웃음보를 터뜨렸다.

"네가 정녕 역수한을 안단 말이냐? 하면 외워보아라."

이천기의 말에 계월이 목청을 가다듬고 역수한을 읊기 시작했다.

바람은 쌀쌀하고 역수는 차갑구나[風蕭蕭兮易水寒]
장사는 한 번 가서 다시 돌아오지 않으리[壯士一去兮不復還]

자객 형가가 연나라 태자 단을 이별하고 떠날 때 비장하게 읊었다는 시다. 기생 계월이 그 시를 읊자 어떤 울림이 있었다. 의리를 위하여 죽음을 각오하고 진시황을 시해하려고 떠나는 형가의 영웅적인 모습을 떠오르게 하는 시여서 많은 영웅들이 좋아했다.

"역수한은 언제 들어도 영웅의 기개가 느껴지는구나. 섭정 또한 중국제일의 협사지."

김용택이 거나하게 술이 취해 큰 소리로 말했다. 좌중이 모두 박수를 치면서 계월을 칭찬했다.

"무슨 일 때문에 그러느냐?"

표철주는 좌중의 사람들이 둔갑술이며 기인이사에 대해 왁자하게 이야기를 하고 있을 때 미간을 찌푸리는 계월에게 낮게 물었다.

"며칠 전부터 어깨가 아파서 그렇습니다. 침을 맞아도 낫지를 않습니다."

"내가 한번 보아주련?"

"손님께서 의원이십니까?"

"죽은 자도 살리는 의원이지."

표철주는 껄껄대고 웃었다.

"그러면 소녀를 치료해 주십시오. 무엇이든지 사례하겠습니다."

"나는 네 몸을 원한다."

"참으로 음탕하십니다. 첩으로 거두실 것입니까?"

계월이 입을 가리고 요염하게 웃었다.

"첩은 있으니 하룻밤 운우지정을 나누면 된다."

표철주의 은밀한 말에 계월이 눈을 흘겼다. 그러나 눈가에 색기가 흐르는 것으로 보아 싫은 기색이 아니었다.

"일처이첩은 못 거느리십니까? 그만한 능력은 아니 되시는 모양입니다."

"네가 나를 안달하게 만드는구나. 여길 만져 봐라."

표철주가 계월의 섬섬옥수를 끌어다가 자신의 하초에 얹었다. 계월이 불끈거리는 표철주의 하초를 움켜쥐었다가 깜짝 놀라서 손을 떼었다.

"에구머니!"

"어떠냐? 나하고 조용히 만날 것이냐?"

표철주가 계월의 귓전에 뜨거운 입김을 불어넣었다.

"이 자리가 파한 뒤에 뒷방으로 오셔요."

계월이 얼굴을 붉히면서 기어들어 가는 목소리로 대답했다. 좌중은 목호룡의 이야기에 낭자하게 웃느라고 표철주와 계월의 수작을 눈치 채지 못하고 있었다.

연잉군 이금은 창덕궁의 돈화문을 지나 숙장문(肅章門:창덕궁의 돈화문 안쪽에 있는 문)으로 들어가면서 마치 무덤 속으로 들어가는 듯한 공포를 느꼈다. 정권은 노론이 장악하고 있었으나 언제 뒤집힐지 알 수 없는 상황이었다. 경종의 즉위는 그의 앞날에 어두운 그림자를 던지고 있었다. 특히 불과 17세의 소녀인 중전 어씨가 경종을 조종하고 있는 듯한 기분을 지워 버릴 수 없었다. 독약 사건은 노론이 저질렀다고는 생각되지 않았다. 노론은 정권을 장악하고 있었기 때문에 경종이 즉위하자마자 손을 쓸 리 없었다.

'소론이 움직이고 있는 거야.'

소론과 노론은 같은 서인인데도 원수처럼 으르렁거리며 싸우고 있었다. 남인은 몰락했으나 소론은 언제든지 그의 목에 비수를 들이댈 수 있었다.

'대체 누가 어선에 손을 썼단 말인가?'

연잉군은 우쭐우쭐 걷는 안중경의 뒤를 따르면서 궐내에 숨을 죽이고 있는 듯한 긴장감을 느낄 수 있었다. 경종이 있는 진수당은 내금위 갑사들이 삼엄하게 지키고 있었다.

"전하, 연잉군이 드셨사옵니다."

안중경이 진수당 앞에서 고했다.

"들라 하라."

안에서 경종의 낮은 목소리가 들렸다. 밖에서 대령하고 있던 상궁들이 문을 열자 연잉군은 조심스럽게 안으로 들어갔다. 경종은 피로한 듯 보료에 비스듬히 기대앉아 있었다.

"전하, 옥체 강령하시온지요? 변고 소식을 듣고 가슴이 떨려 말이 나오지 않았습니다."

연잉군은 경종에게 절을 올리면서 슬그머니 용안을 살폈다. 경종의 얼굴은 여전히 창백하고 눈이 우묵하게 들어가 있었다.

"왔는가? 밖의 날씨가 무척이나 덥지?"

경종이 자세를 바로 하면서 연잉군을 건너다보았다.

"망극하옵니다. 더위는 이제 물러갈 것이옵니다."

"금년에는 수재가 들지 않아 다행일세."

"어선에 손을 쓴 자는 잡아들이셨습니까?"

"어선에 누가 감히 손을 대겠느냐?"

"중관이 신에게 이르기를……."

"수라간 나인을 치죄하였다. 날이 더운 탓에 상한 재료가 있었던 듯하다."

연잉군은 경종의 얼굴을 가만히 살폈다. 상한 재료가 문제였다면 수라간 나인만 처벌하면 그만이다. 그러나 어선에 독약이 있었다는 사실이 수라간의 상한 재료였다는 사실이 믿어지지가 않았다. 연잉군이 알지 못하는 내막이 있을 것 같았다.

"중전의 사가에서 밀과(蜜菓:쌀이나 밀가루로 만든 과자)를 들여왔다. 아우에게도 맛을 보라고 하는구나."

"망극하옵니다."

"내가 술을 마시지 못해 단것을 좋아하니 밀과를 들여온 게지."

그때 밖에서 중전 마마가 드셨다고 궁녀들이 아뢰었다. 경종이 들라고 하자 문이 스르르 열리고 중전 어씨가 풍성한 치마폭을 끌면서 들어왔다. 연잉군은 재빨리 일어나서 어씨를 향해 머리를 조아렸다.

"어서 오세요. 날씨도 더운데 공연히 불러서 번거롭게 하는 것이 아닌지 모르겠습니다."

어씨가 경종 옆에 앉으면서 환하게 웃었다.

"망극하옵니다."

"사가에서 밀과를 들여왔습니다. 전하께서 연잉군이 좋아한다고 해서 불렀습니다. 맛이 없다고 흉보지는 마십시오."

연잉군이 자리에 앉자 궁녀들이 밀과상을 들여와 앞에 놓았다. 연잉군은 어씨와 경종이 무슨 일을 꾸미는지 도무지 속내를 짐작할 수 없었다. 어씨가 밀과를 권하자 사례의 인사를 올린 뒤 밀과를 집어 들었다. 경종은 웃으면서 경연(經筵:조선시대에 임금이 학식과 덕망이 높은 신하를 불러 경서(經書) 및 왕도(王道)에 관하여 강론하게 하고 정사를 논하던 일) 때 있었던 일을 넌지시 꺼냈다. 그것은 중국 춘추전국시대 진나라 헌공 때의 대부 순식에 대한 이야기였다.

진헌공의 총희 여희는 자신의 아들 혜제를 임금으로 세우려고 진헌공을 부추겨 태자 신생을 죽이고 중이를 달아나게 만들었다. 진헌공은 어린 아들 혜제를 보호하기 위해 대부 순식을 불러 충정이 무엇이냐고 물었다.

"무릇 전력을 다하여 주군을 섬기는 것을 충(忠)이라 하고 죽은 임금을 보내고 계승한 임금을 섬겨서 약속을 어기지 않는 것을 정(貞)이라고 하옵니다."

순식이 더욱 깊이 머리를 조아렸다.

"과인은 어린 세자를 그대에게 맡기는 바다. 나의 뜻을 저버리지 마오."

진헌공이 힘없이 말했다.

"신은 오로지 목숨을 걸고 보필하겠사옵니다."

순식이 울면서 대답했다. 진헌공도 어린 아들에게 뒷일을 맡기려고 하니 안심이 되지 않는지 추연히 눈물을 흘렸다. 장막 뒤에서는 여희가 소리를 죽여 흐느껴 울었다. 진헌공은 혜제를 순식에게 맡기고 죽었다. 그러나 진헌공이 어진 인물들을 내쫓고 혜제를 태자로 삼았기 때문에 진나라에 반란이 일어나 여희와 혜제를 죽였다. 순식은 자신이 태자 혜제를 보호하지 못했다면서 기둥으로 달려가 머리를 부딪쳐 죽었다.

경종이 연잉군에게 들려준 이야기였다. 춘추(春秋:노나라의 사관(史官)이 기록한 궁정 연대기. 공자가 독자적인 역사의식과 가치관을 가지고 필삭(筆削)을 가하여 유교의 경전이 되었다)에 그 자세한 기록이 있기 때문에 사대부라면 누구나 알고 있는 이야기다.

경종은 밑도 끝도 없이 그 이야기를 한 뒤 피로한 듯이 눈을 감아버렸다.

연잉군은 진수당에서 나오면서 서늘한 공포가 엄습해 옴을 느꼈다. 경종이 경연 때 진나라 대부 순식의 이야기를 꺼낸 것은 연잉군과 노론에 대한 경고이다.

"전하의 어선에서 독이 발견되었다고 하는데 상한 재료 때문이라고 합니다."

연잉군은 대비전으로 가서 인원왕후 김씨에게 문안 인사를 드리고 경종을 알현한 이야기를 했다. 인원왕후 김씨는 인현왕후가 죽은 뒤에 숙종이 새로 맞아들인 왕비였다. 숙종이 죽은 뒤에 대비가 되어 왕실의 어른 노릇을 하고 있었다. 경종과 연잉군에게는 계모가 된다. 나이는 경종보다 한 살이 위였고 연잉군보다는 일곱 살이 위였다.

"연잉군과 노론에게 경고를 하는 것입니다."

인원왕후가 연잉군의 말을 듣고 탄식을 했다. 인원왕후는 불과 30대에 과부가 되었다. 의붓아들이라고는 하지만 젊고 건강한 사내인 연잉군에게 호감을 갖고 있었다.

"소자는 어찌해야 좋을지 모르겠습니다."

"궐내의 모든 일은 나에게 맡기도록 하세요. 내가 연잉군을 보호할 것입니다."

인원왕후가 희미하게 웃었다. 연잉군은 인원왕후와 여러 가지 이야기를 나눈 뒤 대궐에서 나왔다. 이현궁에 이르자 흉흉한 소문을 들었는지 영의정 김창집과 좌의정 이이명이 찾아와 있었다. 그들은 연잉군에게 경연에서 있었던 일을 이야기했다.

"우리가 잠자코 있어서는 안 될 것 같습니다."

김창집이 허연 수염을 쓰다듬으면서 말했다.

"그렇습니다. 경연에서 대부 순식의 이야기를 꺼낸 것은 주상이 우리를 쳐내려는 것입니다."

이이명이 칼날처럼 날카로운 눈으로 연잉군을 쳐다보았다.

"두 분 대감께서 무슨 일을 하시려는 것입니까?"

"연잉군 마마께서는 모른 체하고 계십시오. 신들이 알아서 결행할 것입니다."

이이명은 경종이 자신들을 막다른 골목으로 몰아세우고 있다고 생각했다. 이이명은 연잉군저에서 돌아오면서 대부 순식의 일을 떠올렸다. 그는 여희의 두 아들을 보호하려다가 기둥에 머리를 들이받고 죽었다. 잘못된 충성의 결과로 나라가 발칵 뒤집히고 진나라는 19년 동안이나 혼란에 빠져 지내야 했다. 노론이 연잉군을 선택한 것은 단순히 경종을 반대하기 위해서가 아니라 현명하고 어진 인물을 임금으로 모시려는 고육책이었다.

표철주는 정치권에서 뭔가 숨 가쁘게 움직이고 있다고 생각했다. 노론의 핵심 인물인 김창집, 이이명, 이건명, 조태채를 비롯하여 호조판서 민진원, 병조판서 이만성, 대사헌 홍계적까지 연잉군의 이현궁을 분주하게 드나들면서 잇달아 긴밀한 회합을 하고 있었다.

"노론이 무슨 일을 꾸미고 있는 게지?"

목호룡이 표철주에게 은밀하게 물었다.

"나 같은 호위무사가 무엇을 알겠는가?"

표철주는 목호룡이 연잉군과 노론에 부쩍 관심을 기울이자 그를 멀리해야겠다고 생각했다. 연잉군이 살고 있는 이현궁은 경비가 더욱 삼엄해졌다.

'정치는 내가 관여할 일이 아니야.'

이현궁에 장사들이 모여들면서 표철주는 오히려 한가해지고 있었다. 표철주는 시간이 있을 때면 기루 옥류각을 찾아가서 꽃 같은 기생들과 노닐었다.

"어깨를 주물러 주니 날아갈 것 같지 뭐예요? 대체 어떻게 했기에 몸이 그렇게 가뿐해요?"

기생 계월은 표철주가 어깨 아픈 것을 고쳐 주자 나긋나긋하게 달라붙었다.

"그건 막힌 혈을 안올로 풀어서 그런 것이다."

표철주는 계월을 인아서 무릎에 앉히고 말했다.

"그대의 손은 신수(神手:신의 손)인가 봐요."

"손 하나로 많은 병을 고치지."

"허리 아픈 것도 고치나요?"

"허리뿐이냐? 모든 병을 고친다."

"그럼 영산월 언니 병도 고쳐 줄래요?"

영산월은 옥류각의 행수 기생이었다.

"영산월은 어디가 아픈 것이냐?"

"몇 해 전부터 허리가 아파 고질이 되었답니다."

조선의 거지 대장 광문 67

"영산월을 오라고 해라."

표철주의 말에 계월이 쪼르르 달려가서 영산월을 데리고 왔다. 영산월은 자신의 고질병은 명의도 못 고친다고 불평을 하면서도 요 위에 누웠다. 기생 몇이 따라 들어와서 표철주가 시술하는 것을 구경했다.

"3년은 족히 앓았군. 병이 고질이 되어서 하루에 고치지는 못하겠어."

표철주는 영산월의 전신 요혈을 만져 보고 응혈을 찾았다.

"고치기는 할 수 있답니까?"

"못 고치면 진맥도 하지 않는다. 며칠 주물탕을 놓아야겠어."

표철주가 영산월을 진맥하고 낄낄대고 웃으면서 말했다.

"주물탕이 뭐랍니까?"

"주물탕이 주물탕이지 뭐겠느냐."

표철주는 맥을 찾아 영산월의 허리를 더듬더니 냉큼 복부를 깔고 앉았다.

"에구머니! 숭하게 무슨 짓이야?"

영산월이 기겁을 하여 표철주를 떼어내려고 했다.

"잠자코 있어라. 이렇게 해야 굳어버린 응혈이 풀리는 것이다."

표철주가 영산월의 복부를 엉덩이로 깔고 앉아서 꽉 누르면서 어깨를 움켜잡았다. 영산월이 표철주에게 벗어나려고 발버둥을 쳤으나 그의 손이 빠르게 그녀의 기경팔맥을 따라 움직이기 시작했다. 표철주의 손이 움직일 때마다 영산월은 비명을 지르기도 하고 이를 악물면서 음탕한 놈이라고 악담을 퍼부었다. 구경을 하던 기생들도 질색을 하며 무슨 짓이냐면서 표철주를 떼어내려고 했다. 표철주는 영산월의 전신 혈맥을 누르고, 움켜쥐고,

엄지로 찔렀다. 때때로 유근혈과 회음혈을 움켜쥐듯이 눌러서 여자들을 놀라게 하기도 했다. 표철주가 음탕한 짓을 하고 있다고 웃고 떠들던 기생들이 표철주의 이마에 굵은 땀방울이 흘러내리는 것을 보고는 비로소 긴장했다. 표철주는 반 시진(時辰:한 시간) 동안 영산월의 전신 요혈을 누르고, 찌르고, 움켜쥐었다가 놓더니 부드럽게 안마를 하기 시작했다. 발악을 하듯이 욕설을 내뱉던 영산월이 입을 벌린 채 스르르 잠이 들었다. 영산월이 잠이 든 뒤에도 표철주의 안마는 한동안 계속되다가 그쳤다. 삿대질을 하면서 웅성거리던 기생들이 어안이 벙벙하여 표철주를 지켜보았다.

"자게 두고 다른 방으로 가자."

표철주는 이마에 흘러내리는 땀방울을 손등으로 문지르면서 기생들에게 말했다. 기생들이 표철주를 따라 우르르 몰려 나왔다.

"영산월 언니를 어떻게 했기에 잠이 들었어요?"

기생들이 표철주 앞에 둘러앉아 신기해하는 표정으로 물었다.

"응혈이 풀려 편안하여 잠이 든 것이다."

표철주는 빙긋이 웃기만 했다. 문득 자신에게 안올의 점혈법과 타혈법, 자혈법을 전수해 주던 황 의원의 늙은 얼굴이 떠올랐다. 황 의원에게 기묘한 의술을 배우기는 했으나 두창을 치료하지 못해 두 아이를 산에 묻은 생각이 머릿속에 떠오르자 가슴이 타 들어가는 것 같았다. 황 의원은 표철주를 데리고 약초를 캐러 다닐 때 혈법에 대해서 세세하게 가르쳐 주고 자신이 직접 시범을 보여주기까지 했었다.

영산월은 두 시진 동안이나 깊이 잠들었다가 깨어나 표철주를 찾아왔다.

"좀 어떤가?"

표철주가 무심한 눈빛으로 영산월을 응시했다.

"허리가 씻은 듯이 나았습니다. 제가 어떻게 잠이 들었는지 모르겠습니다."

영산월이 공경하는 표정으로 표철주를 쳐다보았다.

"며칠 치료를 해야 할 것일세. 그대로 두면 재발하네. 내일 다시 옴세."

표철주는 영산월이 술상을 보겠다는 것을 사양하고 옥류각에서 나와 휘적휘적 걸었다. 안국동 십자로로 내려오자 사람들이 한쪽에 잔뜩 모여 웅성거리고 있었다. 표철주가 무슨 일인가 싶어 사람들 틈을 비집고 들여다보자 낡은 삼베옷을 입은 노인이 사람들을 진맥하면서 약을 처방해 주고 있었다.

"황 의원님!"

표철주는 노인을 보자 자신도 모르게 소리를 질렀다. 송파나루 난전에서 돌팔이 의원 노릇을 하던 황 의원, 아니, 사암 도인이 10여 년 만에 다시 나타나 안국동 십자로에서 의원 노릇을 하고 있었다.

"표가로구나. 죽지 않고 살아 있더니 낯짝이 더욱 뺀질뺀질해졌구나."

황 의원이 표철주를 힐끗 쳐다보고 누런 이를 드러내 놓고 웃었다. 어찌 보면 영락없는 수표교 거지꼴이었다.

"어르신은 여전히 강건하시군요."

표철주는 공손히 인사를 했다.

"강건하기는…… 이제 무덤에 들어갈 날이 멀지 않다. 네놈은 마치 내가 죽기를 바라는 것 같구나."

 "당치 않은 말씀입니다. 행여 농이라도 그런 말씀 마십시오. 한데 어찌 이런 곳에 계십니까? 소인이 집으로 모시겠습니다."

 "비켜라. 네놈 때문에 진맥을 할 수 없지 않느냐?"

 황 의원은 표철주와 이야기를 하면서도 연신 환자들을 진맥하고 있었다. 표철주도 황 의원 옆에서 진맥을 도왔다.

 "어르신께서 떠나신 지 여러 해가 되었습니다. 그동안 어찌 지내셨습니까?"

 황 의원은 표철주에게는 관심도 두지 않고 사람들을 진맥하고 처방하느라 정신이 없었다. 황 의원이 진맥을 하고 처방을 한 지는 며칠째 되는 모양으로, 거리에 사람들이 줄을 서서 신의(神醫)니 명의니 하고 찬탄을 하고 있었다. 표철주는 날이 어두워서 황 의원이 더 이상 치료를 할 수 없게 되자 집으로 모시고 왔다.

 "이 무지렁이 같은 놈이 누구 등쳐먹을 짓만 하는 게로구나. 어찌 이런 고래등 같은 기와집에서 산단 말이냐?"

 황 의원은 표철주의 집 대문 앞에서 눈을 부릅떴다.

 "어르신, 공연히 트집 잡지 마시고 안으로 들어가십시오. 내자들이 저녁을 차릴 것입니다."

 "내자들이라고 했느냐? 처첩이 있다고 자랑을 하는 게냐?"

 "이향 누이가 둘째 마누라입니다."

 "껄껄, 못생긴 놈이 염복이 있구나."

"내자들뿐인 줄 아십니까? 장안의 계집은 전부 제 계집이나 다를 바 없습니다."

"이런 똥통에 빠져 죽을 놈을 봤나? 그래, 내 계집 하나 남겨두지 않았단 말이냐?"

황 의원이 허리를 젖히고 호탕하게 웃음을 터뜨렸다. 표철주는 황 의원을 억지로 끌고 집으로 들어갔다. 예분과 이향이 맨발로 달려나와 황 의원을 반겼다. 황 의원은 밤이 늦도록 술을 마시고 노래를 불렀다. 이튿날 아침 표철주가 세숫물을 들이려고 방문을 열자 황 의원은 이미 떠나고 없었다. 황 의원은 이향이 정성스럽게 깔아놓은 이부자리에서는 잠도 자지 않은 듯 그대로 펼쳐져 있고 책 한 권만 달랑 남아 있었다.

"침구요결(鍼灸要訣)?"

표철주는 책을 보고 고개를 갸우뚱했다. 그것은 침과 뜸을 놓는 방법을 기록한 의서였다. 표철주는 첫 장을 넘겨 황 의원의 발문을 읽으면서 몸이 떨리는 듯한 기분을 느꼈다. 침구요결은 황 의원이 10여 년간 임상실험을 하면서 기록해 놓은 귀중한 의서였다.

그후 표철주는 침식을 잊고 의서를 읽기 시작했다.

'병을 치료하는 것도 중요하지만 걸리지 않는 것이 더 중요하구나.'

표철주는 의서를 읽으면서 황 의원의 깊은 뜻을 이해할 수 있을 것 같았다. 황 의원은 과도한 정신의 소모가 모든 병의 원인이니 정신이 압박을 받지 않기 위해 욕심을 버리고 물처럼 구름처럼 살라고 권하고 있었다. 병에 걸린 환자들에게 약재를 쓰면 많은 돈이 들어가 천민들이 병을 치료할 수 없으니 침과 뜸을 사용하여 치료하라고 기록하고 있었다.

'결국 자연으로 돌아가는 것이 무병장수하는 것이 아닌가? 이분이야말로 조선의 의성(醫聖)이로구나.'

표철주는 침구요결을 여러 차례 되풀이하여 읽고 많은 것을 깨달았다.

'이제는 침구요결에 의해 병자들을 치료해 보아야겠구나.'

표철주는 황 의원이 남긴 의서를 공부한 뒤 거리로 나가 치료를 하기로 결정했다.

공덕리 구름재를 지나 서강나루에 있는 번다한 난전이었다. 침의(鍼醫)라고 쓰여 있는 깃발 하나를 세워놓고 표철주가 자리 깔고 앉아서 꾸벅꾸벅 졸고 있었다. 초추의 양광이 고즈넉한 한낮이었다. 지나가던 사람들이 표철주와 깃발을 살피며 고개를 갸우뚱했다.

"아니, 이게 뭘 하는 짓인가? 아무리 할 일이 없어도 그렇지 돌팔이 의원 흉내를 내?"

오영달이 달려나와 빈정거렸다.

"삼촌은 어디 불편하신 데가 없습니까?"

표철주는 히죽 웃으면서 오영달의 손을 잡고 진맥하려고 했다.

"아서라. 돌팔이 의원한테 책 한 권 얻었다고 나를 시험하려는 게지? 내 몸에 침놓을 생각 마라."

"색주가에 작작 출입하십시오. 제명 대로 못 삽니다."

"사돈 남 말 하고 있네."

조선의 거지 대장 광문 73

오영달이 고개를 절레절레 흔들면서 표철주 앞에 쪼그리고 앉았다.

"혹시 요즘 식은땀을 흘리지 않소?"

"식은땀?"

"한부(汗部)라고 하는데, 겉의 기운이 허약하면 저절로 흘리는 땀이오. 색주가에 너무 출입하여 기운이 쇠해진 탓이오. 잘못하면 하초를 못 쓰게 되니 침 좀 맞으시지요. 몸이 허약하여 잠자는 중에도 식은땀이 나지 않소?"

표철주가 비죽거리고 웃었다.

"그, 그렇기는 하네."

"그럴 줄 알았다니까. 어서 발을 이리 내시오."

오영달이 눈알을 데룩데룩 굴리면서 긴가민가하는 표정으로 오른발을 내밀었다. 표철주는 오영달의 복사뼈 위의 복류(復溜), 손목 안쪽의 신문(神門), 정강이 옆 무릎 아래의 하삼리(下三里)에 차례로 침을 놓았다.

"치료가 다 되려면 뜸도 놓아야 하오. 음도(陰道:거궐(巨闕) 옆으로 일 촌 오 푼에서 곧바로 아래)에 뜸 세 장을 놓는 것이 좋소. 뜸은 밤에 놓아줄 테니 집으로 건너오시오."

오영달은 여전히 표철주의 의술을 믿을 수 없다는 표정으로 눈을 끔벅거리면서 돌아갔다.

"천하의 표철주가 여기서 무엇을 하는 게야?"

한낮이 조금 지났을 때 이번에는 광문이 술이 담긴 호리병을 옆구리에 꿰차고 나타났다.

"치병제중하는 중이지."

"차병제중? 그게 뭐냐?"

"병을 치료하여 중생을 구제하는 것이다."

"그러면 네가 우리 거지들도 치료할 테냐?"

"거지라고 치료 못할까?"

"내가 거지들을 수표교로 부를 테니 건너오너라."

"알았다."

광문이 휘적거리고 멀어지자 이번에는 다리를 저는 장정이 왔다.

"돈은 얼마나 받소?"

"돈이야 주는 대로 받는다."

다리를 저는 장정은 옷차림이 남루하여 돈을 낼 수 있는 형편으로 보이지 않았다.

"어쩌다 이리 되었느냐?"

진맥은 문진(問診), 망진(望診), 맥진(脈診)으로 나뉜다. 병자에게 병세를 물어보고 병자의 얼굴을 살핀 뒤에 맥을 잡는 것이다.

"산에 나무하러 갔다가 발을 잘못 디뎌 접질렸소."

표철주가 장정의 발을 만지자 뼈가 어긋난 것은 아니고 신경이 놀란 것 같았다. 표철주는 장정의 다리를 진맥한 뒤 대침, 중침, 소침을 차례로 찔러 놀란 신경을 안정시키고 어혈을 풀었다. 어혈은 피가 경맥 밖으로 넘쳐 조직의 틈에 괴사된 혈액을 악혈, 혈액의 흐름이 저하되어 경맥관 내, 또는 기관 내에 정체된 것은 축혈이라고 부른다. 이런 어혈은 풀기만 할 수 없어서

침을 찔러 뽑아내야 할 때도 있었다.

"거참, 신기하네. 아픈 것이 싹 나았네."

표철주가 침을 뽑자 일어서서 발을 디뎌본 장정이 놀라서 말했다.

"내일 한 번 더 맞아야 한다."

표철주는 침구를 정리하고 장정을 돌려보냈다. 표철주는 수표교로 갈 때까지 다섯 명의 병자를 더 진맥했다. 수표교에 이르자 광문이 벌써 수십 명의 거지들을 모아놓고 있었다. 표철주는 움막 안에 천을 매달아 진료실을 만들었다. 거지들 중에는 여자도 있어서 내외를 해야 했다. 움막이라도 거지들만 모여 살아 퀴퀴하고 썩은 냄새가 진동하고 있었다.

"에이, 이렇게 더러워서야 없는 병도 저절로 생기겠다. 너는 상한 음식을 먹어서 병이 생긴 것이다. 앞으로는 절대 쉰내 나는 음식을 주워 먹지 마라."

12, 3세의 소년은 얼굴이 백지장처럼 하얀데 배앓이를 하고 있었다.

"약은 안 줘요?"

"내가 약이 어디 있느냐? 가만, 속병에는 냉이가 좋다. 냉이를 뜯어서 삶아 먹으면 점점 속이 좋아질 게다."

"냉이가 약이에요?"

"약이다."

"순 돌팔이 같아."

표철주는 소년의 말에 얼굴을 찌푸렸다. 소년이 움막에서 나가자 7, 8세의 계집애를 데리고 산발을 한 아낙네가 들어왔다.

"너는 어디가 아픈 것이냐?"

표철주가 소녀를 보고 물었다.

"눈이 침침해."

소녀는 말을 하지 못하는지 아낙네가 대신 대답했다. 표철주는 소녀의 손을 잡고 맥을 살폈다.

"특별히 아픈 데는 없구나. 눈이 침침한 것은 씀바귀를 삶아서 먹으면 맑아진다. 씀바귀는 지천에 널려 있으니 그걸 뜯어서 삶은 뒤에 며칠 동안 그 물을 먹으면 괜찮을 것이다."

소녀는 눈을 깜박거리고, 아낙네는 표철주를 쳐다보다가 갑자기 그의 손을 잡아당겨 자신의 왼쪽 가슴으로 가져갔다.

"아파, 여기가 너무 아파!"

아낙네가 표철주의 손으로 자신의 가슴을 누르면서 탁한 목소리로 말했다. 표철주는 서시라고 해도 여인네의 탐스러운 가슴이 손바닥에 잡히자 깜짝 놀랐다. 뭉클한 촉감과 함께 무엇인가 멍울 같은 것이 손에 잡혔다.

'유종(乳腫)인가?'

표철주는 아낙네의 가슴에서 단단한 멍울을 감지하자 바짝 긴장했다. 그는 자신도 모르게 아낙네의 왼쪽 가슴을 누르면서 멍울을 찾았다. 아낙네는 그럴 때마다 입을 벌리고 고통스러워했다. 더럽고 꾀죄죄한 몰골의 아낙네였다. 머리는 산발이 되어 부스스하고 남루한 옷은 떨어지고 해져 여기저기 맨살이 허옇게 드러나 있었다.

"이름이 어떻게 되나?"

아낙네의 나이는 얼추 서른 살이 안 되어 보였다.

"길례."

"오랫동안 아팠구먼. 진작 의원한테 보였어야 하는데……."

유종은 유방에 염증이 생겨 종양으로 발전한다.

"저녁에 딸을 데리고 우리 집으로 오너라. 치료를 꽤 오랫동안 해야 할 것 같다."

표철주는 아낙네를 내보내고 광문을 불러 저녁에 딸과 함께 아낙네를 데리고 오라고 일렀다. 표철주는 때때로 거지들을 집으로 불러 밥을 먹인 뒤에 옷을 주고 상단으로 보내거나 종으로 부릴 때도 있었다. 거지를 종으로 두는 것은 오갈 데 없는 자들에게 밥이라도 먹이기 위해서지 일을 시키기 위한 것이 아니었다. 그러나 표철주 집에서 밥을 먹는 거지들은 스스로 나무를 해온다거나 텃밭을 일구거나 하여 밥값을 하려고 했다. 길례를 집으로 데리고 오는 것은 유종에 대한 연구를 하기 위해서였다. 의서에서 유종에 대한 기록을 읽었으나 아직까지 병자조차 본 일이 없었다. 표철주도 약을 처방해야 할지 침을 놓아야 할지 종잡을 수 없었다.

표철주는 해질 무렵이 되자 집으로 돌아왔다. 광문이 길례와 그 딸을 데리고 온 것은 해가 완전히 넘어간 뒤였다.

"저녁을 먹이고 씻겨서 문간방에서 살게 해."

표철주가 예분에게 말했다.

"거지를 종으로 데리고 있으려는 거예요?"

"병자야. 치료가 어려워서 곁에 두고 치료하려는 거야."

표철주는 부엌에서 씻고 옷을 갈아입었다. 초가을이라 밤이 되자 기온이 제법 서늘해져 있었다. 표철주는 광문과 밤늦게까지 술을 마신 뒤 그가 돌아가자 마당에 멍석을 깔고 누워서 하늘을 쳐다보았다. 하늘에도 별이 빼곡하게 들어차 있었다. 절기가 초가을이 되면서 하늘도 맑아지고 별이 유난히 밝았다.

'어르신은 왜 나에게 의서를 두고 떠나신 것일까?'

의서를 남긴 것은 그것을 공부하여 병마에 시달리는 사람들을 구하라는 뜻이다. 황 의원이 표철주에게 인생의 방향을 가르치는 것 같았다.

'우리 연잉군 마마께서 보위에 오르셔야 할 텐데…….'

표철주는 문득 그렇게 생각했다. 연잉군이 보위에 오르기를 바라는 것은 출세를 하기 위해서만이 아니었다. 처음에 연잉군 저인 이현궁을 경호하라고 했을 때 표철주는 자신도 출세를 할 수 있을 것이라고 생각했다. 그러나 세월이 흐르면서 연잉군의 백성들에 대한 생각을 읽을 수가 있었다. 장붕익의 말에 의하면 그는 다른 왕자들과 다르다고 했다. 그가 보위에 올라야 백성들이 살기 좋은 세상이 올 것이라고 했다.

'내 비록 하찮게 태어났어도 협객의 뜻이 있음이라.'

백성을 위하여 현명하고 어진 인물이 임금이 되는 것은 표철주도 바라는 일이었다. 표철주는 연잉군이 보위에 오르는 길을 도울 생각이었다. 그것이 협객으로 살다가 협객으로 죽는 길이라고 생각했다.

당시 서울에 무뢰배들이 있어 무리를 지어 칼을 품고 다니면서 싸움을 하였다. 공(公:오두인)이 포리(捕吏)를 보내어 체포하도록 하였는데 왕손 집안의 종도 그중에 끼어 있었다. 공에게 부탁하여 사정을 하였으나 공은 듣지 않고 더욱 급히 체포하게 하였다. 하루는 지평 민유중(閔維重) 공과 함께 조정에서 물러 나오다가 어떤 사람이 민 공의 어자(御者)를 때려 피를 보게 하였다. 공은 왕손 집의 종이 자신을 원망하여 해치려다가 그 사람이 잘못 맞은 것임을 알고 즉시 민 공과 같이 부중(府中)에 앉아서 급히 잡아 신문하다가 마침내 매를 맞아 죽게 했다.

—여한십가문초(麗韓十家文鈔)

검꽃

⑩

한양 암흑가의 전쟁

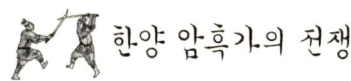

한양 암흑가의 전쟁

 이내근은 허리에 손을 척 얹고 습진(習陣:군사 훈련)을 하는 부하들을 거만한 눈빛으로 쏘아보았다. 여주 미호천이 한눈에 내려다보이는 능서산 산중이었다. 산이 높고 숲이 울창해서 나무꾼이나 사냥꾼들조차 깊이 들어가지 않는 숲에서 검계 계자(契者:조선시대 조직 폭력 행동대원들)들이 흉맹한 눈빛으로 사람을 죽이는 연습을 하고 있었다.
 "양반을 찌를 때는 왼쪽 가슴을 찔러라! 심장에 칼을 박아야 양반 놈들이 살아남지 못한다!"
 이내근은 허수아비에 칼질을 하는 부하들을 사납게 다그쳤다. 부하들이 바짝 긴장하여 허수아비의 가슴팍을 맹렬하게 칼로 찌르고 비틀었다.
 "우리는 발각되면 죽는다. 그러니 발각되지 않게 재빨리 해치우고 달아나야 한다. 알았나?"

이내근이 부하들을 싸늘한 눈빛으로 쏘아보면서 내뱉었다.

"예!"

검계들이 일제히 대답했다. 양반들에게 천대받고 구박받던 자들이다. 양반들에게 매를 맞아 아비가 죽은 자도 있었고, 어미가 겁탈을 당하는 것을 보다가 양반을 돌멩이로 때려 죽이고 달아난 자도 있었다. 마음이 모질지를 못해 수없이 구타를 당하면서도 양반에게 변변하게 대들지도 못하고 도망을 쳐서 숨어 살던 자도 있었다. 그들은 추쇄(推刷:노비를 체포하는 일)를 피해 여기저기를 떠돌아다니다가 이내근의 검계에 가입한 것이다.

"그만! 모두 모여라!"

이내근은 부하들이 땀을 흘리자 손뼉을 쳐서 멈추게 했다. 이레째 계속되는 훈련이었다. 유순하고 공포에 질려 있던 부하들의 눈이 훈련을 거치면서 이제는 살기마저 감돌았다. 사흘씩 먹을 것을 주지 않자 뱀까지 산 채로 먹게 된 부하들이었다.

"양반을 죽일 때 어떻게 죽이느냐?"

부하들이 앞에 와서 병풍을 치듯이 둘러서자 이내근이 큰 목소리로 물었다.

"사정없이 죽입니다."

부하들이 빳빳하게 서서 일제히 대답했다. 하루에 한 번씩 복창하는 행동강령이었다.

"양반의 여자들은 어떻게 하느냐?"

"모조리 겁탈합니다."

"양반의 재물은 어떻게 하느냐?"

"모두 약탈합니다."

"양반의 집은 어떻게 하느냐?"

"태워 버립니다."

이내근은 자신이 만들어서 교육시키고 있는 강령을 계자들이 욀 때마다 가슴속에서 무엇인가 뜨거운 것이 치밀고 올라오는 것 같았다. 세상의 양반들을 모조리 죽인다고 해도 가슴속에 쌓여 있는 원한은 풀리지 않을 것 같았다. 문득 양반 김인길 교리가 어머니를 덮치던 모습이 주마등처럼 뇌리를 스쳐 갔다.

이내근 일가가 종살이를 하던 안동 김인길 교리는 한양에서 높은 벼슬을 지냈기 때문에 유력한 양반이었다. 그러나 위인이 음침하여 자신이 거느리는 여종들을 남편이 있거나 없거나 닥치는 대로 겁탈했다. 심지어는 여종을 겁탈하다가 남편이 돌아오자 남편을 대추나무에 묶어놓고 그 앞에서 섭탈하는 일도 서슴지 않았다. 김인길에게 여종은 성의 노리개에 지나지 않았다. 그자가 어머니를 겁탈하기 위해 공연한 까탈을 잡아 아버지를 매질하여 죽인 사실을 알았을 때 형 이덕근은 더욱 분노했다. 그는 어머니의 만류에도 불구하고 그놈을 번쩍 들어 섬돌에 패대기쳤다. 김인길 교리는 머리가 깨져 허연 뇌수를 쏟아내고 즉사하고 말았다. 이내근은 형 이덕근과 함께 그 길로 달아나서 검계가 되었던 것이다. 이덕근이 열여덟 살, 이내근이 열여섯 살 때의 일이었다.

"검계 수칙을 말해봐라."

이내근은 새로 가입한 신참인 정관호에게 명령을 내렸다. 정관호는 스물두 살의 우직한 청년이다.

"첫째, 우리 계자는 선배의 명령에 무조건 복종한다. 둘째, 배신자는 죽인다. 셋째, 계자가 당하면 반드시 보복한다."

정관호가 고개를 뻣뻣이 들고 수칙을 외웠다. 신참들은 수칙과 강령을 반드시 외워야 할 뿐 아니라 검계의 계자로 가입하기 위해서는 양반의 여자들을 겁탈하거나 칼로 찔러야 했다. 정관호는 함께 가입한 김덕술, 이원행과 함께 승지를 지내고 낙향한 뒤에 후학을 가르치다가 죽은 김조식의 부인 이씨를 겁탈하여 가입을 승인받았다. 비록 과부를 겁탈한 것이지만 검계 계자의 자격을 갖춘 것이다. 신입 계자들은 담력을 키우기 위해 공동묘지에서 잠을 자기도 하고 행인의 짐을 빼앗는 강도질을 하기도 했다. 독기를 키울 때는 마을의 개를 묶어놓고 죽이는 연습을 했다.

"오늘은 누구네 집을 습격할 것이냐?"

이내근이 20여 명 남짓 되는 계자들을 둘러보며 물었다.

"여주 민홍철 진사 집입니다."

이내근의 검계에서 부두령 격인 이영출이 대답했다.

"민 진사 집이 어디냐?"

"온정리에 있습니다. 마을과 외따로 떨어져 있고 종놈들은 이천 본가에 일이 있어서 보냈다고 합니다. 여종 하나와 민 진사 부부밖에 없답니다."

"그렇다면 오늘 밤 이경에 민 진사의 집을 습격한다. 해가 지면 모두 필녀네로 와라. 저녁을 먹고 거기서 기다린다."

필녀네는 여주나루에 있는 주막이자 색주가였다. 이내근이 필녀의 기둥서방 노릇을 하고 있었기 때문에 종종 그곳에서 모였다.

"모두 하산하라. 여럿이 몰려다니면 마을 사람들이 수상하게 생각할 것이니 흩어져서 하산하라."

부하들은 이내근에게 허리를 숙여 보이고 뿔뿔이 흩어져 산을 내려갔다. 이내근은 계자들이 산을 내려가는 것을 보다가 먼 들판으로 시선을 옮겼다. 가을이 시작되면서 들판의 오곡이 점점 누르스름한 빛을 띠어가고 있었다. 농사를 지어 추수할 때가 되면 가슴이 뿌듯해져야 하지만 양반들이 모두 가져가기 때문에 빈 들판처럼 가슴이 공허해지고는 했다.

"형님."

김순성이 뒤에서 이내근을 불렀다. 김순성은 충주에서 양반의 노비로 있다가 매질을 견디다 못해 도망친 자다. 나이는 이제 열아홉 살밖에 되지 않았으나 양반의 과부가 회초리로 때리고 인두로 지지는 등 짐승 취급을 했다.

"가자."

이내근은 걸음을 서둘러 산을 내려가기 시작했다. 김순성은 이내근의 똘마니 노릇을 충실하게 하고 있었다. 이내근에게 검계 훈련을 받으면서 충주 양반 과부의 가랑이를 찢어 죽이겠다고 벼르고 있었다. 이내근이 필녀의 주막에 이른 것은 해가 설핏 기울고 있을 때였다.

"동생들이 올 테니 저녁 준비를 하도록 해라."

이내근이 필녀의 펑퍼짐한 엉덩이를 두드리면서 말했다.

"무슨 일을 하는가?"

필녀가 요염하게 눈웃음을 치면서 물었다. 필녀는 처음엔 이내근의 형 이덕근의 여자였다. 이덕근은 검계로 활약하다가 포도청에서 일제소탕령이 내려지자 검거되어 참수당했다. 필녀는 그때 사흘 동안을 포도청 앞에서 울었다. 이내근과 필녀는 그 뒤에 서로를 측은하게 여기다가 눈이 맞은 것이다.

"양반을 거덜 내는 일이지."

이내근은 눈에서 살기를 뿜으면서 냉소를 지었다.

"한양에서 차상재라는 사람이 왔다 갔는데 동생들을 데리고 상경하라 대."

필녀가 이내근의 눈치를 살피면서 말했다. 여주에서 한양이 먼 곳은 아니었으나 필녀는 아직 한 번도 한양을 가본 일이 없었다. 이내근은 필녀의 말에 차상재와 김일중의 얼굴을 떠올렸다. 차상재가 올라오라고 했다면 김일중의 지시를 받아 큰일을 맡길 것이 분명했다.

'김일중은 머리가 비상한 양반이니 우리 같은 종놈들에게 살길을 열어 줄 거야.'

이내근은 몇 년 전에 우연히 만난 김일중을 떠올리면서 기분이 좋아졌다.

해가 서산으로 넘어가고 사방이 칠흑처럼 어두워지자 이내근의 부하들이 필녀네 주막으로 몰려왔다. 필녀는 그들에게 돼지 내장탕과 술 한 사발

씩을 먹였다.

"우리가 한양으로 떠날 때 자네도 데리고 갈 것이니 준비하고 있어."

설거지를 마치고 방으로 들어온 필녀를 눕히고 이내근이 말했다. 이내근의 부하들은 부엌과 헛간에서 웅크리고 새우잠을 자고 있었다.

"정말?"

필녀가 스스로 옷고름을 풀면서 반색을 했다.

"내가 언제 자네에게 거짓말을 하던가?"

이내근은 필녀의 치마를 걷어 올리고 위로 올라가 육중한 체중을 실었다.

"알았어."

필녀가 살갑게 눈웃음을 치고 이내근을 받아 안았다. 필녀의 입에서 단내가 훅 풍겼다. 밤이 점점 깊어갔다. 이내근은 필녀를 안고 이경이 될 때만을 기다렸다. 양반의 집을 쳐들어가는 것이 처음이 아닌데도 긴장이 되고 있었다.

'차상재를 찾아가면 김일중이 자리를 마련해 줄 거야.'

한양으로 올라간다고 생각하자 새로운 세상이 열리는 것 같았다. 여주에서는 몇 차례 양반집을 습격했기 때문에 꼬리가 잡힐 우려도 있었다.

이내 이경이 가까워져 왔다. 부엌과 헛간에서 조용히 잠들어 있던 부하들을 불러내 민 진사의 집으로 달려갔다.

사방이 캄캄하게 어두운 가운데 초승달이 희미한 달빛을 온 누리에 뿌리고 있었다. 민 진사의 집은 이미 불이 꺼진 채 조용했다. 이내근은 부하들과 함께 담을 넘어 들어갔다. 저 멀리 마을에서 개들이 사납게 짖어댔다. 그러나 관아와도 멀리 떨어져 있고 마을과도 멀리 떨어져 있는 집이었다.

"민 진사를 먼저 해치워라."

이내근이 먼저 명령을 내렸다. 민 진사는 사랑에서 자고 있었다. 신참 검계 하나가 날이 시퍼런 칼을 들고 사랑으로 뛰어들어 갔다. 사랑에서 우당탕대는 소리가 들리면서 문간방에서 여종이 달려나왔다. 이영출이 재빨리 여종에게 달려가서 손발을 묶었다. 잠시 후 부하가 피 묻은 칼을 들고 사랑에서 뛰어나왔다.

"해, 해치웠습니다."

부하가 떨리는 목소리로 말했다.

"이제는 민 진사의 부인이다."

이내근이 지시를 내리자 계자들이 안방으로 뛰어들어 갔다. 안방에는 속치마 차림인 민 진사의 부인이 막 잠에서 깨어나고 있었다. 이내근과 부하들이 뛰어들자 벌떡 일어나서 소리를 질렀다. 부하들이 소리를 지르면서 발버둥 치는 민 진사 부인의 입을 틀어막고 속치마를 벗겼다. 이내근은 부하들에게 본을 보이기 위해 먼저 겁탈을 했다.

'양반에 대한 복수야.'

이내근은 바동거리면서 울부짖는 민 진사의 부인을 짓누르면서 속으로 중얼거렸다. 이내근이 여자를 겁탈하자 부하들이 돌아가면서 겁탈하고 살해했다.

이내근은 몽둥이를 들고 몰려오는 청파계를 보자 전신이 팽팽하게 긴장되는 것을 느꼈다. 한양에 올라온 지 한 달째다. 김일중은 그들을 한양의 최고 검계 조직인 객주 하영근의 송파계 패거리를 때려 부수는 데 동원하려 했다. 하영근은 송파나루의 객주로 처음에는 송파나루에서도 둘째밖에 되지 않았으나 불과 10년 만에 경상의 제일 객주가 되어 있었다. 노론과 손을 잡고 상권을 장악하고 있다는 소문이 파다하게 나돌았다.

김일중은 이내근에게 목멱산 아래에 집을 마련해 주고 차상재를 도와 일을 하게 했다. 차상재는 훈련원 장교 출신으로 맨손으로 호랑이를 잡았다는 장사인데 이내근과는 형님 아우 하면서 지내고 있었다. 김일중은 일을 끝낼 때마다 돈을 풍족하게 주었기에 이내근은 부하들과 필녀를 데리고 한양으로 올라온 것이 썩 잘한 일이라고 생각했다. 이대로 몇 년만 지나면 큰 부자가 될 것 같아 부하들과 필녀까지 만족하고 있었다. 등 따시고 배부르니 양반에 대한 원한과 증오도 잊혀졌다. 한양 장안의 검계들을 때려 부수는 일이 양반을 죽이고 재물을 약탈하는 일보다 훨씬 수월했다.

한 달째 하영근 객주 수하의 검계들과 전쟁을 벌이자 이제는 장안에서 이내근의 이름이 널리 알려졌다. 이내근의 출신지인 여주를 따서 여주계라는 별명도 얻었다.

"청파계를 박살 내라."

이내근은 부하 검계들에게 명령을 내렸다. 여주에서 습진을 했고 한양에 올라와 한 달 동안 주먹 싸움만 해온 그의 부하들이었다. 명령이 떨어지자 함성을 지르면서 청파계를 향해 달려갔다. 청파계는 몇 년 전까지 단독으로 활동하고 있었으나 표철주에게 굴복한 뒤에 하영근 객주의 방계 세력으로 흡수되어 있었다.

"죽어라!"

"개새끼들, 여주 촌놈이 뭘 빨아먹으러 한양에 올라왔어?"

이내근의 부하들과 청파계는 치열하게 육박전에 돌입했다. 욕설과 몽둥이가 난무하고 비명 소리가 터져 나왔다. 이내근은 싸움을 구경하다가 양쪽이 백중세를 이루자 자신도 뛰어들었다. 그는 청파계 검계들을 번쩍 들어 집어 던지고 패대기를 쳤다. 그러나 한양에서 명성을 떨치던 검계답게 청파계는 싸움을 잘하는 자들이 많았다. 청파계의 패두 임장비도 이내근의 부하들을 닥치는 대로 두들겨 패고 있었다.

"여주 땡중 어디 있나?"

그때 6척 거구의 임장비가 사방을 두리번거리면서 소리를 질렀다. 원래의 이름은 임도출이었으나 삼국지에 나오는 장비처럼 힘이 장사고 수염이 덥수룩해서 붙여진 이름이었다.

"어떤 놈이 감히 형님 이름을 부르는 것이냐!"

이내근의 부하인 이영출이 앞으로 나서면서 호기를 부렸다. 이영출은 꽁지머리로 수박을 잘했다.

"네놈은 뭘 하는 놈이냐? 말라비틀어진 북어처럼 생긴 놈이 어르신을 상대하겠다는 것이냐?"

임장비가 가소롭다는 듯이 커다란 입을 벌리고 웃었다.

"미련 곰탱이처럼 생긴 고슴도치 주제에 누구에게 주둥이를 나불대는 것이냐!"

이영출도 삿대질을 하면서 야유를 했다.

"이놈!"

임장비와 이영출이 눈을 부릅뜨고 으르렁거리더니 순식간에 달라붙었다. 이영출은 몸이 비호처럼 빠르고 임장비는 힘이 장사였다. 양쪽의 싸움패들은 격렬하게 싸우다가 말고 그들을 둘러싸고 구경하기 시작했다. 이영출은 민첩하게 임장비 주위를 돌면서 공격할 기회를 노리고, 임장비는 이영출을 잡아서 허리를 꺾으려고 덮칠 태세를 취했다.

'힘이냐, 기술이냐로구나.'

이내근은 긴장하여 임장비와 이영출의 싸움을 주시했다.

"덩치만 큰 곰탱이를 해치워!"

"이영출은 한주먹거리도 안 돼!"

양쪽 검계들이 이영출과 임장비를 응원했다. 그때 왼쪽으로 돌던 이영출이 갑자기 방향을 틀어 오른쪽으로 놀았다. 놈이 눈한 임상비가 낭황하여 느리게 몸을 돌렸다. 그러나 그 틈을 노린 이영출의 발이 순식간에 임장비의 턱을 올려 차자 이내근의 부하들이 일제히 탄성을 내뱉었다. 임장비는 불의의 일격을 받자 휘청했다. 이영출은 이후 임장비를 주먹과 발을 이용하여 맹렬하게 공격해 갔다. 임장비는 이영출에게 수없이 얻어맞았으나 쓰러지지 않았다.

'맷집 하나는 좋은 놈이구나.'

이내근이 감탄하고 있을 때 임장비가 자신의 가슴팍을 향해 공격해 오는 이영출의 오른손을 잡았다. 이영출이 재빨리 빠져나오려고 했으나 임장비의 주먹이 이영출의 머리를 가격했다.

'아!'

이영출은 머리를 한 대 얻어맞았을 뿐인데도 중심을 잡지 못하고 비틀거렸다. 임장비의 주먹이 엄청난 파괴력을 갖고 있는 것이 분명했다. 이내근이 놀라고 있을 때 또 한 대의 주먹이 이영출의 머리를 내려쳤다. 이영출이 입에서 피를 왈칵 뿜으면서 꼬꾸라지자 청파계가 환성을 지르면서 일제히 박수를 쳤다.

"이내근이 나오너라!"

임장비가 가슴을 두드리면서 포효했다.

"핫핫! 네놈이 제법이구나!"

이내근은 호탕하게 웃음을 터뜨리면서 앞으로 나갔다. 이내근의 부하들이 황급히 이영출을 부축하여 장내에서 빠져나왔다.

"네놈이 여주 장사 이내근이냐? 보아하니 힘깨나 쓰겠다만 나에게는 젖을 더 먹고 와야 상대가 될 것이다!"

"이놈아, 너는 아직도 젖을 먹느냐?"

"네놈 부하는 머리통을 으깼다만 네놈은 허리를 부러뜨려 줄 테니 어서 덤벼라!"

"핫핫핫! 네놈의 수염을 모조리 뽑아주마! 수염이 아까우면 나처럼 대머리를 만들어주마!"

"이 땡중 놈아, 무슨 개소리냐?"

이내근은 임장비와 한바탕 설전을 주고받은 뒤 달라붙었다. 이내근은 한때 절에서 밥을 얻어먹은 적이 있었기 때문에 땡중이라는 별명으로 불렸다. 임장비도 6척 거구였지만 이내근도 여주 일대에서는 알아주는 장사여서 장정 다섯 사람이 옮기지 못하는 운해사의 석상을 혼자서 들어 옮겼다고 하여 여주 인근이 떠들썩했었다.

'이놈은 만만한 놈이 아니구나.'

이내근은 임장비의 어깨를 잡자 묵직한 느낌이 들어 긴장했다. 힘으로 놈을 제압하기가 쉽지 않을 것이라는 생각이 번개처럼 뇌리를 스쳤다. 그때 임장비가 이내근의 허리를 노리고 손을 뻗어왔다. 이내근은 재빨리 임장비의 손을 쳐내면서 팔을 비틀었다. 임장비가 크어억, 하고 짐승 같은 비명을 질렀다. 이내근은 그 순간을 놓치지 않고 다른 손을 잡아당기면서 놈의 복부에 손바닥을 갖다 댔다.

"와아!"

구경하던 사람들이 깜짝 놀라 입을 딱 벌렸다. 이내근이 임장비를 번쩍 들어 올린 것이다. 이내근은 임장비가 반격할 시간을 주지 않고 풍차처럼 돌리다가 땅바닥에 패대기쳤다. 임장비가 비명을 지르면서 길바닥에 뻗었다. 그러나 그것이 끝이 아니었다. 이내근은 비틀거리면서 일어나려고 하는 임장비를 자신의 무릎 위에 엎어놓고 허리를 꺾었다.

으드득!

임장비의 처절한 비명 소리와 함께 허리가 부러지는 소리가 났다. 임장비는 걸레처럼 구겨져 길바닥에 내려졌다. 청파계 검계들의 얼굴이 사색이 되었다.

"죽여라!"

"작살내라!"

이내근의 부하들이 일제히 청파계를 향해 달려가 몽둥이를 휘둘렀다. 두목을 잃은 청파계의 검계들이 순식간에 나뒹굴었다. 청파계는 이내근의 여주계에 의해 완전히 박살이 나고 말았다. 이내근의 여주계는 순식간에 한양의 검계들 사이에서 명성을 떨치면서 하영근 객주의 송파계와 어깨를 겨루게 되었다.

표철주는 황 의원이 주고 간 의서에 깊이 빠져 있었다. 그는 연잉군의 호위를 하면서도 틈만 나면 의서를 읽었다. 길례의 유종을 치료하는 방법이 여의치 않아 의서가 있는 집마다 찾아다니며 빌려 읽고 한양의 내로라하는 의원들을 찾아다니면서 병세를 토론했다.

"한양에 이내근이라는 검계가 나타났네."

하루는 의서에 푹 빠져 있는 표철주에게 송파나루 객주 하영근의 행수인 이철환이 찾아와서 말했다.

"이내근이요?"

표철주는 이철환을 빤히 쳐다보았다. 이내근이라는 이름이 생소하여 눈을 끔벅거리면서 이철환의 다음 말을 기다렸다. 이철환의 어깨너머 장독대 앞에 아녀자들이 고추를 널고 있는 마당이 내다보였다. 지루한 여름이 가고 가을이 오자 담장 밑으로는 깨꽃도 붉게 피고 바람이 서늘해졌다.

"장붕익 나리께서 일망타진한 여주 검계 이덕근이라는 자의 아우야. 소론 김일중이 뒤를 봐주고 있다는 소문이 파다하네."

이철환이 수염을 쓰다듬으면서 말했다.

"그자들이 왜 갑자기 활개를 치는 것입니까?"

표철주는 무뢰배들이 장안을 휩쓸면서 전쟁을 벌인다는 말을 듣자 눈살을 찌푸렸다. 표철주도 10여 년 전에는 하루도 거르지 않고 무뢰배들과 싸운 일이 있었다. 황 장사를 꺾은 뒤로는 장안 최고의 검계라는 말을 들었고, 한양을 장악하고 있는 송파계는 그를 두목으로 받들었다. 그러나 지금은 송파계의 일은 이철환에게 맡겨두고 연잉군의 호위무사를 하고 있었다. 연잉군을 호위하지 않을 때는 의서를 읽고 광문과 어울려 기루에 가서 놀았다.

'인생은 새벽이슬처럼 부질없는 것이다.'

표철주는 재물이나 권력, 힘에 연연하지 않았다.

'열흘 붉은 꽃은 없고 달도 차면 기운다.'

인생은 즐겁게 살면 그만인 것이다.

"세자께서 보위에 오르지 않으셨나? 세자 저하는 남인과 소론이 감싸고 있는 분일세. 세자 저하의 외가도 모두 남인이고⋯⋯ 자네는 연잉군저에 있어서 물정을 잘 모를 것이네만 그 사건 이후 금난전권을 노론이 봐주는 우리 하영근 객주 어르신이 장악하고 있는데 세자 저하께서 보위에 오르셨으니 소론이 금난전권을 장악하려는 것이겠지."

이철환의 말에 표철주는 노론과 소론이 치열한 암투를 벌이기 시작한 것이라고 생각했다. 정권을 장악하려는 사대부들의 음모를 표철주는 이해할 수 없었다. 그러나 노론이 붕괴되면 표철주의 삶에도 어두운 영향이 미칠 것이 분명했다.

"이내근은 어떤 자입니까?"

"종놈 출신일세. 한때 절에 있어서 땡중이라고도 불리고 노지심이라고도 불리네."

"노지심이요?"

"수호지에 나오는 노지심 말일세. 힘도 장사여서 웬만한 장사들은 번쩍 들어서 패대기를 친다는군."

"제가 무엇을 해야 합니까?"

"놈을 한양에서 쫓아내게."

이철환의 말에 표철주는 고개를 끄덕거렸다. 이내근이라는 자가 한양을 장악하기 위해서 여주에서 검계들을 데리고 상경했다면 상당한 실력자일 것이라고 생각했다.

이철환이 돌아가자 표철주는 연잉군의 이현궁으로 건너갔다. 연잉군이 모처럼 외출을 하겠다고 표철주를 불렀던 것이다.

"오늘은 교하 쪽으로 출행을 하세."

이미 외출 준비를 끝낸 연잉군이 표철주가 나타나자 말했다. 연잉군이 외출할 때 수행을 하는 것은 표철주와 말을 끄는 궁노 배복근, 내시 김상하뿐이었다. 그러나 최근에는 무사들이 배치되어 멀찍이서 은밀하게 뒤를 따르고 있었다. 언제 소론이나 남인들이 자객을 보내 연잉군을 암살할지 알수 없었기 때문이다.

"말에 오르시지요."

표철주가 주위를 경계하면서 연잉군에게 말했다. 연잉군이 궁노 배복근의 도움을 받아 말에 오르자 하인들이 대문 밖까지 따라나와 전송했다.

"추수할 때가 닥쳐온 것 같은데 농사는 어찌 되었는고?"

연잉군이 말에 앉아서 혼잣말처럼 중얼거렸다.

"여름에 장마가 심하여 농토가 많이 유실되었다고 합니다."

늙은 환관 김상하가 대답했다.

"해마다 장마 때문에 농토가 유실되니 걱정이 아니냐? 백성들의 삶이 나아지지 않을 듯하구나."

"수재로 농토가 유실되는 것도 걱정이지만 해마다 윤질이 돌아 많은 사람이 죽습니다."

"두창을 말하는 것이냐?"

"그러하옵니다. 얼마 전에는 제주도에서 전 인구의 절반이 죽었다고 합니다."

표철주는 묵묵히 연잉군의 뒤를 따랐다.

"철주야, 검계에 대해서 들어보았느냐?"

연잉군이 표철주를 돌아보고 물었다.

"소인 또한 검계로 분류되는 자입니다. 무뢰배들이 패를 이루면 검계가 되는 것입니다."

"검계들 중에 양반을 죽이려는 자들이 있다. 너 또한 그러하냐?"

"소인은 그렇지가 않사옵니다."

"검계들이 양반을 죽이고, 양반의 여자들을 겁탈하고, 양반의 재물을 약탈한다는데 들어보지 못했느냐?"

"소인은 들은 바가 없습니다."

"몇 해 전에 여주에서 잡힌 검계 중에 이덕근이라는 자가 있었다. 그자를 조사했는데 행동강령에 그런 것이 있어서 섬뜩하였다. 종들이 양반을 죽이려고 하다니, 윤리가 땅에 떨어진 것이다."

"양반들이 종을 학대하기 때문입니다."

"종은 양반들의 소유물이다. 어찌 학대한다고 하느냐?"

"양반들이 종을 개돼지처럼 다룹니다. 조금만 잘못해도 몽둥이로 때리고 온갖 학대를 합니다."

표철주는 양반들이 종을 학대하는 것을 수없이 보았다.

"네가 양반들에게 불만이 많구나."

"양반들 중에 많은 사내들이 여종을 겁탈합니다. 남편이 있거나 여종이 어리거나 가리지 않습니다. 그저 여종은 양반들의 노리개에 지나지 않는 것입니다."

표철주의 말에 연잉군의 안색이 홱 변했다. 표철주는 공연히 말을 꺼낸 것이 아닌가 하고 후회했다.

"하면 너는 어찌하는 것이 좋겠느냐?"

"반상의 법을 없애야 합니다."

"네가 나라의 근간을 흔들려고 하느냐?"

"소인의 우둔한 생각일 뿐입니다."

"너 또한 노비냐?"

"소인은 상민입니다. 아비가 농사를 지었는데 군역에 나가서 돌아오지 않고, 흉년이 들자 어머니가 저희 남매를 데리고 동냥을 하러 다니게 되었습니다. 그러나 어머니는 저희들을 버렸고, 누이와 함께 구걸을 하다가 양수척에게 구함을 받았습니다."

비렁뱅이들에게 끌려간 누나는 살았는지 죽었는지 소식도 알 수 없었다.

"양수척이 은인이로구나."

"그러하옵니다."

연잉군과 이야기를 하는 동안 교하의 넓은 들판에 이르렀다. 연잉군은 들판에서 일을 하는 농부들과 이야기를 나누었다. 표철주는 연잉군이 농부들과 이야기를 하는 동안 여러 가지 생각에 잠겼다. 양반들을 중오하지는 않았으나 태어나면서부터 양반과 종으로 갈라지는 것은 옳지 않다고 생각했다. 사노는 주인이 속량을 해주어야 하고 관노는 나라에서 면천을 해주어야 한다. 그렇지 않으면 대를 이어 고단하게 종노릇을 해야 했다.

"내가 양반이라고 농부들이 이야기를 잘 하지 않는다. 농부들은 환정을 걱정하고 있더라."

연잉군이 논둑에서 걸어나오면서 표철주에게 말했다.

"환정을 갚고 나면 농부들이 굶어 죽게 됩니다."

"아전들이 세금을 걷는 것도 고약하다고 하더라."

농부들은 아전에게 시달려 농토를 버리고 유리걸식하는 자들이 많았다.

교하에서 농부들과 이야기를 나눈 연잉군이 어두운 표정으로 돌아왔다. 표철주는 자신과 연잉군 사이에 보이지 않는 거대한 벽이 가로막혀 있다는 사실을 새삼스럽게 깨달았다.

조인성과 장붕익이 이현궁에 나타난 것은 교하를 다녀온 지 사흘이 되었을 때의 일이다. 조인성은 남인이었으나 그들이 몰락하자 약삭빠르게 변절하여 노론에 붙은 인물이다. 노론의 대신들이 변절자라고 좋아하지 않고 있었으나 김창집과 이이명에게 신임을 얻고 있었다. 그는 서인들의 인맥을 꿰뚫고 있었기 때문에 남인들이 몰락할 때 귀양을 간 것을 이이명이 특별히 유배를 해제시켰으나 벼슬에 등용하지는 않고 있었다. 김일중과 인척이지만 유배를 갈 때 빼주지 않았다고 다툰 뒤에 원수보다 더 미워한다고 했다.

"자네는 당분간 송파계 일을 해주어야겠네."

조인성이 표철주를 불러서 낮고 음침하게 말했다.

"하면 연잉군 마마의 경호는 누가 하는 것입니까?"

"연잉군저는 장붕익 영감이 지킬 것일세."

"그럼 포도청 일은……."

표철주는 옥양목 도포를 입고 있는 장붕익을 물끄러미 쳐다보았다.

"나는 포도청에서 체차되었네."

장붕익이 표철주의 어깨를 두드리며 빙긋이 웃었다. 새 임금이 즉위하자 장붕익도 밀려난 것 같았다.

험상궂고 우락부락한 사내들이었다. 남대문에서 노량진으로 나가는 나루까지 길게 이어져 있는 난전에 한 무리의 우락부락한 사내들이 나타나자 장사치들이 슬금슬금 자리를 피하고 재빨리 고개를 외로 돌리는 등 눈길을 마주치지 않으려고 했다. 난전에서 과일이나 푸성귀 따위를 파는 장사치들은 주먹패들의 눈에 차지 않았다. 하루 종일 쪼그리고 앉아서 장사를 해도 엽전 몇 닢 건지기 어려운 것이 그들의 처지이니 건달들도 거들떠보지 않는 것이다. 주먹패들이 노리는 것은 언제나 그렇듯이 점방들이었다. 나루에는 처마를 맞대고 수많은 점방들이 늘어서 있는데, 어물전에서 포목전, 유기전, 옹기전 등은 이미 오래전부터 터를 잡고 장사를 하고 있었다.

"비켜! 왜 길에다가 늘어놓는 거야?"

주먹패들은 길가에 펼쳐져 있는 물건들을 발로 차면서 오고 있었다.

"허어, 백성들이 장사하는 곳에 웬 불한당들인가?"

차상재는 주막의 평상에 앉아서 주먹패들이 행패를 부리는 것을 보면서 술잔을 기울였다.

"제 놈들 세상이 끝난 줄을 모르는 게지. 핫핫핫!"

앞에 앉은 사내 이내근이 유쾌하게 웃음을 터뜨렸다. 차상재는 빙긋이 미소를 짓고 이내근이 하는 짓을 물끄러미 바라보고 있었다. 이내근은 절에서 오랫동안 생활한 사내답게 머리를 박박 깎아 번들거리는 대머리였다. 절에서 나온 지 오래되었는데도 아직까지 머리를 기르지 않은 것은 습속 탓이었다. 이내근 뒤에는 건장한 사내들이 병풍을 치듯 둘러서 있었다. 이내 사내들이 와자하게 떠들면서 주막으로 다가왔다. 그들은 주모에게 술을 달라고 큰 소리로 외친 뒤에 평상에 앉았다.

"뭘 보는 거야? 사람 처음 봤어?"

주먹패 중 얼굴에 칼자국이 있는 사내가 이내근의 뒤에 있는 이영출에게 으름장을 놓듯이 소리를 버럭 질렀다.

"형님!"

이내근의 뒤에 서 있던 이영출이 분개하여 입을 열었다. 어떻게 했으면 좋겠느냐는 뜻이었다.

"놈들이 시비를 거는데 응대를 해주지 않으면 되겠느냐?"

이내근이 피식 웃으면서 고개를 끄덕거렸다. 이내근의 뒤에 있던 이영출이 주먹패에게 뚜벅뚜벅 다가갔다.

"뭐야?"

주먹패들이 험상궂은 표정으로 이영출을 에워쌌다.

"어르신들이 조용히 쉬시는데 어디서 굴러먹던 불한당 놈들이 시끄럽게 하는 것이냐? 흥을 깨지 말고 썩 물러가라."

"뭣이 어째? 이놈이 아직 용산 점박이 소문도 못 들었나 보네. 아가야, 다치기 전에 썩 물러가라."

점박이가 가소롭다는 듯이 손을 내저었다. 점박이의 말에 주먹패들이 왁자하게 웃음을 터뜨렸다.

"허접한 놈. 나는 여주계의 이영출이라고 한다. 누구에게 맞았는지는 알고 있으라고 이름을 가르쳐 주는 것이다."

이영출의 말에 주먹패들의 눈이 커지면서 팅기듯이 벌떡 일어났다.

"뭐야?"

점박이가 눈에 불을 켜고 이영출에게 달려들었다. 그러자 이영출이 슬쩍 몸을 피하더니 팔꿈치로 점박이의 등을 찍었다. 점박이가 비명을 지르면서 앞으로 꼬꾸라졌다. 점박이를 따라왔던 주먹패들의 눈이 휘둥그레졌다. 이영출은 눈도 깜박하지 않고 점박이의 목을 밟고 있었다.

"모두 덤벼라!"

주먹패들이 일제히 이영출에게 달려들었다. 그러나 그들은 이영출에게 별다른 힘도 써보지 못하고 흠씬 두들겨 맞았다. 어느 사이에 몰려왔는지 사람들이 구름처럼 몰려들어 웅성거리고 있었다.

"이놈들, 거기 꼼짝 말고 있어라! 내가 우리 형님을 모시고 오겠다!"

점박이가 퉁퉁 부은 얼굴로 이영출을 쏘아보면서 말했다.

"허허, 그만 마시고 가려 했더니 암만 해도 쉬이 떠날 수 없을 것 같네."

차상재가 검은 수염을 쓰다듬으면서 유쾌하게 웃음을 터뜨렸다.

"도전을 해오는데 거절할 수는 없는 법이지요. 이번 기회에 영출이 솜씨 구경이나 하시지요."

이내근도 술을 따르면서 웃었다.

"영출이라고 했는가? 이리 와서 한잔 받게."

차상재가 이영출을 불러서 술을 따라주었다.

"감사합니다."

이영출이 차상재가 따라준 술을 단숨에 비웠다.

"허어, 장사는 장사로고. 석 잔은 마셔야 할 것 같구먼."

차상재는 이영출에게 잇달아 술 석 잔을 따라주고 이영출은 거침없이 석 잔을 비웠다.

점박이가 패거리를 끌고 온 것은 불과 한 시진도 걸리지 않아서의 일이었다. 이내근은 점박이 일행이 몰려오는 것을 보고 눈살을 찌푸렸다. 점박이는 우락부락하게 생긴 거구의 사나이를 앞세우고 손에는 몽둥이를 하나씩 들고 있었다. 사내들은 얼추 2, 30명이나 되어 보였다. 용산나루에서 장사를 하던 사람들이 큰 싸움이 났다면서 몰려들었다.

"누가 내 동생들을 건드렸느냐?"

점박이가 앞세운 우락부락한 사내는 6척 장신의 거한이었다.

"나다."

이영출이 앞으로 나서면서 코웃음을 쳤다.

"네놈이냐? 감히 용산에 와서 불곰의 동생을 건드렸으니 죽으려고 환장을 한 놈이구나."

"여주에서 비호로 불렸던 내가 불곰 따위를 두려워할 줄 아느냐? 그러잖아도 네놈을 만나러 걸음하려 했는데 이렇게 찾아오니 내 수고를 덜어주는구나."

"무엇 때문에 나를 만나려고 했느냐?"

"오늘부터 용산은 여주계가 접수한다."

"핫핫핫! 하룻강아지 범 무서운 줄 모르는구나. 네놈들이 최근에 한양 바닥에서 소란을 피우고 다닌다는 놈들이냐?"

불곰이라는 사내가 호탕하게 웃음을 터뜨린 뒤 이영출을 향해 성큼성큼

다가왔다. 거구인데도 그의 몸이 상당히 민첩했다. 이영출이 요리조리 피하면서 공격할 기회를 노렸으나 여의치 않았다. 오히려 이영출이 구석으로 몰리면서 어깨를 잡혔다. 그러나 이영출도 위기라고 생각했는지 빠르게 몸을 눕히면서 두 발로 불곰의 턱을 올려 찼다. 불곰의 힘을 이용하여 불곰을 공격한 것이다.

"어이쿠!"

불의의 기습을 당한 불곰이 쿵 하고 엉덩방아를 찧었다. 차상재는 이영출의 임기응변에 속으로 미소를 지었다. 불곰은 거구이기는 하지만 맷집이 없었다. 삼거리 주막 앞에 몰려와 구경하던 사람들이 희희낙락하여 손가락질을 했다. 이영출이 당할 것으로 생각했는데 뜻밖에 불곰이 나동그라진 것이다.

"이 쥐새끼 같은 놈!"

불곰이 화를 버럭 내면서 벌떡 일어나 황소처럼 이영출에게 돌진했다. 이영출은 재빨리 옆으로 피하더니 불곰의 엉덩이를 발길로 내질렀다. 불곰이 볼썽사납게 앞으로 꼬꾸라졌다. 구경하던 사람들이 일제히 웃음을 터뜨렸다. 사람들의 웃음소리에 불곰은 더욱 화를 내면서 이영출을 잡으려고 달려들었다. 그러나 이영출이 미꾸라지처럼 요리조리 피하기만 하여 불곰은 숨이 차서 씩씩거렸다.

'미련한 놈.'

차상재는 속으로 혀를 찼다. 이내근이 빙글빙글 웃고 있는 것으로 보아 이영출의 승리를 자신하고 있는 것 같았다. 이영출은 불곰이 지쳐서 헐떡

거리자 불곰의 복부를 주먹으로 강타했다. 이영출의 주먹을 맞은 불곰이 휘청했다. 이영출은 불곰이 휘청대자 잇달아 발차기로 공격을 퍼부었다. 삼거리 주막 앞은 인산인해를 이룬 채 환성과 탄성이 교차했다. 이영출의 발차기가 세 번이나 불곰의 몸에 꽂히자 불곰은 중심을 잡지 못하고 비틀거렸다. 이영출은 그 순간을 놓치지 않고 정권을 불곰의 턱에 힘껏 꽂았다.

"우!"

구경하던 사람들이 일제히 탄성을 내뱉었다. 불곰은 쓰러질 듯이 휘청거리며 주춤주춤 뒤로 물러서다가 벌렁 나가떨어졌다.

'육덕만 컸지 기운을 쓸 줄 모르는 놈이군.'

차상재는 정확하게 꿰뚫어 보고 있었다. 불곰은 이영출의 발차기 공격에 이미 눈동자가 풀어지고 다리에 힘이 빠져 일어날 듯하다가 다시 풀썩 쓰러졌다. 이영출은 승부가 결정 났다는 듯이 이내근과 차상재가 술을 마시고 있는 평상으로 걸어왔다.

"죽여라!"

그때 점박이가 몽둥이를 휘두르면서 이영출을 향해 달려들었다. 점박이의 패거리들도 함성을 지르면서 이영출에게 달려왔다.

"비겁한 놈들!"

이내근의 뒤에 서 있던 사내들도 튕겨지듯이 점박이의 패거리를 향해 달려갔다. 용산나루 삼거리 주막 앞은 순식간에 아수라장으로 변했다. 여기저기서 처절한 비명 소리가 들리고 몽둥이가 난무했다.

"형제들, 우리가 왔으니 여주 촌놈들을 아작 내시게!"

그때 한 무리의 주먹패들이 들이닥쳐 용산나루 주먹패를 공격하기 시작했다. 용산나루 주먹패를 지원하러 온 무뢰배들 중에는 머리가 수박만 한 거구의 사내도 있었다. 차상재는 그의 괴력과 커다란 머리를 보고 한눈에 대갈장군이라는 것을 눈치 챘다. 대갈장군에 대한 소문은 한강 일대에 파다했다. 그러나 그의 이름이 무엇인지, 어디 출신인지 그 내력은 전혀 알려져 있지 않았다.

"어떤 놈이 여주 땡중이냐?"

대갈장군이 한 손으로 이내근의 부하들을 내치면서 고함을 질렀다. 그의 고함 소리가 어찌나 큰지 삼거리 주막 앞이 쩌렁쩌렁 울리는 것 같았다.

'대갈장군과 이내근이 붙으면 볼 만한 싸움이 되겠는걸.'

차상재는 천천히 술잔을 기울여 목을 축였다. 대갈장군의 용력이 보통이 아니었다. 그는 자신을 향해 달려드는 이내근의 부하들이 귀찮다는 듯이 손을 내저었을 뿐인데도 이내근의 부하들은 벽에 부딪친 듯이 튕겨 나갔다.

"네가 대갈장군이냐?"

이내근은 평상에서 일어나 대갈장군 앞으로 나갔다.

"남들이 그렇게 부를 뿐 내 알 바 아니다."

대갈장군은 목소리도 우렁우렁했다.

"확실히 대갈통 하나는 크구나. 한양은 여주계가 접수한다."

"핫핫핫! 네놈들이 나를 이기면 접수하라!"

대갈장군의 웃음소리는 귀청이 떨어져 나갈 것처럼 요란했다.

"어디, 용력을 한번 보자."

이내근은 무심한 눈빛으로 대갈장군을 쏘아보다가 주먹을 앞으로 쭉 뻗었다. 산악과 같은 기세로 주먹이 뻗어오자 대갈장군도 힘차게 주먹을 뻗었다.

쾅!

주먹과 주먹이 부딪치자 흡사 천둥이 치는 것 같았다. 이내근은 손목이 으스러지는 것 같은 충격을 느끼면서 뒤로 한 걸음 물러섰다. 대갈장군도 경악한 눈으로 한 걸음 물러서서 이내근을 쳐다보고 있었다.

'대갈장군의 힘이 예사롭지 않구나.'

이내근은 평생 처음으로 호적수를 만난 것 같았다. 대갈장군이 주먹을 휘두를 때마다 허공을 가르는 바람 소리가 귓전을 윙윙 울렸다. 이내근은 정신을 바짝 차리고 대갈장군의 주먹과 부딪치지 않으려고 신경을 바짝 썼다. 대갈장군도 이내근이 비상한 용력의 소유자라는 것을 눈치 채고 신중하게 공격해 왔다. 용호상박의 주먹과 발길질이 이각(二刻:30분)이나 계속되었다. 흙먼지가 자욱하게 일어나고 사람들이 손에 땀을 쥐면서 구경했다. 대갈장군과 이내근은 온몸으로 땀을 흥건히 흘렸다.

'오냐. 내가 오늘 네놈을 꺾지 않으면 한양에서 물러난다!'

이내근은 입술을 깨물면서 눈을 부릅떴다. 그때 쇠망치 같은 대갈장군의 주먹이 이내근의 면상을 향해 날아왔다.

'이때다!'

이내근은 살짝 허리를 숙여 대갈장군이 주먹을 뻗느라고 빈틈이 생긴 겨

드랑이를 주먹으로 내질렀다.

"으헉!"

대갈장군이 입을 딱 벌리고 눈을 치떴다. 대갈장군은 너무나 고통스러워 소리조차 지르지 못하고 있었다. 이내근은 대갈장군이 숨 돌릴 틈을 주지 않고 쇠망치 같은 주먹으로 턱을 내질렀다. 대갈장군이 입에서 피를 뿜으면서 휘청거렸다. 이내근은 마지막으로 대갈장군의 왼쪽 가슴에 정권을 꽂았다.

콰당!

대갈장군이 비명조차 지르지 못하고 길바닥에 대자로 뻗었다. 이내근의 여주 패거리들은 일제히 환성을 질렀고 용산나루 패거리들은 얼굴이 하얗게 변했다. 삼거리 주막 앞에 모인 사람들도 웅성거리면서 찬사를 보냈다. 이내근은 용산나루 패거리를 지원하러 온 대갈장군을 꺾으면서 다시 한 번 장안에 명성을 떨쳤다.

대갈장군이 이내근에게 당했다는 말은 즉시 표철주에게 알려졌다. 표철주는 의서를 읽지 않으면 무예를 수련하고, 길례의 유종을 치료하느라고 온 신경을 집중하고 있었다. 유종이 확산되는 것을 막기 위해 매일같이 침을 놓고 약을 처방했다. 길례는 간간이 가슴을 움켜쥐면서 고통스러워했다. 한밤중에 일어나 통증 때문에 우는 일도 있었다. 그러한 때에 이내근이 한양의 검계들을 차례차례 평정하고 있다는 소식은 표철주에게 껄끄러운 일이 아닐 수 없었다. 표철주는 조만간 이내근과 한판 승부를 벌여야 한다

한양 암흑가의 전쟁 111

는 사실을 자각하고 있었다.

'주먹질을 하는 것은 좋은 일이 아닌데…….'

하영근 객주의 송파계가 송파나루에서 한양으로 진출할 때 표철주는 선봉에 섰다. 그는 한양의 검계 조직과 매일같이 싸워 하루도 피를 보지 않은 날이 없었다. 그 무렵 장안에는 비가 오지 않는 날은 있어도 표철주가 뿌리는 피가 멈추는 날은 없다는 소문까지 나돌았다. 그러나 그것은 10여 년 전의 일이다.

한양에서 상당히 명성을 떨치고 있던 청파계가 이내근에게 무너지자 이철환과 조인성이 다시 표철주를 찾아왔다. 표철주는 딸 송이를 등에 업고 예분과 이향이 텃밭에 따는 고추를 날라와 마당의 멍석에 널고 있었다. 늦은 봄에 겨우 네 고랑을 심었을 뿐인데도 고추가 잘 되어서 여름 내내 풋고추를 따먹고도 다섯 가마 가까이 수확할 수 있었다. 예분은 고추를 말려서 친정어머니 오씨에게도 나누어 준다면서 즐거워했다. 표철주가 사내에게 이런 일을 시키냐고 구시렁대자 예분과 이향은 고추가 얼마나 쓸모가 많은지 아느냐면서 깔깔대고 웃었다.

"고추야 쓸모가 많지. 여자들에게는 없어서는 안 될 물건이니까."

표철주도 실없이 농을 했다. 여자들이 다시 까르르 웃음을 터트렸다. 표철주도 한가할 때 여자들의 일을 돕는 것이 싫지는 않았다. 송파나루에 있을 때도 예분과 함께 깻잎을 따러 다니는 등 소소한 일을 자주했었다. 이철환과 조인성은 표철주가 마당에서 고추를 널고 있는 것을 보고 어이없어 하는 표정이었다. 표철주의 행색이 영락없이 시골 무지렁이 같았기 때문이었다.

"이 사람이 맹사성 대감 흉내를 내나?"

이철환이 혀를 찼다. 세종 때 정승이었던 맹사성이 한가할 때면 채소밭에서 일을 했기 때문이었다. 조인성은 한가하게 부채질을 하고 있었다.

"원 당치도 않은 말씀입니다. 여자들 일을 돕지 않으면 밥을 얻어먹지 못합니다."

"이내근이 청파계를 접수하고 동작나루를 친다고 하네."

표철주는 올 것이 왔다는 생각에 긴장했다.

"동작나루를 치면 바로 송파나루일세."

이철환이 근심이 가득한 얼굴로 표철주에게 말했다. 표철주는 예분이 가까이오자 등에서 잠이 들어 있는 딸을 내려서 예분에게 건네주었다. 송파나루는 송파계의 본진으로 송파나루가 무너지면 송파계도 사라진다.

"동작나루에 통고를 했다고 하니 일단 가보겠습니다."

표절수는 그들과 헤어져 이철환의 수하들을 거느리고 동작나루로 갔다. 송파나루에서 가까운 동작나루는 영달이 장악하고 있었다. 영달은 표철주를 따라다니면서 주먹질을 하는 시늉을 하더니 황 장사로부터 넘겨받은 마포나루를 장악하고 그 옆에 있는 동작나루까지 먹어치운 것이다. 동작나루에서 가장 큰 새우젓 도매 점방을 가지고 있어서 식솔들을 거느리고 떵떵거리며 살고 있었다. 이제는 동작나루에서 오영달이라고 하면 모르는 자가 없었다.

"삼촌은 어디 계신가?"

동작나루 오영달 점방에 이르자 표철주가 일하는 자들을 살피면서 물었다. 이내근 쪽에서 동작나루를 접수하겠다고 통첩을 했기 때문에 오영달의 점방에도 사람들이 몰려들어 횃불을 환하게 밝히고 웅성거리고 있었다. 새우젓 냄새가 물씬 풍기는 오영달의 점방은 태풍전야와 같은 긴장감이 흐르고 있었다.

"옆에 색주가에 가 계십니다. 모셔올까요?"

점방에서 일을 하는 더벅머리 사환이 새우젓 냄새를 풍기면서 물었다.

"그냥 두게."

표철주는 고개를 가로젓고 색주가로 걸어갔다. 이내근이 쳐들어오겠다는데도 색주가에서 노닥거리고 있는 영달이 한심했다. 색주가 대문을 열고 들어가자 여자들이 왁자하게 떠드는 소리가 들렸다. 표철주가 방문을 확 열어젖히자 영달이 두 여자를 옆구리에 끼고 술을 마시고 있었다.

"삼촌, 뭘 하시는 겁니까?"

표철주가 눈살을 찌푸리면서 물었다. 옷고름을 풀어헤치고 허연 젖가슴을 드러내 놓고 있던 여자들이 놀라서 황급히 떨어졌다.

"자, 자네가 웬일인가?"

영달이 깜짝 놀라서 바지를 추켜올리고 허리띠를 맸다.

"잘하십니다. 이내근 패거리가 몰려온다는데 작부들이나 끼고 술을 마십니까?"

"애들 다 동원했어. 제깟 놈들이 오면 뭘 하겠어? 대가리 처박을 일밖에 없지."

영달이 별거 아니라는 듯이 손을 내저으면서 웃었다. 동작나루에서 10여 년 동안 주먹패들과 어울리더니 어느 사이에 배포가 늘어 드잡이질도 곧잘 했다.

"삼촌이나 조심해요. 이내근, 보통 놈이 아니라고 합디다."

"걱정 마. 내가 그놈을 해치울 테니까. 한데 내가 걱정이 되어 자네가 예까지 온 것인가?"

"삼촌이 걱정되지 않으면 예까지 왜 오겠습니까?"

표철주는 영달과 함께 점방으로 돌아왔다.

"예분이는 별일 없지?"

오영달이 머리를 긁으면서 표철주에게 물었다.

"삼촌이 한번 들러보시지 그럽니까?"

"에이, 예분이 그게 눈 까뒤집는 것을 어떻게 보라고."

예분은 영달이 과부와 혼례를 올리자 노골적으로 싫어했다. 그러나 영달은 과부와 혼례를 올린 뒤 술술이 아들을 다섯이나 낳아서 사람들을 놀라게 했다.

"큰일 났습니다. 마포나루가 습격을 당했습니다!"

그때 장정 하나가 달려오면서 소리를 질렀다. 표철주는 숨이 차서 달려온 장정의 말에 가슴이 철렁했다.

"마포나루? 아니, 놈들이 동작나루로 쳐들어온다고 그랬잖아? 어떤 새끼가 이따위 보고를 했어?"

영달이 허리에 손을 얹고 주먹패들을 다잡았다.

"놈들이 동작나루를 공격한다고 헛소문을 내고 마포나루를 공격한 것 같습니다."

마포나루에서 달려온 장정이 숨을 고르면서 말했다.

"마포나루의 피해가 큰가?"

표철주는 이내근이 점점 가까이 접근해 오고 있는 듯한 기분을 느끼면서 장정에게 물었다.

"마포나루 용식이 형님 팔이 부러지고 종대 형님은 머리가 깨졌습니다. 중간 두목들이 놈들에게 당했습니다."

장정의 보고를 들은 주먹패들이 웅성거렸다.

"놈들은 몇 놈이나 몰려왔느냐?"

"3, 40명은 됩니다."

"일단 가보자."

표철주는 영달과 함께 주먹패들을 거느리고 마포나루로 달려갔다. 그러나 그들이 마포나루에 이르렀을 때는 이미 이내근 패거리는 떠나고 없었다. 표철주는 그들에게 뒤통수를 얻어맞았다고 생각하면서 마포나루 용식의 패거리들을 둘러보았다. 마포나루에서 활약하던 용팔이와 종대를 비롯하여 많은 주먹패들이 피투성이가 되어 낑낑대고 있었다.

'놈들이 기습을 했군.'

표철주는 이내근이 예사 놈이 아니라고 생각했다. 표철주는 부상자들을 치료하게 하고 경비를 강화하라고 일렀다.

"포졸들이 몰려오고 있습니다."

그때 용식이 패거리의 똘마니가 헐레벌떡 달려와 보고했다.

"포졸들이? 난리라도 났나? 웬 포졸들이 몰려와?"

용식이 얼굴을 찡그리고 똘마니에게 물었다.

"그게 아닙니다. 우리를 향해 오고 있습니다."

"포졸들이 얼마나 되는데?"

"한 2, 3백 명쯤 됩니다. 훈련대까지 동원한 것 같습니다."

표철주는 사태가 심상치 않다고 생각했다. 그때 '모조리 잡아', '한 놈도 빼놓지 말라' 하는 고함 소리와 함께 포졸들이 우르르 들이닥쳤다. 주먹패들이 어리둥절한 얼굴로 서로를 쳐다보면서 웅성거리고 있을 때 포졸들이 겹겹이 에워쌌다.

"아니 왜 우리를 둘러싸는 거요? 우리가 잘못한 일이라도 있소?"

용식이 이내근에게 맞아 부상을 당한 몸을 이끌고 포졸들에게 달려가 따졌다.

"맞아. 우리는 피해자야!"

종대가 용식의 뒤에서 맞장구를 치고 패거리들이 일제히 소리를 질렀다.

"상인들의 재물을 약탈하고 양민들을 능욕하는 무뢰배들이다! 모조리 잡아들이라!"

종사관이 포졸들에게 엄명을 내렸다. 그러자 포졸들이 닥치는 대로 육모방망이를 휘두르면서 마포나루 주먹패를 오랏줄로 묶기 시작했다. 표철주는 포졸들의 살벌한 태도로 보아 무엇인가 일이 잘못되었다고 생각했다.

저항하는 마포나루 주먹패들에게는 사정없이 육모방망이가 날아들었다.

"검계 일제 소탕령이 내렸네. 포도청으로 끌려가면 온전하지가 못할 것이니 빨리 도망치게."

좌포도청에서 오작사령을 하던 순돌이 슬그머니 표철주에게 귀띔을 해주었다.

'하필이면 왜 이때 검계 소탕령이 내린 거지?'

표철주는 육모방망이를 휘두르는 포졸들을 보면서 당혹스러웠다. 포졸들이 들이닥칠 것을 알고 있었는지 이내근 패거리가 꼬리를 감춘 것도 의심스러웠다.

'포도청에 끌려가면 좋은 꼴을 못 본다.'

표철주는 포졸들의 눈치를 살피다가 오랏줄을 가지고 묶으려고 하는 포졸의 복부를 발길로 내질렀다. 포졸이 어이쿠 소리와 함께 나뒹굴었다. 포졸들이 표철주가 검거에 저항하자 눈을 부릅뜨고 우르르 몰려왔다.

"저놈 잡아라!"

포졸들이 표철주를 에워싸고 사정없이 육모방망이를 휘두르면서 달려들었다. 표철주는 전광석화처럼 발을 움직여 포졸들 서너 명을 한꺼번에 쓰러뜨렸다. 그 틈에 영달이 눈치를 살피다가 슬그머니 달아났다. 표철주는 영달이 사라진 것을 확인한 뒤 지붕 위로 훌쩍 날아올랐다.

"활을 쏴라! 놈이 도망간다!"

포졸 하나가 발을 구르면서 소리를 질렀다. 그러자 포졸들이 표철주를 향해 일제히 활을 쏘았다. 화살이 어둠 속에서 맹렬한 바람을 일으키면서 표철주를 향해 날아왔다. 빗발치듯 날아오는 화살을 피해 표철주는 순식간에 지붕을 날아서 사라졌다.

"놈은 단순한 주먹패가 아닌 것 같습니다."

포졸들이 검거하려고 하자 지붕으로 훌쩍 날아올라 사라진 표철주를 지켜보던 차상재가 김일중에게 말했다.

"저자가 표철주인가?"

"예. 망둥이로 불리는 표철주입니다."

차상재는 표철주와 같은 기인이 송파계에 있으면 한양을 장악하는 일이 용이하지 않을 것이라고 생각했다.

"저자를 어떻게든 잡아들이게. 저자를 살려두면 우리에게 좋을 것이 없어."

김일중이 좌포도청 종사관 남영준에게 엄명을 내렸다.

"무예에 능한 포졸들을 표철주의 집에 보내 잡아오겠습니다."

남영준이 김일중에게 고개를 숙이고 대답했다. 남영준은 무과에 급제한 지 1년밖에 되지 않았으나 소론이었기 때문에 벼락 승차를 한 인물이었다. 포졸들은 마포나루 주먹패를 일망타진하여 무릎을 꿇리고 있었다.

"좌포도청으로 끌고 가라."

남영준이 포졸들에게 영을 내렸다.

표철주는 공덕리 구름재에 이르자 걸음을 멈추고 무겁게 한숨을 내쉬었다. 포도청이 개입한 것은 뜻밖의 일이었다. 표철주는 송파계의 주먹패들이 자주 모이는 남대문 밖 주막으로 달려갔다. 그 주막은 황 장사의 여자인 남산댁이 술을 팔고 있었기 때문에 송파계 패거리들이 자주 모였다. 표철주가 도착하여 황 장사, 이기종과 탁주 한 되를 마시고 나자 영달이 달려왔다. 표철주는 영달에게 당분간 잠적하라고 이르고 이기종을 시켜 이철환에게는 포도청이 개입했다고 통보했다. 포도청에 검계 일제 소탕령을 내린 것은 정치권이 움직였기 때문이다. 누군가 한양을 장악하고 있는 송파계를 찍어내고 새로운 판을 짜려고 음모를 꾸미고 있었다. 표철주는 황 장사와 헤어져 집으로 돌아왔다. 집은 불이 꺼진 채 조용했다. 표철주는 대문을 두드리려다가 담을 넘어 들어갔다. 포도청에서 그를 체포하기 위해 포졸들을 보내지 않은 것은 다행이라고 생각했다.

"누구요?"

표철주가 이향의 방으로 들어가자 그녀가 낮게 소리를 질렀다.

"나야, 누이."

표철주가 낮게 대답한 뒤에 옷을 벗고 이불 속으로 들어갔다. 그러나 표철주가 이불 속으로 들어간 지 일각도 되지 않아 요란하게 대문을 두드리는 소리가 들렸다.

"표철주는 나와서 포박을 받으라!"

표철주는 깜짝 놀라서 이향에게서 떨어져 일어났다.

"포졸들인 것 같은데 무슨 일이지?"

이향이 주섬주섬 옷을 입으면서 의아한 표정을 지었다.

"저놈들이 나를 잡으러 온 모양이야."

"무슨 일을 저질렀어?"

"아니야. 검계 일제 소탕령이 내려서 나를 잡으러 온 거야."

"일단 뒷문으로 피해."

표철주는 황급히 옷을 입고 이향의 방을 빠져나와 뒷담을 넘었다. 사방은 아직도 캄캄하게 어두웠고, 집 앞에는 포졸들이 웅성거리고 있었다. 표철주는 포졸들의 동태를 살피다가 수표교로 걸음을 옮겼다.

"분단이를 찾아가지 왜 내게로 왔어?"

수표교로 광문을 찾아가자 광문이 하품을 하면서 투덜거렸다. 표철주는 광문의 말에 대꾸하지 않고 자리 위에 벌렁 누웠다. 광문도 더는 묻지 않고 눕더니 코를 골기 시작했다. 수표교 아래 움막은 여전히 악취가 풍기고 있었다.

"좌포도청이 도떼기시장 같다."

이튿날 아침, 광문이 좌포도청을 염탐하고 와서 말했다.

"왜?"

"어젯밤에 잡아들인 검계들에게 곤장을 치고 있어. 비명 소리가 낭자해."

"거참, 검계들이 사고를 치지 않았는데 왜 포도청이 나선 거지?"

"모르는 소리 작작해. 포도청이 잡아들이는 검계들은 모두 사네 패거리들이야. 검계 소탕령이 송파계를 치는 작전이라고."

"잉?"

표철주는 광문의 말에 어리둥절했다. 그러나 며칠 동안 포도청이 주먹

한양 암흑가의 전쟁 121

패들을 대대적으로 소탕하면서 광문의 말이 사실이라는 것을 알 수 있었다. 표철주 휘하에 있는 검계들이 모조리 검거되어 곤장을 맞고 두령 급은 월족형을 당했다. 노론은 송파계에 대한 대대적인 검거선풍이 일어나자 반격에 나섰다.

"근자에 포도청이 검계 소탕령을 내려 무수한 죄수들을 잡아들여 포도청의 옥이 넘쳐 나고 있습니다. 이러다 보니 무고한 백성들까지 피해를 당하게 되어 원성이 높습니다. 양 포도대장을 추고하소서."

노론에서 소론의 포도대장을 탄핵했다.

"검계는 양민들의 재물을 갈취하고 부녀자들을 겁탈하는 패악한 자들입니다. 이러한 자들을 모조리 잡아들여 엄형에 처해야 합니다."

소론에서 노론의 탄핵에 반격을 가했다. 경종은 어느 쪽의 손도 들어주지 않았다. 경종이 중립을 지키고 노론과 소론이 정치적으로 팽팽하게 대립하자 포도청이 선포한 검계와의 전쟁은 흐지부지되었다.

이향은 삿갓을 비스듬히 치켜 올리고 홍준래의 집을 노려보았다. 쓰개치마로 얼굴을 가린 여인이 총총걸음으로 다가와 쓰개치마를 벗고 사방을 휘둘러보고 있었다. 홍준래의 집 앞에서 잠복을 한 지 거의 한 달 만의 일이었다. 나이로 보아 운심이라는 기녀가 분명했다. 운심은 누군가를 경계하듯이 사방을 휘둘러보았다. 주위에 인적이 없는 것을 확인한 운심이 대문을 조심스럽게 열고 안으로 들어갔다.

'옷가지와 패물을 챙기려는 모양이군.'

홍준래의 집으로 들어간 운심이 보따리 하나를 들고 나온 것은 채 이각이 걸리지 않아서의 일이었다. 운심은 뒤도 돌아보지 않고 총총걸음을 놓았다. 이향은 멀찍이 떨어져서 운심의 뒤를 밟기 시작했다. 남빛 치마에 옥빛 저고리를 입고 있어서 평범한 양반가의 아낙네로 보였다. 이향은 부지런히 운심의 뒤를 따르기 시작했다. 운심은 제기현 영마루에 올라서자 기다리고 있던 가마에 올라탔다.

'흥! 가마까지 대동하고 있었군.'

운심은 사람들의 이목을 끌지 않기 위해 가마를 영마루에서 기다리게 한 것으로 보였다. 이향은 느릿느릿 가마의 뒤를 따르기 시작했다. 가을이 성큼 다가와 있어서 산과 들이 누르스름한 빛을 띠고 길섶에는 들국화가 피어 산들바람에 하늘거렸다. 그래도 산길을 걷는 것은 숨이 차고 더웠다. 이향은 온몸으로 땀이 흘러내리는 것을 느꼈다. 운심의 가마가 동대문으로 들어서자 날이 어두워졌다. 집집마다 불이 켜지고 하루의 일과를 마친 사람들이 종루를 분주하게 길어서 집으로 돌아가고 있었다. 운심의 가마는 종묘를 지난 뒤에 창덕궁을 돌아서 삼청동 고갯길을 오르기 시작했다.

'세검정으로 넘어가는 것인가?'

세검정에도 몇 개의 기루가 있었다. 이향은 운심이 세검정에 있는 기루로 가는 것이라고 짐작했다. 그러나 가마는 삼청동 고개를 넘지 않고 기슭에 있는 작고 아담한 기와집 앞에서 멎었다. 가마에서 운심이 내려 대문 안으로 들어가고 가마는 오던 길을 되밟아 돌아갔다. 이향은 담장 옆의 후박나무로 올라가 집 안을 들여다보았다. 대문에 딸린 문간방과 안채가 하나

뿐인 단출한 집이었다. 한 사내가 등잔불을 환하게 밝히고 대청에 앉아서 서책을 들여다보면서 간간이 검을 휘두르는 시늉을 하고 있었다.

'무예를 연마하고 있구나.'

이향은 그가 공조에서 행패를 부린 검계라고 추정했다. 검계는 운심 때문에 공조에서 행패를 부렸는데 두 사람이 함께 살고 있었기 때문에 그렇게 추정할 수밖에 없었다. 운심이 보따리를 들고 들어가자 사내가 일어나서 맞이했다. 그들은 대청에서 오랫동안 무엇인가 이야기를 나누었다.

'부끄러운 줄도 모르고……'

운심이 안방으로 들어가서 옷을 훌훌 벗더니 알몸으로 마당으로 나와서 우물 옆에 있는 커다란 통 속으로 들어갔다. 통 속에는 물이 가득 차 있어서 운심이 '아이, 시원해' 하며 소리를 잇달아 뱉어내고 있었다. 절기는 이미 가을이어서 밤 기온이 서늘한데 여자의 몸으로 찬물에 몸을 담그는 것이 신기했다. 운심이라는 기녀는 예사 기녀가 아니지 싶었다. 운심이 통 속의 물에 몸을 담가 몸을 씻고 나가자 이번에는 사내가 들어가 몸을 담갔다.

'이건 또 뭐지?'

운심과 사내가 목욕을 마치고 얼마 되지 않았을 때 가마 하나가 그 집 앞에 와서 멎었다. 이향은 가마에서 중년 여인이 내리자 의아했다. 가마를 따라온 몸종이 대문을 흔들자 운심이 나갔다.

"대궐에서 나왔다. 이영이라는 자가 있느냐?"

중년 여인이 낮은 목소리로 물었다.

"예."

운심이 비켜서자 중년 여인이 대문 안으로 들어갔다. 이향이 후박나무에서 내려다보자 대청에 있던 사내가 황급히 마당으로 내려와 무릎을 꿇었다. 중년 여인이 무엇인가 알 수 없는 상자를 사내에게 건네자 사내가 두 손으로 공손히 받았다. 여인은 사내에게 무엇인가 낮게 지시하더니 여종이 가마에서 가지고 온 피륙을 사내에게 주었다.

이향은 후박나무 위에서 바짝 귀를 기울였으나 그들이 낮게 이야기를 하고 있어서 무슨 이야기를 하는지 알 수가 없었다.

이내 중년 여인과 여종이 집을 나와 가마에 올라타고, 가마가 다시 고갯길을 내려가기 시작했다.

'어떻게 하지?'

이향은 후박나무 위에서 잠시 생각에 잠겼다. 운심의 거처는 확인했으니 내일이라도 찾아올 수가 있다. 그러나 가마를 타고 온 여인을 그냥 보내면 정체를 알 수가 없게 된다.

이향은 후박나무에서 내려와 가마 뒤를 따르기 시작했다. 사방이 깜깜하게 어두운 가운데 가마는 우쭐대고 고갯길을 내려가더니 대궐 담장을 향했다. 내리막길이라 한결 가볍게 내려가고 있었다. 이향은 가마가 사직동이나 안국동 쪽으로 가려니 했다. 그러나 가마는 뜻밖에 경복궁의 서문인 영추문 앞에서 멎었다.

'대궐 여인들? 그렇다면 중년 여인이 상궁이란 말인가?'

이향은 뜻밖의 상황에 당혹스러웠다. 검계는 대궐의 여인과 관계를 맺고 있었다. 대궐의 여인이라면 왕비나 후궁이 아닌가.

'어쩐지 검계가 공조까지 쳐들어가서 행패를 부린다 했지.'

이향은 검계의 신분이 더욱 의심스러워졌다. 검계를 잡아들이는 것은 어려운 일일 것이라고 생각했다. 이내 영추문이 열리고 중년여인과 여종이 빨려들 듯이 안으로 들어갔다.

빈 가마는 영추문에서 사직동 쪽으로 멀어져 갔다. 이향은 가마꾼을 미행하여 그 집을 알아놓은 뒤 집으로 돌아왔다. 집에는 뜻밖에도 포졸들에게 쫓기던 표철주가 돌아와 있었다. 이향이 어떻게 된 일인지 묻자 포도청이 노론과 소론이 격렬한 논쟁을 벌이자 자신을 검거하는 일을 포기한 모양이라고 했다. 이향은 운심을 미행했던 일을 표철주에게 낱낱이 이야기했다.

"수고하였소, 누이."

표철주가 이향을 안으면서 말했다.

"검계의 신분이 예사롭지 않은 것 같아. 그를 검거하는 것은 그만두어야 해."

이향은 표철주의 품속에 다소곳이 안겼다.

"검거할 필요도 없게 되었어. 장붕익 나리가 포도청에서 쫓겨났으니 우리가 신경 쓸 일이 아니야."

표철주는 검계에 대해서 더 이상 관심을 둘 필요가 없다고 했다. 검계가 공조에 들어가 소란을 피운 것은 포도청에서 알아서 수사를 할 것이다.

"형님은 어디 갔어?"

이향이 표철주에게 물었다. 형님은 예분을 말하는 것이었다. 이향이 예분보다 나이가 훨씬 많아도 첩은 첩인 것이다.

"친가에 갔어. 장인어른 생신이 내일이야."

예분은 장춘삼의 생일상 준비를 위해 음식을 장만해 가지고 간 것이다. 장춘삼도 이제는 부쩍 늙어서 지팡이에 의지하지 않으면 걸을 수도 없었다.

"시장하지 않아? 음식을 남겨놓고 갔는데……."

"주먹밥을 먹어서 배고픈 줄은 모르겠어."

이향이 표철주를 촉촉한 눈으로 쳐다보았다. 이상한 일은 날이 갈수록 표철주가 좋아지고 있다는 사실이었다. 이심전심인가. 표철주가 이향을 힘껏 끌어안고 입술을 포개왔다. 이향은 온몸이 녹아버리는 듯한 전율을 느끼면서 표철주의 입술을 세차게 빨아들였다. 왜 나는 그에게 사족을 못 쓰는 것일까. 그의 눈을 보고, 그의 살결이 닿으면 이리도 좋은 것일까. 표철주와는 나이 차이가 많았다. 자신보다 훨씬 어린 그의 첩 노릇을 하는 것은 견딜 수 없을 정도로 서러운 일이었다. 그러나 그가 안아주고, 그가 사신의 몸속으로 깊숙이 들어오면 눈물이 나올 정도로 좋았다.

'아아…….'

이향은 표철주의 손이 둔부를 움켜쥐어 바짝 잡아당기자 몸이 후끈 달아올랐다. 표철주의 손 하나가 저고리 속으로 들어와 가슴을 꺼냈다. 희고 뽀얀 가슴이 표철주의 손바닥에서 자지러지는 비명을 질러댔다. 표철주가 얼굴을 숙여 그녀의 가슴을 입속에 넣자 그녀는 표철주의 머리를 감싸 안았다. 자신도 모르게 신음 소리가 흘러나오고 눈이 감겨졌다. 그녀의 가슴은 표철주의 입 안에서 한없이 부드럽게 풀어지고 있었다. 몸이 가늘게 떨렸다. 어떤 강력한 욕구가 그녀의 내밀한 곳에서 치밀고 올라와 전신으로 물결치듯이 번져 나갔다.

"아, 아파."

표철주가 그녀의 가슴을 살짝 깨물자 등을 두드렸다. 표철주는 아이처럼 그녀의 젖을 먹고 있다. 방 안은 사물이 보이지 않을 정도로 캄캄했다. 안채와 멀리 떨어져 있는 별당, 외인은 절대로 들어올 수 없는 그녀의 거처는 풀벌레 울음소리조차 멎어 나뭇잎에 살랑거리는 미세한 바람 소리만이 들리고 있었다.

이향은 스스로 옷을 벗기 시작했다. 저고리 옷고름을 풀고 속적삼을 벗었다. 허리를 동여맸던 띠를 풀고 어깨에 걸쳐져 있는 치마끈을 밀어냈다.

사르르…….

치마가 그녀의 부드러운 몸을 타고 발밑으로 흘러내려 갔다. 그러자 어둠 속에서 희디흰 여체의 둥근 곡선이 형광 빛을 뿜었다.

'이제 나는 그의 여자일 수밖에 없어.'

이향은 나직하게 한숨을 불어냈다.

표철주도 서둘러 옷을 벗었다. 그는 허겁지겁 옷을 벗어 던지고 금침에 누워 이향을 쳐다보았다. 어둠 속에서 완만한 곡선을 가지고 있는 여체가 숨이 막힐 듯이 요연하게 드러났다. 아름다운 여체였다. 부드러운 어깨는 뽀얗고, 둥글게 솟아오른 가슴은 팽팽하여 건드리기만 해도 톡 하고 터질 것 같았다. 그리고 세류처럼 가늘고 긴 허리와 풍만한 둔부…….

이향은 조심스럽게 금침으로 들어갔다.

표철주는 꼼짝도 하지 않고 금침에 누워 있었다. 물론 그도 실오라기 하나 걸치지 않고 있었다. 이향은 표철주에게 엎드려 몸을 바짝 밀착시켰다. 몸이 불덩어리처럼 더워져 오고 있었다. 그녀는 어둠 속을 더듬어 그의 입술에 자신의 입술을 포갰다. 그의 입술이 이슬에 젖은 꽃잎처럼 촉촉하고 부드러웠다.

"아!"

이향은 저절로 신음이 흘러나왔다. 입술과 입술이 닿고 하체를 밀착시키자 그의 하체가 팽팽하게 부풀어 있는 것을 느낄 수 있었다.

"난 이제 당신의 여자야. 당신을 위해서라면 무엇이라도 하겠어. 그러니 당신도 나를 죽을 때까지 사랑해야 돼."

이향은 더운 입김을 내뿜으며 그에게 속삭였다.

"누이는 내 첫사랑이야."

표철주가 감미롭게 속삭였다. 이향은 입술과 혀로 표철주의 몸을 애무하기 시작했다. 그것은 표철주를 기꺼워하게 하면서도 자신을 느껍게 하고 있었다. 표철주를 애무하는 동안 그녀는 스스로 폭발할 듯이 달아오르게 되는 것이다.

표철주는 이향을 안아서 눕히고 위로 올라갔다. 표철주가 위로 올라가자 물컹한 몸뚱이가 출렁하고 흔들렸다. 이향이 나이가 들면서 살이 찌고 있다는 사실을 알 수 있었다. 표철주는 붉게 달아오른 얼굴로 가쁜 숨을 몰아쉬는 이향의 입술에 자신의 입술을 짓눌렀다. 이향이 기다릴 수 없다는 듯이 표철주를 와락 끌어안았다. 표철주는 이향이 새삼스럽게 크다고 생각했다. 산 위에 올라와 있는 느낌이고 그를 깊은 동굴 속으로 빨아들이고 있는 듯한 기분이었다. 이향이 입술을 열고 혀를 밀어 넣었다. 이향이 적극적으로 호응하여 그의 혀를 감았다. 표철주는 이향과 미끄덩거리는 혀를 주고받았다.

"아이, 좋아."

이향이 백치처럼 웃었다. 좋은 것은 오히려 표철주였다. 표철주는 두 손으로 이향의 오른쪽 가슴을 움켜쥐었다. 거대하면서도 푸른 실핏줄이 드러나 있는 가슴이었다. 유두는 앵두처럼 붉었다. 혀를 유두 주위로 굴리다가 입에 넣었다. 이향의 가슴은 한입에 들어오지 않았다. 거유인데도 팽팽한 탄력을 갖고 있었다. 이향은 허리를 비틀면서 연신 신음을 토해냈다. 허리를 들썩거리면서 소리를 지르기도 했다.

표철주는 두 개의 거대한 가슴을 마음껏 희롱했다. 여자를 행복하게 하기 위해서는 정성이 필요하다. 이향의 가슴을 입에 넣고 희롱하던 표철주의 입술이 단전을 거쳐 하복부로 내려갔다. 무성한 숲을 지나자 도톰하게 살이 오른 골짜기가 드러났다. 샘은 골짜기에 은밀하게 자리 잡고 있었다. 표철주의 입술이 샘에 닿았다.

"헉!"

이향이 짧은 비음을 토하면서 몸을 부르르 떨었다. 표철주가 입술로 공격을 하자 자신도 모르게 그의 머리카락을 움켜쥐고 무릎을 조였다. 이향은 숨이 막히는 듯 몸부림을 쳤다.

표철주는 이향이 울음을 터뜨릴 때까지 집요하게 자극한 뒤에야 진입했다.

이향의 허리가 활처럼 휘어졌다. 표철주는 그녀의 희고 뽀얀 가슴을 입속에 가득 넣었다가 뱉어내고 몸을 움직이기 시작했다. 이향은 은밀한 곳에서 일어나는 쾌감이 혈관을 타고 전신으로 번지는 것을 느꼈다. 표철주는 젊다.

'아아, 미칠 것 같아.'

이향은 눈을 감고 뱀처럼 미끄러운 팔로 표철주의 머리를 감싸 안았다. 기분이 좋아 하늘로 날아오를 것 같다. 표철주가 이향의 둔부 밑으로 손을 넣어 허리를 들어 올렸다. 표철주의 움직임이 빨라지면서 이향이 고양이처럼 앓는 소리를 질러대기 시작했다. 두 사람은 한 마리의 짐승처럼 뒤엉켰다. 마치 싸움을 하듯이 오랫동안 으르렁거리면서 땀을 흥건히 흘렸다. 이내 표철주가 이향을 바짝 끌어안고 몸을 부르르 떨었다.

"아아······!"

이향은 얼굴이 벌겋게 상기되어 표철주를 껴안았다. 표철주는 이향의 풍만한 가슴에 얼굴을 얹어놓고 가쁜 숨을 몰아쉬고 있었다. 그의 등이 땀으로 흥건했다.

중전 어씨는 창덕궁의 대조전 서온돌에서 그린 듯이 조용히 앉아 어둠을 노려보고 있었다. 세자가 보위에 올라 임금이 되었고 그녀는 조선의 왕비이자 국모가 되었다. 그동안 노론 대신들이 도모하는 흉계에서 살아남기 위해 얼마나 마음을 졸여왔는가. 친정아버지도 적이었고 오라버니도 적이었다. 대궐의 궁녀들도 노론이 조종하고 있었다. 그녀가 세자빈이 되어 동궁에 들어왔을 때 궁녀들이나 내시들은 그녀를 세자빈으로 생각하지 않았다.

궁녀들은 노골적으로 세자와 그녀를 멸시했다. 그녀는 궁녀들의 냉랭한 시선에서 자신이나 세자가 결국 죽임을 당할 것이라고 생각했다. 우연을 가장한 사고나 음식에 독을 넣을지도 모를 일이었다.

'아아, 빈궁의 자리가 언제 죽을지 모르는 자리구나.'

어씨는 죽음의 그림자에 둘러싸여 있는 듯한 기분이었다. 그녀의 지아비인 세자는 성불능자였다. 부부 관계를 가질 수 없다는 사실에 눈앞이 캄캄했으나 더욱 무서웠던 것은 사방이 적으로 둘러싸여 언제 죽임을 당할지 모른다는 사실이었다. 어씨는 살얼음판을 걷듯이 그렇게 세자빈으로 살았다. 어씨는 명대로 살고 싶었다. 비록 지아비와 부부 관계를 갖지 못해 아기를 낳지 못한다고 해도 세상 살아가는 즐거움이 어찌 그것뿐이겠는가. 몇 년 동안을 그녀는 노심초사했고 오로지 살아남아야 한다고 생각했다. 그녀는 살아남기 위해서는 자신을 죽이려는 적들과 싸워야 한다고 생각했다. 그녀는 주위에 있는 사람들을 하나둘씩 포섭하기 시작했다. 아픈 사람은 밤을 새워 간호를 해주고 탐욕스러운 사람에게는 돈을 쥐어주었다.

문득 소론의 책사 김일중의 깊은 눈매가 머릿속에 떠올랐다.

"빈궁 마마, 소인이 견마지로를 다할 것이니 부디 안심하소서."

언젠가 동궁전에 소론의 김일중이 은밀하게 찾아와서 한 말이었다.

"그대가 어찌 국본을 지킬 수 있겠소?"

어씨는 의뭉스러운 눈으로 김일중을 살폈다. 세자의 외숙 장희재를 비롯하여 외조모와 관계를 갖고 있는 사람들이 남인이었기 때문에 대신들은 세자를 남인으로 치부했다. 남인과 서인은 불구대천의 원수로 서로를 죽이기 위해 혈안이 되어 있었다. 김일중이 소론이라고는 하지만 역시 서인인 것이다.

"하늘이 도울 것입니다. 소인에게는 대계(大計)가 있습니다."

"말씀은 참으로 고맙소. 그 대계라는 것이 대체 무엇이오?"

"지금은 말씀 올릴 수가 없습니다."

"조정은 노론이 장악하고 있는데 우리가 무엇을 할 수 있겠소?"

중전 어씨는 김일중을 믿지 않았다. 조정은 노론이 장악하고 있었고 소론은 가뭄에 콩 나듯이 한두 명에 지나지 않았다. 조정 요직의 우두머리는 노론이었고, 소론은 그 아래에서 명령을 시행하는 하급 관리들밖에 없었다. 무엇보다 어씨가 힘을 가질 수 없었던 것은 세자의 후사가 없다는 사실이었다. 어씨는 그 생각이 떠오를 때마다 저절로 한숨이 흘러나왔다.

"세자께서 생산을 할 수 없으니 우리가 임금의 사돈이라고 해서 무슨 소용이 있겠느냐?"

아버지 이유구가 그녀의 탄신 날을 맞이했을 때 가족들과 함께 동궁전에 들어와 한숨을 쉬면서 말했다. 세자가 후사를 볼 수 있는 몸이었다면 아버지는 노론의 변방 세력이 아니라 중심 세력으로 활약할 수도 있었고 노론의 영수가 될 수도 있었다. 그렇게 된다면 노론으로부터 생명의 위협을 당하지 않을 수도 있었다.

"하늘이 그리하고 있는 것을 어찌합니까?"

어씨는 친정 식구들이 세자의 후사 문제를 거론하고 있는 것이 마땅치 않았다.

"우리가 너를 도울 수 없는 것을 알기 바란다. 가문을 위해서는 어쩔 수가 없구나."

아버지의 말은 가문을 위해서 노론이 그녀와 세자를 죽이려고 해도 도와주지 않겠다는 말이었다.

'친정까지 나에게 등을 돌리는구나.'

어씨는 친정아버지와 오라버니도 적이라는 사실을 새삼스럽게 깨달았다. 그녀는 겉으로는 내색하지 않고 억지로 화제를 돌려 집안 사람들의 안부를 물었다. 그러자 친정 오라버니가 교하의 율촌 아저씨가 첩을 들였는데도 자식을 낳지 못해 양자를 들인다는 소식을 알려주었다. 율촌 아저씨는 그녀에게 6촌뻘로 나이 40세가 넘었는데도 자식을 두지 못해 그 집 재산이 누구에게 돌아갈 것인지 어씨들이 관심을 기울이고 있었다. 그런데 율촌 아저씨가 친척 중에서 양자를 들인다는 것이었다.

'양자를 들인다고? 율촌 아주머니도 나와 같은 설움을 갖고 살겠구나.'

어씨는 자식을 낳지 못하는 율촌 아주머니가 측은했다. 어릴 때 인사를 드리면 율촌 아주머니는 어씨를 유난히 귀여워하면서 밀과 등을 주고는 했다. 친정 식구들이 돌아가고 밤이 되자 어씨는 그 생각을 했다.

'율촌 아저씨도 양자를 들이는데 전하도 양자를 들이면 되는 것이 아

닌가?'

어씨는 그 생각이 머리에 떠오르자 갑자기 눈앞이 환해지는 것 같았다. 양반들은 대를 이을 자식이 없으면 일가 중의 영민한 아이를 양자를 들여 제사를 지내고 대를 잇게 한다. 유림의 최고 덕목이 조상에 대한 제사이니 왕실이라고 해도 다를 수가 없다. 어씨는 믿을 수 있는 내시를 시켜 김일중에 대한 뒷조사를 했다. 친정아버지나 오라버니가 노론이었기 때문에 믿을 수가 없었다. 김일중은 뜻밖에 학문과 지략이 뛰어난 소론의 강경파였다. 무엇보다 그가 죽음조차 두려워하지 않는 강인한 성격의 사내라는 것을 알게 되자 은밀하게 대궐로 불러들였다.

"단도입적으로 말하겠소. 내가 춘궁에 있을 때 그대가 견마지로를 다하겠다고 약속한 일을 기억하오?"

대조전 서온돌 주위에 잡인들을 접근하지 못하게 하고 어씨가 김일중에게 물었다. 김일중이 당혹스러워하는 눈빛으로 어씨를 쳐다보았다. 어린 중전이 뜻밖에 단호하고 노골적이었다.

"소인의 단심(丹心:충심)은 변함이 없습니다."

"노론이 연잉군과 손을 잡고 있는데 이에 대한 대책이 있소?"

"그것은……."

김일중은 선뜻 대답을 할 수 없었다.

"전하께서는 병환 때문에 후사를 볼 수 없소. 그렇다고 연잉군에게 사위하는 일은 결코 없을 것이오."

어씨의 목소리는 얼음 가루가 날리는 듯 냉랭했다. 그러나 김일중을 긴장하게 하고 있는 것은 어투가 아니라 사안의 핵심을 찌르는 날카로운 질문이었다. 김일중은 어씨의 질문이 비수보다 더욱 날카롭다고 생각했다.

"소인의 대계는 아직 거론할 단계가 아닙니다."

"그 대계라는 것이 혹시 전하의 양자를 말하는 것입니까?"

어씨의 질문에 김일중은 벼락을 맞은 듯이 몸을 부르르 떨었다. 누구에게도 말하지 않은 복심을 어씨가 찔러대고 있는 것이다.

"마마, 이 일은 국상이 끝나야 거론할 수 있습니다."

"그러면 너무 늦습니다. 전하와는 이미 합의를 보았으나…… 대비께서 어찌 생각할지 걱정입니다."

"과연 영민하십니다."

"그래서 연잉군에게 운을 떼어볼 작정인데 타초경사(打草驚蛇:풀을 건드려 뱀을 놀라게 하는 일)가 될 수도 있습니다."

"그리되면 노론이 당황하여 일을 저지르게 될 수도 있습니다."

노론이 음모를 꾸미면 그것을 빌미로 일망타진한다는 무서운 계책이었다. 잠시 서온돌에 어색한 침묵이 흘렀다. 김일중은 서온돌의 보료에 앉아 있는 중전 어씨가 일개 소녀가 아니라 거인이라는 생각이 들었다.

"양자는 누구를 들이는 것이 좋겠소?"

"밀풍군 이탄이 있습니다."

"이탄의 계보가 어찌 되오?"

"소현 세자의 증손입니다."

어씨는 김일중의 계략이 탁월하다고 생각했다. 국상이 끝난 뒤에 밀풍군을 양자로 삼아 세자로 책봉하면 노론과 연잉군 일파를 일거에 몰아낼 수가 있는 것이다. 절묘한 계책이 아닐 수 없었다. 어씨는 김일중과 자신의 생각이 완벽하게 맞아떨어져 가고 있다는 사실이 새삼스럽게 기뻤다.

"마마, 김 상궁이옵니다."

어씨가 깊은 상념에 잠겨 있을 때 대조전의 서온돌 밖에서 대전 상궁의 목소리가 들렸다. 어씨는 그때서야 상념에서 깨어나 고개를 들었다.

"들라 하라."

어씨가 싸늘하게 영을 내렸다. 이내 김 상궁이 서온돌로 들어와 어씨 앞에 앉아 고개를 숙였다.

"이영이라는 자를 만나보았느냐?"

어씨는 김 상궁을 통해 검계 이영을 관리하고 있었다. 김 상궁을 이영에게 보낸 것은 오늘이 벌써 세 번째다.

"예. 여전히 운심이라는 기생과 같이 있었사옵니다."

"기생 따위는 내 알 바 아니다."

"이영은 마마의 명을 충실히 따르겠다고 약속하였사옵니다."

어씨는 이영에게 돈과 선물을 보내고 밀풍군을 보호하라는 영을 내렸다. 밀풍군에게 변고가 생기면 김일중과 그녀가 세운 계획이 수포로 돌아가는 것이다.

"밀풍군은 어찌 지내느냐?"

"대의를 따르겠다고 하였습니다."

"되었다. 이제 시간이 지나면 모든 일이 해결되겠구나."

어씨는 모처럼 편안하게 발을 뻗고 잠을 잘 수 있을 것이라고 생각했다. 이제는 시간이 흘러 국상이 끝나면 밀풍군을 양자로 맞아들인다는 경종의 선언으로 노론을 몰아낼 수가 있다.

"전하께서는 무엇을 하고 계시느냐?"

"연잉군 마마와 부용지에서 바람을 쏘이고 계십니다."

경종과 연잉군은 이복형제다. 경종은 어릴 때부터 병치레를 자주 했지만 천한 무수리 출신인 숙빈 최씨의 소생인 연잉군은 건장하다. 어씨는 경종과 연잉군이 바람을 쐬고 있다고 생각하자 안색이 어두워졌다.

"나도 부용지로 가보아야겠다."

어씨가 몸을 일으키면서 말했다. 이제는 연잉군과 노론을 펄쩍 뛰게 만들 대계를 시작해야 하는 것이다.

"마마."

김 상궁이 깜짝 놀라서 만류하려는 표정을 지었다. 왕비라고 해도 임금이 부르지 않으면 함부로 찾아갈 수가 없는 것이 궁중 법도였다.

"괜찮다."

어씨는 벌써 대조전 서온돌을 나가고 있었다.

연꽃은 밤이면 활짝 핀다. 부용지의 연못에는 밤이 되자 연꽃이 활짝 피어 아름다웠다. 연꽃은 여름에 활짝 피는데 부용지에는 가을에도 수련이 피어 궁중 사람들이 즐겁게 완상하고 있었다. 연잉군은 경종과 함께 부용지 연못 옆을 나란히 걷고 있었다. 부용지 앞의 수양버들도 가지를 길게 늘어뜨리고 밤바람에 하늘거렸다. 가을이 되자 부용지를 휘도는 바람에 서늘한 기운이 느껴졌다.

"아우는 장안을 마음껏 다닐 수 있어서 좋겠구나. 때때로 나는 아우의 신분이 부럽기도 했다."

경종이 허망한 눈빛으로 연꽃을 보면서 말했다. 연잉군은 경종과 나란히 걸으면서 그의 말을 곱씹었다. 병든 몸으로 국정을 돌보고 있는 경종이 측은해 보였다.

"전하께서는 이 나라의 지존이십니다. 어찌 그런 말씀을 하십니까?"

연잉군은 밤이라 더욱 창백한 경종의 안색을 살피면서 말했다.

"아우와 나는 모친이 다르지만 형제다. 막내아우가 죽으니 둘만 남은 것이 아니냐?"

"망극하옵니다."

명빈 박씨가 낳은 연령군이 얼마 전에 죽었기 때문에 숙종의 아들은 둘뿐이었다. 희빈 장씨는 경종 외에도 성수공주와 영수공주를 낳았으나 모두 요절했다.

"조정이 서인과 남인으로 갈라져 싸우더니 이제는 청남과 탁남으로 갈라지고 노론과 소론으로 갈라져 당이 다르면 얼굴도 마주하지 않는다고 하는구나."

"참으로 부끄러운 일입니다."

"아우에게는 대안이 있느냐?"

"신은 탕평을 실시하는 것이 가장 좋을 것이라고 생각합니다."

"대신들이 용납을 해야지."

경종이 우울한 기색으로 모퉁이를 돌아서 주합루로 걸음을 옮기기 시작했다. 연잉군은 묵묵히 뒤를 따랐다.

"얼마 있지 않으면 대신들이 아우를 세제로 책봉하라고 주청을 올릴 것이다."

경종의 말에 연잉군은 가슴이 철렁하여 그의 뒷모습을 쳐다보았다. 노론에서 은밀하게 그와 같은 공작을 추진하고 있었으나 임금의 입에서 나올 때는 모종의 의도가 있다. 연잉군은 경종이 자신을 시험하고 있는지도 모른다고 생각했다.

"망극한 일이옵니다. 전하께서 장년이시고 중전 마마께서 춘추가 한창이신데 그런 주청을 올리는 것은 역모를 도모하는 것이나 다를 바 없습니다."

연잉군은 자신이 관련이 없다는 것을 알리기 위해 필요 이상으로 단호하게 아뢰었다.

"아우."

"예."

"나는 후사를 볼 수 없다. 어의가 백약이 무효라고 진단을 했다."

"그렇지 않사옵니다. 반드시 명의를 구하고 좋은 약재를 찾아서……."

경종의 말은 듣는 사람조차 역적이 될 수 있다. 연잉군은 온몸을 부르르 떨면서 경종의 진심을 파악하려고 애를 썼다.

"아우."

경종이 연잉군의 말을 잘랐다. 다행히 경종을 호종하는 내관들과 궁녀들이 멀리 떨어져 있어서 그들의 말을 들을 수 없었다.

"예."

"나라고 왜 그런 생각을 하지 않았겠는가? 젊은 중전을 보기가 안쓰러울 정도다. 중전이 부부의 정을 느끼지 못하니 딱하지 않은가?"

"신은 감히 들을 수가 없습니다."

"괜찮다. 나는 지금 형으로서 하는 말이다."

"……."

"부왕께서는 대신들을 절묘하게 조종하셨다. 남인이 크자 서인을 등용하여 쳐내고 서인이 크자 노론과 소론으로 갈라지게 하셨다."

"부왕의 큰 뜻을 신이 어찌 짐작할 수 있겠습니까?"

"이는 모두 우리 형제를 위한 것이다."

"전하."

"부왕께서는 우리 형제가 천명을 누리기를 바란 것이다."

연잉군은 언저리를 맴돌고 있는 경종의 진심을 헤아리기가 어려웠다.

"나는 세제 책봉을 거부하지 않을 것이다. 이는 부왕의 혈육이 너와 나뿐이기 때문이다."

"망극하옵니다."

"나라고 후사를 보고 싶은 욕심이 없겠는가? 그러나 국본이 없으면 나라가 위태로워지는 법이다. 너는 노론이 무엇을 하고 있는지 알고 있을 것이다. 나는 그들이 자중하기를 바란다."

경종의 말에 연잉군은 소름이 오싹 끼쳤다. 경종은 노론의 대신들에게 경고하고 있는 것이다. 자신은 후사를 볼 수 없으니 연잉군으로 세제를 책봉하겠지만 그 이상은 요구하지 말라는 뜻이다. 그때 부용지 앞에 중전 어씨가 나타났다.

"중전이 웬일인고?"

경종은 중전 어씨가 갑자기 나타나자 어리둥절한 표정을 지었다. 어씨가 궁녀들의 인도를 받아 부용지 모퉁이를 돌아 주합루로 왔다.

"전하, 바람을 쏘이십니까?"

어씨가 경종을 향해 고개를 숙여 인사를 했다. 연잉군이 황급히 머리를 숙이고 뒤로 물러섰다.

"중전이 어찌 주합루에 나왔소?"

"마침 연잉군이 들어와 전하를 뵙는다고 하기에 신첩이 주찬을 약간 마련해 가지고 왔습니다."

어씨는 궁녀들에게 지시하여 주합루에 간소한 주안상을 차리게 했다. 주합루에서는 부용지가 한눈에 내려다보인다. 연꽃이 만개한 부용지 연못 한가운데 노송만이 운치를 돕고 있었다. 연잉군은 갑작스러운 중전의 출현에 머리가 지끈거렸다.

"핫핫핫! 중전이 연잉군을 위하여 주찬을 내왔구려."

"전하의 하나뿐인 형제 분이 아닙니까? 소첩이 돈독한 형제애를 더욱 강건히 하라는 뜻으로 술을 올리겠습니다."

어씨는 경종과 연잉군의 잔에 손수 술을 따랐다. 어씨가 섬섬옥수로 따르는 술에서 국화향이 풍겼다.

"연잉군은 중전이 내리는 잔이니 술을 들라."

경종이 국화주 한 모금을 마신 뒤 연잉군에게 권했다.

"전하, 황송하여 몸둘 바를 모르겠나이다."

"호호호. 사사로이는 형수가 아닙니까? 사양하지 마세요."

어씨가 낭랑한 목소리로 연잉군에게 술을 권했다. 연잉군은 새삼스럽게 사례의 인사를 올린 뒤 술을 마셨다.

"무슨 말씀들을 나누고 계셨습니까?"

어씨가 연잉군의 잔에 다시 술을 따랐다.

"세제 책봉 이야기를 하고 있었소."

경종이 대수롭지 않은 일이라는 듯이 어씨를 향해 미소를 지으면서 말했다.

"세제라고 하셨습니까?"

"그렇소."

"신은 천부당만부당한 일로 사료되옵니다."

연잉군이 깜짝 놀라 머리를 조아렸다. 경종이 직접 세제 문제를 거론할 때 이를 사양하는 흉내를 내지 않으면 역적이 된다. 연잉군은 등줄기로 식은땀이 흘러내리는 듯한 기분이었다.

"연잉군은 너무 불안해하지 마시오. 우리는 가족이니 전하께서 후사를 볼 수 없다는 사실을 숨길 필요가 없소."

"마마……."

"연잉군은 전하의 형제입니다. 세제로 책봉한다고 해도 이상한 일이 아닙니다."

"전하, 소인은 감히 하교를 받들 수가 없습니다."

연잉군은 재빨리 무릎을 꿇고 대죄하는 시늉을 했다.

"연잉군, 전하께서는 진심을 말씀드렸을 것이오."

"신은 감히……."

"연잉군이 그토록 반대를 하지만 달리 대책이 있는 것도 아니지 않소? 일어나시오."

"하오나 신이 어찌 감히……."

"연잉군이 세제를 반대하면 양자를 들이는 방법밖에 달리 방도가 없지요."

어씨는 지나가는 말로 퉁명스럽게 내뱉었다.

'양자?'

연잉군은 어씨의 무심한 말투에 눈앞이 캄캄해져 왔다. 경종이 양자를 들이려고 하고 있다. 그렇게 되면 자신은 절대로 보위에 오르지 못한다. 아아, 이 당돌한 여자가 무슨 말을 하고 있는지 알고 있기나 한 것일까. 그것은 태풍이 몰아치는 것보다 더 무서운 말이었다.

"전하, 그렇지 않습니까?"

"연잉군이 굳이 반대를 하면 양자를 들일 수밖에 없지요."

경종은 그다지 놀라지도 않은 듯이 대답했다. 중전 어씨와 이미 상의가 되어 있는 듯한 어투였다. 경종이 경회루로 자신을 불러 세제 문제를 거론하고 중전이 때마침 나타나서 양자 문제를 거론하는 것은 잘 짜여진 각본에 지나지 않을 것이다. 연잉군은 물러가라는 어명이 내리자 비틀대는 걸음으로 이현궁으로 돌아왔다.

"중전 마마께서 양자를 들인다고요?"

연잉군의 사저인 이현궁에는 조인성이 들어와 있다가 경악하여 연잉군을 쳐다보았다. 장붕익도 그 옆에 있다가 놀란 표정을 감추지 못했다.

"그렇다네."

연잉군이 맥이 빠진 목소리로 대답했다.

"누구를 양자로 들인다는 말씀이 있었습니까?"

"누구라는 말은 없었네."

연잉군은 한숨을 내쉬었다. 경종이나 중전 어씨가 양자로 들일 왕실의 신분을 밝히지 않은 것은 당연했다. 중전 어씨가 양자 문제를 거론한 것은 연잉군과 노론의 반응을 떠보기 위한 것에 지나지 않는다.

연잉군은 밖에서 부는 가을바람이 더욱 스산하게 느껴졌다.

주상께서 즉위하신 이래 공묵(恭默)하여 말이 없고, 조용히 방관하여 신료를 인접하여 더불어 수작하지 아니하고, 군하의 진품(陳稟)을 모두 허락하니 흉당이 업신여겨 두려워하고 꺼리는 바가 전혀 없었으므로 중외에서 근심하고 한탄하며 질병이 있는가 염려하였다. 그런데 이에 이르러 하룻밤 사이에 건단(乾斷)을 크게 휘둘러 군흉(群凶)을 물리쳐 내치고 사류(士類)를 올려 쓰니 천둥이 울리고 바람이 휘몰아치며 하늘과 땅이 뒤집히는 듯하였으므로 군하가 비로소 주상이 재덕을 숨기고 있음을 알았다.

—『경종실록』에서

칼꽃

11

조선에서 가장 긴 하루

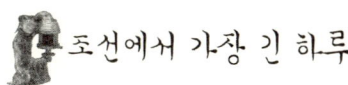 조선에서 가장 긴 하루

영의정 김창집은 조인성의 말에 경악을 금치 못했다. 그의 사랑에 좌정해 있는 많은 대신들도 조인성의 말에 충격을 받은 표정이었다. 김창집은 경종이 보위에 오르자 은밀하게 연잉군을 세제로 책봉하라고 압력을 넣고 있었다. 경종이 후사를 보지 못하는 한 연잉군이 세제가 되는 것은 당연한 일이었기 때문에 느긋하게 기다리고 있었다. 그러나 마른하늘에 날벼락이라고, 경종과 중전 어씨가 양자를 들이려고 한다는 사실에 입을 다물 수 없었다. 김창집의 사랑방에는 시원임 대신을 비롯하여 고위 관직에 있는 노론의 관리 대부분이 몰려와 벌집을 쑤신 듯이 웅성거렸다.

"이게 전하의 복심인가?"

김창집이 탄식을 하듯이 좌중을 둘러보았다.

"임금이 양자를 들이는 것은 전례가 없는 일입니다. 선왕의 아들이 있는데 어찌 양자를 들인다는 말입니까?"

영중추부사 조태채가 분노로 몸을 떨면서 말했다.

"대체 누가 이와 같이 망극한 언사를 입에 올린다는 말인가?"

"중전이라고 합니다."

조인성의 말에 좌중에 일시에 탄성이 흘러나왔다.

"중전? 중전은 이제 열여덟 살이 아닌가? 열여덟 살의 어린 여인이 어찌 이와 같은 계책을 내놓을 수 있겠나?"

"중전이 나이는 어리지만 사서삼경을 읽었다고 합니다. 어리다고 얕볼 수는 없습니다."

"아니야. 중전 뒤에 누가 있는 게야."

"우의정 조태구 대감이 있지 않습니까?"

조태구는 조정에 들어와 있는 소론의 강경파다. 한성 판윤을 지낸 우참찬 최석항과 함께 소론을 영도하고 있다.

"우의정이 이만한 계책을 내놓을 리가 없어."

"하오면 김일중이 아닐는지요?"

"김일중?"

"김일중이 이번에 한양에 있는 검계들을 모조리 소탕했다고 합니다."

"김일중이 어떻게 검계들을 소탕해? 김일중이 그만한 힘을 가지고 있는가?"

"계획된 음모입니다. 이번에 소탕된 검계들은 모두 우리 노론에 자금을 대주고 있는 하영근 객주의 수하들입니다."

조인성은 노론의 책사나 다를 바 없을 정도로 지략이 비상했다. 그는 노론의 원로대신들에게는 없어서는 안 될 지략가이고 정보통이다. 한양의 거상들로부터 받는 뇌물도 모두 조인성을 통해서 들어오고 있다. 김창집이나 이이명이 남인 출신의 조인성을 책사로 두고 있는 것은 그가 남인이었을 때 만들어놓은 인맥과 수집한 정보 때문이었다.

"허어, 그러면 하영근 객주를 친 뒤 우리 노론을 치려는 음모가 아닌가?"

"저희도 계책을 세워야 합니다."

"어떤 계책을 세우라는 것인가?"

"먼저 양자를 들이지 못하도록 막아야 합니다. 양자로 거론되는 자를 없애야 합니다."

조인성의 말에 대신들이 난처한 듯이 서로의 얼굴을 쳐다보았다. 한 나라의 국정을 다스리고 있는 대신의 신분으로 청부 암살을 지시할 수는 없었다.

"양자로 거론되는 자가 누구인가?"

김창집이 조인성에게 물었다.

"밀풍군 이탄입니다."

"이탄이 누구인가?"

"소현 세자의 중손입니다. 밀풍군을 제거하여 우리가 양자를 용납하지 않는다는 사실을 알려야 합니다."

"밀풍군이 양자로 거론되고 있는 것을 어찌 알았나?"

"대궐에 있는 궁인들을 통해 들었습니다."

"그 일은 자네가 알아서 하게."

김창집이 단안을 내렸다. 좌중에는 경종과 중전의 양자설 때문에 의논이 분분했다.

"우리가 세제 책봉을 강력히 주청해야 합니다."

좌중이 시끄러워지자 좌의정 이건명이 조용히 하라는 손짓을 하면서 김창집에게 말했다. 이이명이 주청사로 청나라에 다녀오면서 이건명이 좌의정에 제수되어 있었다.

"세제 책봉은 국상이 끝나야 하지 않는가?"

"그렇게 늦출 수가 없습니다."

"전하께서 세제 책봉을 거부하면 어찌할 것인가?"

"비상한 계책을 마련했습니다."

"그 비상한 계책이 무엇인가?"

김창집의 질문에 조인성이 망설이는 듯한 표정으로 좌중을 둘러보았다. 그는 수십 개의 눈이 자신을 주목하자 부담스러운 듯이 낮게 헛기침을 했다. 김창집이 다시 한 번 재촉했다.

"삼수(三手)입니다."

조인성이 마지못한 듯이 대답했다.

"삼수?"

김창집이 어리둥절해하자 조인성이 낮은 목소리로 삼수를 설명하기 시작했다. 삼수는 세 가지의 수법이란 뜻이다. 대급수(大急手), 소급수(小急手),

평지수(平地手)를 일컫는 것인데, 대급수는 자객을 시켜 칼을 품고 대궐에 들어가서 왕을 시해하는 것이요, 소급수는 중국에서 사온 환약을 궁녀에게 주어 음식물에 타서 왕을 독시(毒弑)하는 것이요, 평지수는 선왕의 전교를 위조하여 경종을 폐출시키는 것이었다.

조인성의 말을 들은 대신들은 전신을 부르르 떨었다. 조인성이 세운 계획은 너무나 엄청난 것이었다.

"이것은 너무나 무서운 일이 아닌가?"

김창집이 상상하기도 싫다는 듯이 언성을 높였다.

"그러니 이런 방법을 쓰기 전에 세제가 책봉되어야 합니다. 이는 신진 사대부들이 준비하고 있는 것입니다."

신진 사대부란 노론 쪽의 젊은 사대부들을 말하는 것으로 김용택, 이기지, 정인중, 이희지, 이천기를 일컫는다. 그들은 원로대신들보다 더욱 강경하여 당장이라도 일을 도모해야 한다고 주장하고 있었다.

"음."

김창집은 고통스럽게 입술을 깨물었다. 자신이 노론의 영수인 것은 분명했으나 젊은 사대부들의 강경론을 막아낼 수 없다고 생각했다. 그들의 행동을 중지시키는 것은 연잉군을 세제로 책봉하게 하는 것뿐이었다. 김창집은 그날 밤 잠을 이룰 수 없었다. 자칫하면 역적으로 몰려 가문이 몰살당할 수도 있었다. 그러나 경종이 양자를 들여 후사를 잇게 되면 조정이 소론이나 남인의 수중에 들어가게 된다. 희빈 장씨의 죽음에는 노론도 연루되어 있다. 소론은 같은 서인이면서도 노론에게 탄압을 받았기 때문에 경종이 즉위하자 재기를 모색하고 있었다.

"제왕의 덕의(德義)는 효행에 지나침이 없고, 추보(追報)의 도리는 예경의 밝은 훈계이며, 어미가 아들로서 존귀하게 되는 것은 춘추의 대의입니다. 이제 전하께서 종사의 주인이 되었는데 낳아주신 어버이는 오히려 명호(名號)도 없이 적막한 마을이 한없이 쓸쓸하고 한 줌의 무덤에는 풀만 황량합니다."

소론 출신의 유학 조중우가 경종이 즉위하자마자 희빈 장씨가 임금의 어머니이니 높이 받들어야 한다고 상소를 올렸다. 조정은 조중우의 상소로 발칵 뒤집혔다.

"유학 조중우가 와서 소장(疏章)을 올렸는데 신 등이 그 소본(疏本)을 보니 어미가 아들로서 존귀하게 된다고 말하였습니다. 또 선대왕의 오르내리는 영혼이 오늘날의 거조에 대하여 반드시 어긋났다고 하지 않을 것이라고 하였고 '선대왕의 은밀한 뜻이 그 사이에 있다' 고도 하였습니다. 아! 이 어찌 신하가 차마 입 밖에 낼 수 있는 말입니까? 이런 귀역의 무리를 엄중히 징계하고 통렬하게 배척해야 합니다."

노론의 승지 홍치중, 권엽, 한중희, 홍계적, 윤석래 등이 일제히 아뢰었다. 노론은 조중우를 역적으로 몰아 가혹하게 고문했다. 임금의 어머니를 높이 받들어야 한다는 주장은 희빈 장씨의 죽음에 관여한 노론을 공격하는 것이었다. 결국 조중우는 의금부에서 가혹하게 고문을 받다가 박살되어 죽었다. 박살은 죽을 때까지 때리는 것이니 그가 얼마나 가혹한 고문을 받았는지 알 수 있을 것이다. 그러나 노론은 조중우를 죽이는 것에 그치지 않고 희빈 장씨를 죽인 일이 옳은 일이니 기록에 남겨야 한다고 경종을 몰아세웠다.

"무릇 신사년의 변고는 은밀하여 헤아리기 어려웠는데 선대왕께서 밝게 기미를 통촉하여 환난을 미연에 방지하였고, 과단성을 발휘하여 헌장(憲章)을 밝게 시행함으로써 궁중을 엄숙하게 하고 여러 사람의 울분을 풀게 하였습니다. 그 처분은 역사를 상고하더라도 보기 드문 바이니 반드시 지문을 고쳐 써야 할 것입니다."

노론의 성균관 학생 윤지술이 권당을 하면서 희빈 장씨를 죽인 일이 옳은 일이니 숙종의 지문(誌文:무덤 속에 넣는 글)에 기록해야 한다고 주장했다. 조정이 또다시 크게 술렁거렸다. 경종은 대노하여 윤지술을 변방으로 유배를 보내라는 영을 내렸다. 자신의 어머니를 죽인 일을 잘한 일이라고 역사에 기록해야 한다고 주장하고 있으니 분개하는 것은 당연했다.

"윤지술은 태학생의 몸으로서 선대왕의 큰 계책과 거룩한 공덕이 지문 가운데 행여나 누락됨이 있을까 염려해 물의(物議)를 채택하여 소회(所懷)를 써 올린 것으로 오로지 선열을 선양하는 뜻에서 나왔으니 가볍게 꺾는 것은 결코 옳지 않습니다. 하물며 갑자기 변방에 정배하는 중벌을 내릴 수 있겠습니까?"

노론이 일제히 윤지술을 옹호하고 성균관 학생들마저 윤지술의 유배를 반대하면서 권당했다.

'내 생모를 죽인 일이 역사에 드문 일이라고?'

경종은 윤지술과 노론의 행패에 분노했다. 그러나 노론이 조정을 장악하고 있었기 때문에 경종은 윤지술을 귀양 보내는 처벌을 중지했다. 일개 성균관 학생조차 경종은 마음대로 귀양을 보낼 수가 없었다.

조인성으로부터 노론 신진 사대부들이 삼수까지 준비하고 있다는 말을 들은 김창집은 마침내 연잉군의 세제 책봉을 들고 나왔다. 노론의 원로대신들이 잠자코 있으면 혈기 방장한 노론 강경파가 기어이 일을 도모하게 될 것이기 때문이었다.

"전하께서는 춘추가 한창이신데도 아직껏 후사가 없으시니 중외의 신민이 근심스럽게 걱정하고 탄식하고 있습니다. 삼가 생각컨대 우리 자성(慈聖:대비)께서는 거창한 애구(哀疚:상중) 중이신 데도 반드시 걱정을 더 하실 것이요, 우리 선왕의 하늘에 계신 혼령께서도 반드시 돌아보시고 답답해하실 것입니다. 하물며 우리 조종께서 이미 행하신 영전(令典:전례)이 있으니 어찌 오늘날 마땅히 준행할 바가 아니겠습니까? 바야흐로 국세는 위태롭고 인심은 흩어져 있으니 더욱 마땅히 나라의 대본(大本)을 생각하고 종사의 지계(至計)를 꾀해야 할 것인데도 대신들은 아직껏 저사(儲嗣:후사)를 세울 것을 청하는 일이 없으니 신은 이를 개탄하는 바입니다. 원컨대 전하께서는 빨리 이 일을 자성께 상품(上稟)하시고 대신들에게 의논케 하시어 사직의 대책을 정하여 억조 신민의 큰 소망을 이루소서."

사간원 정언 이정소가 상소를 올렸다. 이정소는 물론 노론이었다. 이정소의 상소는 한 개인의 상소가 아니라 노론이 세제 책봉을 밀어붙이기 위한 신호탄이었다.

이정소의 상소가 올라오자 경종은 망연히 허공을 바라보았다. 노론이 세제 책봉으로 은근하게 압력을 넣고 있었으나 예상보다 빨리 표면화된 것이다. 이정소는 물론 노론 대신들의 사주를 받았을 것이고 대비의 내락까지 받았을 것이다. 상소에서 자성의 허락을 받으라고 언급한 부분이 바로 그것이다.

"상소에 비답을 내려주소서."

노론의 승지들이 일제히 아뢰었다.

"물러가라. 내가 모후께 아뢰겠다."

경종이 승지들에게 영을 내렸다. 그러나 경종은 대비인 인원왕후를 만나기 전에 먼저 선의왕후 어씨를 만났다.

"대신들에게 품처하라고 하십시오."

"이는 노론의 대신들이 사주한 것이오."

"조정대신들 중에 우의정 조태구는 소론입니다. 그 외에도 노론의 전횡을 반대하는 대신들이 있을 것입니다."

"연잉군이 세제가 되는 것이 옳겠소?"

"세제가 되는 것으로 만족하지 않을 것입니다. 저들이 전하를 폐출시킬지도 모릅니다."

선의왕후 어씨의 말에 경종은 몸을 부르르 떨었다. 경종은 승정원에 이정소의 상소를 대신들에게 품처하라는 영을 내렸다. 선의왕후 어씨는 김상궁을 시켜 김일중에게 알리게 했다.

'결국 노론이 먼저 칼을 뽑는군.'

김일중은 우의정 조태구를 찾아갔다. 상황이 긴박하게 돌아가고 있었다.

"전하께서 춘추가 한창인데 어찌 세제를 세우는가? 나는 결코 용납할 수 없네."

김일중의 보고를 받은 조태구가 경악하여 주먹으로 서안을 내려쳤다. 조태구는 소론의 영수이면서 불같은 성격을 갖고 있었다. 김일중은 조태구에게 불만 붙이면 노론과 한바탕 논쟁을 벌일 것이라고 생각했다.

"조정대신들에게 품처하라는 영을 내렸다고 합니다."

"나는 참석하지 않을 것이네."

조태구가 단호하게 말했다. 조정은 노론과 소론의 대립으로 일촉즉발의 긴장감이 팽배해지고 있었다. 영의정 김창집과 좌의정 이건명이 빈청에 나가 전 현직 원로대신과 육조 판서, 한성부 판윤, 삼사장관(三司長官)을 불러 의논하여 결정할 것을 경종에게 요청했다. 이정소의 상소가 올라온 지 하루가 가기도 전에 노론이 경종을 몰아치고 있는 것이다. 판중추부사 김우항, 예조판서 송상기, 이조판서 최석항은 소명을 어기고 나오지 않았다.

"노론이 세제를 세우겠다고 하면 우리는 결사적으로 반대해야 한다."

소론도 우의정 조태구의 집에 모여 회의를 열었다.

김창집과 이건명은 그날 밤 영중추부사 조태채, 호조판서 민진원, 판윤 이홍술, 공조판서 이관명, 병조판서 이만성, 우참찬 임방, 형조판서 이의현, 대사헌 홍계적, 대사간 홍석보, 좌부승지 조영복, 부교리 신방과 더불어 경종의 알현을 요청했다. 경종이 밤이 늦었다고 허락하지 않았으나 이들은 물러가지 않고 집요하게 알현을 요청했다. 경종은 마침내 시민당에서 이들을 접견했다.

"성상께서 춘추가 한창 젊으신데도 아직껏 저사가 없으시니 신은 부끄럽게도 대신으로 있으면서 주야로 걱정이 됩니다. 다만 사체가 지중하기 때문에 감히 앙청하지 못하였습니다. 지금 이정소가 올린 상소가 구구절절 지당하니 누가 감히 이의가 있겠습니까?"

영의정 김창집이 이정소의 말이 옳으니 연잉군을 세제로 세울 것을 청했다. 경종은 김창집의 말에 대꾸하지 않고 눈만 내리깔고 있었다. 경종은 워낙 조용하고 주눅이 들어 있어서 눈만 내리깔고 대답을 하지 않는 일이 많았다. 말을 할 때도 기어들어 가듯이 목소리가 작아서 대신들이 바짝 귀를 기울여야 했다.

"송나라 인종이 두 황자를 잃으니 춘추는 비록 늦지 않았지만 간신 범진(范鎭)이 건저를 소청하고 대신 문언박(文彦博) 등이 힘써 찬성하여 대책을 정한 바 있습니다. 이제 대신(臺臣)의 말이 이미 나왔으니 오래 끌 수는 없습니다. 청컨대 빨리 처분을 내리소서."

영중추부사 조태채가 송나라의 고사를 빌어 경종에게 압박을 가했다.

"자성의 하교에 매양 이르시기를, '국사가 걱정이 되어 억지로 미음을 든다' 하셨으니 비록 상중이라도 종사를 위한 염려가 깊으신 것입니다. 이 일은 일각이라도 늦출 수가 없으므로 신 등이 감히 깊은 밤중에 소대를 청한 것이니 원컨대 전하의 생각을 더하시어 빨리 대계를 정하소서."

좌의정 이건명이 아뢰고 판서들도 강경하게 요구했다. 경종은 사방에서 대신들이 위협하자 공포를 느꼈다. 자신들의 요구를 받아들이지 않으면 보위에서 몰아낼 듯이 사납게 몰아세우는 대신들은 이미 신하가 아니었다.

"대신들과 여러 신하들의 말은 모두 종사의 대계를 위한 것이니 청컨대 속히 윤종하소서."

승지 조영복이 대신들의 뜻을 따르라고 요구했다. 이제는 임금의 비서인 승지까지 나서서 경종을 압박했다. 경종은 분노로 이글거리는 눈으로 조영복을 쏘아보았다. 그러나 대신들은 굴복하지 않고 집요하게 물고 늘어졌다.

"윤종한다."

경종이 마침내 힘없이 내뱉었다. 경종이 노론 대신들의 위협에 굴복한 것이다.

"이는 종사의 더없는 복입니다."

대신들이 일제히 아뢰었다.

"대신이 말한바, 조종의 영전이란 정종 때의 일을 가리킨 듯합니다. 성상께서는 위로 자전을 모시고 계시니 자전께 들어가 사뢰어 수필(手筆:직접 손으로 쓴 글)을 받은 연후에야 봉행하실 수 있습니다. 신 등은 합문 밖에 나가서 기다릴 것을 청합니다."

김창집과 이건명이 아뢰었다. 정종이 아우인 태종 이방원에게 양위를 한 전례가 있다는 사실을 강조하고 대비 인원왕후가 직접 쓴 언문 교지를 받아오라고 경종을 다그쳤다. 경종이 비록 연잉군을 세제로 책봉한다고 해도 왕실의 가장 어른인 대비를 핑계로 뒤집을 수도 있기 때문이었다. 대신들이 떼로 몰려와 언성을 높이면서 강요하자 경종은 일언반구의 대꾸도 없이 내전으로 들어갔으나 좀처럼 나오지 않았다. 노론의 대신들은 초조해지기 시작했다. 시간이 흘러 자정이 지나고 별빛이 사위어가는 새벽이 왔다. 김창집과 이건명은 승전 내관을 불러 임금에게 나오라고 재촉했다. 경종은 새벽 누종(漏鍾)이 친 뒤에야 노론의 대신들에게 낙선당(樂善堂)으로 들어오라고 영을 내렸다.

"벌써 자성께 품계하셨습니까?"

김창집이 경종의 눈치를 살피면서 물었다.

"그렇다."

경종은 피로에 지친 기색으로 짤막하게 대답했다.

"반드시 자전의 수찰이 있어야만 거행할 수 있습니다."

"봉서는 여기 있다."

경종이 소매에서 봉서를 꺼내 김창집의 앞으로 던졌다. 김창집이 봉서를 집어서 뜯었다. 피봉 안에는 종이 두 장이 들었는데, 한 장에는 해서(楷書)로 '연잉군'이란 세 글자가 쓰여 있었고 한 장은 언문 교서였다.

"효종 대왕의 혈맥과 선대왕의 골육으로는 다만 주상과 연잉군뿐이니 어찌 딴 뜻이 있겠소? 나의 뜻은 이러하니 대신들에게 하교하심이 옳을 것이오."

여러 신하들이 모두 읽어보고는 울었다. 이건명이 사관으로 하여금 해자(楷字)로 언문 교서를 번역해서 승정원에 내리게 하고 승지로 하여금 전지를 쓰게 할 것을 청하니 경종이 그렇게 하라고 영을 내렸다.

"연잉군을 저사로 삼는다."

승지 조영복이 전지를 썼다. 이어 예조 당상관을 불러 거행할 것을 청하고, 여러 신하들은 물러갔다.

노론의 대신들이 한밤중에 대궐로 몰려와 연잉군을 세제로 세우라고 압박한 것은 장안을 발칵 뒤집어놓았다. 장안은 민심이 흉흉해졌다. 연잉군은 가만히 있어도 저절로 왕세제가 될 수 있었으나 밀풍군을 양자로 들이는 문제가 불거지면서 노론이 위기감을 느끼고 행동에 나서게 되어 더욱 문제가 커졌다. 노론이 임금을 위협했다고 하여 많은 대신들이 분노했다. 경종에게 압박을 가해 대비의 수찰을 받게 한 것도 임금을 임금으로 여기지 않는 무례한 행동이었다.

경종은 연잉군을 왕세제로 책봉한다고 한 뒤에 명릉을 참배하겠다고 말했다. 그러나 김창집은 그것까지 반대했다. 소론은 노론이 연잉군을 왕세제로 세우자 가만있지 않았다. 소론의 강경파인 유봉휘가 상소를 올렸다.

"나라에서 저사를 세우는 일이 얼마나 중대한 일인데 시임(時任:현직) 대신으로 한강 밖에 있었던 대신은 까마득히 알지 못하였습니다. 원임(原任:전직) 경재(卿宰:판서와 재상)로 처음에 불러서 나가지 않은 사람은 재차 부르지도 않고서 졸급하고 바쁘게 굴면서 조금도 국체를 생각하는 마음이 없었으니 신은 이것이 무슨 거조인지 알지 못하겠습니다. 생각건대 우리 전하께서는 중전을 재차 맞이하고 약을 드시며 걱정하시니 후사의 있고 없음을 아직 논할 수 없는 것이고, 전하의 보산(寶算:보령)이 한창 젊으시고 중전께서도 나이 겨우 계년(筓年:여자 나이 15세)을 넘으셨으니 일후에 종사의 경사가 있기만을 온 나라 신민들은 크게 바라고 있는 중입니다. 혹자는 양궁께서 병환이 있어 탄육에 지장이 있다고 말합니다만 그렇다면 보호하는 자리에 있어서는 마땅히 의약에 정성을 다하여 최대한 힘을 쓰지 않을 수 없는데도 이에 생각이 미친 자가 있다는 것을 듣지 못하였으며, 결국은 즉위하신 원년에 갑자기 이러한 거조가 있게 되었으니 이것이 대체 어찌 된 까닭입니까?"

유봉휘의 상소는 노론 대신들만이 참석하여 세제 문제를 결정한 것은 옳지 않다고 맹렬하게 비난하면서 신하들이 임금을 우롱하고 협박했다고 쓰여 있었다. 노론의 승지들은 유봉휘의 상소를 읽지 않으려고 했다. 경종은 승지 한중희에게 소를 읽으라고 다그쳤다.

"성명이 이미 내려졌고 세제의 자리가 이미 정해졌으니, 신하 된 자가 감히 용이하게 말할 일이 못 되는데도 유봉휘의 이러한 상소가 있으니 주상께서는 준례에 따라 비답을 내릴 수 없습니다. 마땅히 대신과 삼사의 관원을 불러 물어보고 처분을 내려야 할 것입니다."

한중희가 상소를 읽으라는 임금의 영을 거역하고 대신들을 불러 논의할 것을 아뢰었다. 경종이 대비와 상의하겠다고 했으나 한중희는 강권하다시피 대신들을 부를 것을 강력하게 요청했다. 경종은 그때서야 대신들을 부르라고 영을 내렸다. 그러나 대신들이 대궐 밖에 대령하고 있는데도 만나

주지 않다가 밤이 깊어서야 어전으로 불러들였다.

"선대왕께서는 일월 같은 밝으심으로 나의 후사가 없음을 매우 염려하셨다. 이제는 나의 병이 점점 더하여 득남할 희망이 없으니 삼가 부탁의 중함을 받들고자 밤낮으로 근심하고 두려워하여 편안히 지낼 겨를이 없었다. 엊그제 대간의 상소는 종사를 위하여 국본을 정하려 한 것이니, 선왕의 성려와 나의 우려하고 탄식하는 마음에 바로 일치한 것이기에 모후에게 아뢴즉 이르시기를, '효종의 혈맥과 선왕의 골육은 다만 주상과 연잉군뿐이다' 하셨으니, 자교(慈敎)가 지극히 간절하였으므로 나도 몰래 눈물을 흘렸다. 내게 조금이라도 후사를 볼 희망이 있었다면 어찌 이러한 하교가 있었겠는가? 이미 저사를 정했으니 이는 실로 종사의 무궁한 복이요, 또 내가 크게 바라던 바다. 유봉휘의 상소가 천만뜻밖에 나와 말이 광망하기까지 하였으니 이는 어떤 사람이기에 어찌 이와 같을 수가 있는 것인가? 이를 내버려 둘 수가 없으니 경 등이 의논하여 아뢰라."

경종이 대신들에게 말했다. 경종은 노론의 대신들이 흉흉한 기세로 몰려오자 오히려 유봉휘를 비난하는 나약한 면모를 보였다.

영의정 김창집, 좌의정 이건명, 대사헌 홍계적, 대사간 유숭 등이 일제히 아뢰었다.

"전하께서만 이를 근심하신 게 아니었습니다. 이제 성지를 받들고 보니 선왕께서도 깊이 염려하신 바였고 자성께서도 하교하신 바이니 여러 신하들의 주청은 오히려 늦었다 할 것입니다. 무슨 급히 서두른 잘못이 있기에 유봉휘의 말이 이 지경에 이르렀겠습니까? 하물며 그의 '우롱하고 협박하였다'는 등의 말은 다분히 여러 신하들을 성토할 계책에서 나온 것으로 군주의 존엄으로서 군하의 우롱과 협박을 받았다 한다면 과연 어떻게 되겠습니까? 우롱하고 협박하여 이 대계를 이루었다고 말한다면 왕세제의 마음은 과연 편안하겠습니까, 편안하지 않겠습니까? 성명을 한 번 내리자 수많은 백성들이 목을 길게 빼고 몹시 기다리고 기뻐하면서 온 나라에서 생기를 가지고 있는 무리들이 좋아하고 손뼉 치지 않는 이가 없었는데 저 유봉휘는 내심에 불만을 품고 현저히 국본을 흔들어보려는 뜻을 지닌 것이 분명합니다. 군주를 무시하고 도리에 어긋난 죄를 엄중하게 징계하지 않는다면 난신적자가 반드시 잇따라 일어날 것이니 청컨대 국청을 설치하여 엄중히 신문하여 왕법을 바로잡으소서."

노론은 소론의 강경파 유봉휘를 처벌할 것을 요구했다. 경종은 노론의 대신들이 강경하게 요구하자 유봉휘를 추국하라고 영을 내렸다. 세제 문제로 조정이 시끄러워지자 연잉군의 처지가 어려워졌다.

"갑자기 신자로선 감히 들을 수도 없는 전교가 내릴 줄은 생각지도 못하였습니다. 신은 놀랍고 황공하여 어쩔 줄을 몰라서 차라리 땅을 파고들어가고 싶지만 될 수가 없었습니다. 신의 타고난 성품은 용렬하여 백 가지에 한 가지도 잘한 일이 없으며, 저사의 자리가 얼마나 중대한 것인데 갑자기 절대로 근사하지 않은 신의 몸에 내리게 되니 이것이 어찌 다만 신의 마음만 조심스럽고 두려울 일이겠습니까? 삼가 원하건대 신의 지극한 정성을 살피시어 빨리 성명을 거두어주소서."

유봉휘의 상소로 조정의 논의가 분분하자 연잉군은 왕세제 책봉령을 거두어달라고 청했다. 물론 이것은 조정의 논의를 잠재우고 자신이 세제 자리에 연연하지 않는다는 사실을 내외에 천명하기 위한 연극에 지나지 않았다.

"나라에 큰 경사가 있어 처분이 이미 정해진 뒤에 유봉휘가 이러한 진언을 하였으니 나라를 위하는 충심이 성실하여 딴마음이 없습니다. 오늘날 전하께 충성하는 자는 뒷날에도 반드시 저군(儲君)에게 충성을 다할 것입니다. 설사 말이 광망할지라도 나라를 위하여 충성을 다하려 함인데 갑자기 국청을 명하시면 어찌 간언을 용납하는 도리에 손상이 있지 않겠습니까? 군주를 인도하여 진언한 자를 박살토록 하는 것은 성세의 치도가 아닙니다. 원컨대 특별히 삼사를 가하시어 빨리 성명을 거두어주소서."

노론은 유봉휘를 곤장을 때려죽이려고 했으나 소론의 우의정 조태구가 맹렬하게 반발했다. 연잉군은 또다시 상소를 올려 왕세제 책봉을 철회할 것을 요구했다. 조정이 뒤숭숭한 가운데 유봉휘는 결국 귀양을 가게 되었다. 연잉군이 왕세제가 되면서 소론이 일단 패배한 것으로 보였으나 청나라에 왕세제 책봉을 주청하러 간 이건명이 청의 대신들과 문답한 내용이 조정에 알려져 다시 거대한 풍파가 일어났다.

"조선 국왕이 무슨 병을 앓고 있어서 후사를 보지 못한다는 말이오?"

청나라 대신이 이건명에게 물었다.

"위질(痿疾)입니다."

이건명이 대답했다. 위질은 발기불능을 말하는 것이었다. 이 사건은 사신으로 따라갔던 주청 부사 윤양래와 서장관 유척기가 자문(咨文:외교 문서)

에 기록하면서 조정을 들끓게 만들었다.

"국본을 미리 세우는 것은 종묘를 중대하게 여기기 때문입니다. 사신의 임무를 받은 자가 사리에 근거하여 진주(陳奏)하고 준청(準請)을 기약함은 사리상 당연한 것인데, 지난번 자문을 찬술한 사람은 감히 '위약(痿弱)'이란 두 글자를 제멋대로 성궁(聖躬:임금)에 더하였으며, 피인(彼人:중국 대신)과 문답하는 즈음에 이르러서는 위질이란 말을 다시 되풀이하였습니다. 또 '좌우의 잉속'이란 등의 말을 터무니없이 꾸며내어 군부(君父)를 크게 무욕(誣辱)하였으니, 이것이 어찌 신자로서 감히 입 밖에 낼 수가 있는 것이겠습니까?"

소론이 이건명을 대대적으로 공격했다. 이건명이 청나라에 주청사로 갔던 일이 조정에 알려지면서 한바탕 소용돌이에 휘말렸다. 그러나 조정은 노론이 장악하고 있었다. 노론은 비록 소론의 공격을 물리치기는 했으나 경종이 보위에 있는 한 언제든지 위기에 빠질 수도 있었다. 소론이 노론에 대하여 줄기차게 공격하자 노론도 비상한 대책을 세우기 시작했다. 특히 노론의 소장 세력들이 강경한 대책을 세우면서 원로들은 등을 떠밀리는 격으로 경종을 압박하게 되었다.

"전하는 어떤가?"

노론의 영수인 김창집이 조인성에게 물었다. 김창집의 집에는 매일같이 원로대신들이 모여들어 회의를 했다.

"몸이 좋지 않습니다. 약방의 진찰을 받고 있습니다."

조인성이 김창집의 근엄한 얼굴을 쳐다보면서 대답했다.

"정사는 볼 수 있는가?"

"정사를 보기는 하지만 쉽지 않습니다."

"왕세제께서는 춘궁에 들어와 계신가?"

연잉군은 왕세자가 되자 동궁에 들어와 있었다.

"예. 인원왕후를 자주 찾아뵙고 있습니다."

김창집은 어려운 결단을 내리려는 듯이 눈을 지그시 감고 있었다. 그의 사랑방에 모인 대신들이 숨을 죽이고 그를 쳐다보았다.

"왕세제에게 대리청정을 맡겨야겠네."

김창집이 마침내 무겁게 입을 열었다.

"대리청정이요?"

대신들이 일제히 김창집을 쳐다보았다.

"전하께서 몸이 아프지 않은가?"

노론의 대신들은 경악했다. 왕세제를 책봉한 일도 엄청난 일인데 대리청정까지 밀어붙이는 것은 무서운 일이었다. 그러나 노론의 원로대신들은 연잉군에게 대리청정을 시킨 뒤 경종을 상왕으로 몰아낼 작정이었다. 그 다음은 노산군이 그랬던 것처럼 귀양을 보낸 뒤 역모로 몰아 죽이면 되는 것이다. 대리청정을 준비하는 노론이나 이를 반대하는 소론이나 팽팽한 긴장 속에서 대립했다.

"전하께서 종사의 큰 계책을 생각하시어 위로는 선왕의 뜻을 체득하고 안으로는 자전의 뜻을 품(稟)하시어 국본을 정하여 능히 원량을 맡기셨으니 전하의 이러한 거조는 진실로 백왕보다 탁월하시며 사첩(寺牒)에서도 보기 드문 바입니다. 서정을 밝게 익히는 것이 더욱 마땅히 힘써야 할 급한 일이 아니겠습니까? 전하께서 신료들을 접견하시거나 정령을 재결할 때 세제를 불러 곁에서 참여해 듣게 하고 가르쳐 익히게 한다면 반드시 서무에 밝고 익숙하여 나라 일에 도움 되는 바가 많을 것입니다."

사헌부 집의 조성복이 왕세제 연잉군을 정사에 참여하게 하라고 조회에서 아뢰었다. 소론의 대신들이 경악하여 웅성거렸으나 경종은 눈을 내리깐 채 잠자코 있었다. 대리청정을 신하가 거론하는 것은 전례가 없는 일이었다. 이는 목숨이 열 개라도 부족한 대역죄인데 조성복이 거리낌없이 아뢴 것이다. 소론은 일체 반격을 가하지 않았다. 이는 당연히 경종이 대노하여 물리칠 것이라고 생각했다. 그러나 경종이 아무런 대꾸를 하지 않자 소론은 당황했다. 노론도 소론이 거세게 반발하면 공론화시킬 예정이었으나 소론이 입을 다물고 있자 거듭 아뢸 수가 없었다. 한 번의 주청으로도 노론이 대출척을 당할 수 있는 무서운 사안인 것이다.

"진달한 바가 좋으니 유의하지 않을 수 있겠는가?"

경종이 간단하게 비답을 내렸다. 그러나 황혼 무렵이 되자 경종이 뜻밖의 비망기를 내렸다.

"내가 이상한 병이 있어 십여 년 이래로 조금도 회복될 기약이 없으니 곧 선조의 걱정하시는 일이었고, 만기를 수응하기가 진실로 어렵다. 지난 정유년에 세자인 나에게 청정의 명이 있었던 것은 조용히 조섭하시는 중에 그 조섭의 편리함을 위한 것이었기 때문에 내 몸에 이르러서는 다른 것을 돌아볼 겨를이 없었다. 그러나 등극하고 나서부터는 밤낮 근심하고 두려워하여 요즘은 중세가 더욱 심해져 정사를 돌아보기 어렵게 되었다. 이제 세제는 젊고 영명하므로 만약 청정하게 하면 나라 일을 의탁할 수 있고, 내가 마음을 편히 하여 조양할 수가 있을 것이니 대소의 국사를 모두 세제로 하여금 재단(裁斷)하게 하라."

경종은 비망기를 통해 연잉군에게 대리청정을 하라는 영을 내렸다. 경종이 대리청정의 영을 내리자 노론은 흡족했고 소론은 경악했다. 대리청정도 의견을 내세우는 정도가 아니라 대소국사를 마음대로 처결할 수 있는 전권을 준 것이다.

"선왕께서 임어하신 지 40여 년에 여러 해 동안 편찮으셨고 또 안질이 있었으므로 마침내 대리의 명을 내리셨던 것이니 진실로 부득이한 데서 나왔던 것입니다. 지금 전하께서는 즉위하신 지 겨우 1년이고 춘추가 한창이며, 또 병환이 없고 기무가 정체되지 아니하였는데 어찌하여 갑자기 이런 하교를 하십니까? 신 등은 비록 죽을지라도 감히 받들지 못하겠습니다. 청컨대 성명을 도로 거두소서."

승지 이기익, 남도규, 응교 신철, 교리 이중협이 즉시 반대했다. 물론 이것은 형식적인 시늉에 지나지 않았다.

"번거롭게 하지 말라."

경종은 승지들의 반대를 물리쳤다.

"지금 신료가 동궁에게 바라는 것은 단지 효우를 돈독하게 하고 강학을 부지런히 하는 데 있을 뿐입니다. 참청(參聽)과 재단(裁斷)에 이르러서는 오늘날 마땅히 말할 바가 아닙니다. 정축년의 일은 그때 전하께서 어린 나이로 선왕의 슬하에 계시면서 곁에서 참여해 들으신 것이었으니, 진실로 '일을 만나면 가르친다'는 뜻에서 나온 것입니다. 지금 이 '가부(可否)를 상확(商確)한다'는 말은 무식하여 그릇되고 망령됨이 심합니다. 청컨대 파직하소서."

이기익 등은 노론이었으나 조성복을 맹렬하게 비난했다. 노론에서도 대리청정이 무리라고 하여 반대하는 자들이 많았다. 이기익은 임금을 압박하는 노론의 일부 대신들을 용납할 수가 없었다. 노론도 강경파와 온건파로 갈라지기 시작한 것이다. 소론은 노론이 대리청정까지 거론하고 나오자 더 이상 묵과할 수 없었다. 이는 임금을 완전히 무시하는 것이나 다를 바 없었다. 대리청정 영이 내리면 일제히 반대하는 것이 신하의 도리였으나 영의정 김창집은 당연한 일이라는 듯이 움직이지 않았다.

"내가 목숨을 걸고 환수를 청하겠다."

소론의 거두 최석항이 대궐로 달려갔다. 대궐은 문이 굳게 닫혀 있었다. 그러나 소론의 포도대장 이삼이 대궐문을 지키고 있다가 열어주었다.

"밤이 늦어서 입대할 수가 없습니다."

승지 이기익이 최석항의 앞을 가로막았다.

"네가 노론이어서 가로막느냐? 내가 중대한 일을 아뢰려고 하는데 네가 무슨 까닭으로 나를 막느냐?"

최석항은 눈을 부릅뜨고 이기익에게 호통을 쳤다. 이기익은 조성복을 비난하다가 노론의 대신들로부터 호된 비판을 받은지라 최석항의 입궐을 막은 것이다.

"이는 전례가 없는 일입니다."

"닥쳐라. 임금을 독대한 일은 전에도 수없이 많았는데 어찌 전례가 없다는 허술한 핑계로 승지가 정승을 가로막느냐?"

"대감, 안 됩니다."

"대전 내관은 들으라! 전하께 우참찬 최석항이 입대를 청한다고 아뢰라!"

최석항이 대궐이 쩌렁쩌렁 울릴 정도로 소리를 질렀다. 궐문 앞을 오가던 내관과 궁녀들이 최석항의 말을 듣고 경종에게 아뢰었다. 경종은 대전 밖의 소란을 모두 듣고 있었다. 대신이 입대를 청하는데도 승지가 막아서는 것을 보자 분노가 일어났다.

'승지도 노론이로구나.'

경종은 자신을 둘러싸고 있는 승지들도 적이라고 생각했다. 경종은 최석항이 알현을 청했으나 일단 허락하지 않는다는 답을 내렸다. 노론이 어떻게 움직이고 있는지 파악하기 위해서였다. 그러나 최석항은 집요하게 알현을 요청했다.

"정승이 입대를 청하니 들라고 하라."

경종이 최석항에게 들어오라고 명을 내렸다. 승지와 옥당도 최석항을 따라 진수당에 입시했다.

"예로부터 제왕이 이와 같은 처분을 한 경우가 있었으나 모두 인주(人主)의 춘추가 아주 많거나 혹은 재위한 지 이미 오래되어 피로가 병이 되었거나 혹은 몸에 중한 병이 있어 여러 해 병석에 누운 나머지 만부득이해서 한 것입니다. 하지만 지금 전하께서는 춘추가 겨우 30이시고 재위하신 지 1년이 안 되었습니다. 만약 병환 때문이라면 신이 약원에 있는데 '무사하다'고 하교하셨고, 이른바 편찮으신 증세라는 것은 소갈증으로 소변이 잦은 것에 불과한데 이것이 어찌 깊은 병이겠습니까? 이 세 가지의 일이 없는데도 즉위 원년에 갑자기 이런 하교를 내리심은 무엇 때문입니까? 청컨대 세 번 생각을 더 하시어 빨리 성명을 거두소서."

최석항이 아뢰자 이기익, 남도규, 신철, 이중협도 가세하여 아뢰었다. 전위 명령이나 대리청정 영이 떨어지면 신하들이 한사코 반대하는 것이 전례였다.

"일찍이 을유년 겨울에 선왕께서 전위하시는 하교를 내리시자 그때 백관이 함께 모여서 뜰에서 간절히 다툰 것이 여러 날이었습니다. 신이 대사간으로서 입시하여 합사해서 쟁집함으로써 마침내 천의를 돌이키기에 이르렀으니 선왕의 청납하시는 아름다운 덕은 지금까지 칭송이 그치지 아니합니다. 이것이 어찌 오늘날의 마땅히 본받을 바가 아니겠습니까? 한 번 뜻을 돌이키는 사이에 만사가 이치에 순조롭게 될 것인데 전하께서는 어찌하여 이를 생각하지 아니하십니까?"

최석항이 다시 간절히 아뢰었다.

"내가 마땅히 생각하겠다."

경종이 말했다. 경종은 최석항의 주청을 받아들이고 싶었으나 떼로 몰려와 협박하는 노론의 대신들을 생각하자 두려웠던 것이다.

"이 일은 다시 생각하실 것이 없으니 쾌히 따르심이 마땅합니다."

최석항이 자신의 주장을 거듭 요구했다. 시간이 흐르면 우유부단한 경종은 결단을 내리지 못할 것이라고 생각했다.

"이는 결코 생각하고 말고 할 일이 아닙니다. 전하께서 보위를 새로 이으셨으니 오로지 정신을 가다듬어 다스리기를 도모하셔야 마땅할 것이며, 세제는 강학에 힘쓰시는 것이 옳습니다. 전하께서 비록 짐을 벗고 한가로운 데로 나아가려고 하시더라도 어찌 마음대로 하실 수 있겠습니까?"

이중협이 아뢰었다.

"이중협의 말이 진실로 간측(懇惻)합니다. 전하께서 비록 한가로운 데로 나아가고 싶으시더라도 홀로 선대왕께서 부탁하신 뜻을 생각하지 아니하시겠습니까? 일에는 한 번 생각하여 결정할 것도 있고 혹은 두 번, 세 번 생각한 뒤에 결정할 것도 있는데, 이 일은 한 번 생각으로 결정할 수 있으니 어찌 세 번 생각하기를 기다리겠습니까?"

최석항이 말했으나 경종은 선뜻 환수한다는 영을 내리지 못했다.

"이제 보잘것없는 조성복의 말 때문에 막중하고도 막대한 일을 가볍게 거행하시니 오늘날 나라의 일은 다시 믿을 만한 것이 없습니다."

최석항은 눈물을 흘리며 간청했다.

"대신이 누누이 진달하니 그대로 시행하라."

경종은 새벽이 되어서야 대리청정을 환수한다는 영을 내렸다.

"조성복은 죄가 중하니 파직에만 그칠 수 없습니다. 청컨대 먼 곳으로 물리쳐 보내는 법을 베푸소서."

최석항은 조성복을 귀양 보내라고 청했으나 경종은 따르지 않았다. 그러나 경종은 하루도 되지 않아 환수한다는 영을 번복했다. 이에 우의정 조태구가 깜짝 놀라 대궐로 달려갔다.

이때 경종은 창경궁에 있었기 때문에 여러 신하 가운데 알현하려는 자는 창덕궁에서 건양문을 지나 합문 밖에 나아갔다. 그런데 조태구는 병이 심하여 걸을 수가 없어서 견여로 큰 거리를 따라 창경궁 궐문 밖에 이르러 선인문으로 들어가 사약방에 앉아서 사람을 승정원에 보내어 경종의 알현을 요청했다. 노론의 대신들이 조태구가 경종을 독대하는 것을 방해하려는 움직임을 간파하고 작은 문으로 들어간 것이다. 이광좌 등은 금호문으로 들어가 또한 각각 청대하였다.

"조태구 대감은 바야흐로 대론을 입었는데 어찌 감히 청대하느냐?"

대사헌 홍계적이 조태구의 알현 요청을 경종에게 아뢰지 않았다. 양사의 관원이 바야흐로 대각(臺閣:사헌부와 사간원을 통틀어 이르던 말)에 나아갔다가 조태구가 입궐한 것을 듣고 먼저 조태구를 귀양 보낼 것을 청했다. 우의정을 사헌부와 사간원 관리들이 대궐에서 내쫓으려는 기가 막힌 일이 벌어진 것이다. 조태구를 귀양 보내느냐 독대를 허락하느냐 긴박한 시간이 흘러갔다.

김창집은 연잉군의 대리청정을 기정사실화하고 이이명, 이건명 등과 더불어 비국(備局)에서 예조의 관리들을 모아놓고 절차를 상의하고 있다가 조태구가 입궐했다는 말을 듣고 경악하여 지름길로 내달려 합(閤)에 이르렀다. 그러나 이미 사알(司謁:액정서의 정육품 잡직)이 합문에서 승정원으로 내달려 와서 조태구를 인견하겠다는 전교를 전하고, 또 임금이 이미 전(殿)에 나왔다고 통고했다. 승지들이 당황하고 놀라 합문 밖으로 달려왔다.

"노론이 임금을 협박한 것은 대역죄입니다. 대리청정을 환수하고 이들을 엄히 다스리소서."

조태구는 경종을 알현하자 노론에 맞서야 한다는 사실을 강력하게 아뢰었다.

"대신의 뜻은 알았다."

경종은 우의정 조태구마저 자신을 위하여 목숨을 버릴 각오로 아뢰자 고개를 끄덕거렸다.

이때 대궐 안팎이 물 끓듯 진동했다. 그러나 노론의 대신들이 도착했을 때는 이미 수많은 대신들이 입시하여 대리청정을 환수할 것을 청하고 있었다. 조태구는 경종을 알현한 뒤에 노론의 따가운 시선을 느끼면서 대궐 뜰에서 대리청정을 환수하라고 꿇어 엎드려 있었다. 노론의 대신들도 어쩔 수 없이 대리청정을 철회하라는 요구에 동조하지 않을 수 없었다. 대리청정의 영이 내리면 신하들은 철저하게 반대해야 한다.

노론의 대신들이 오랫동안 공을 들여 연잉군을 대리청정케 하려던 일이 소론의 최석항과 조태구에 의해 무산되고 말았다.

"조정의 규칙은 매우 엄중하여 비록 급작스런 때라 할지라도 소홀히 할 수가 없는 법입니다. 한 중신이 깊은 밤중에 청대한 것은 평상시의 규례와 다름이 있는데, 승정원에서 경솔하게 계품하였으니 후일의 폐단에 관계됩니다. 청컨대 해당 승지를 추고하소서."

김창집은 승지 이기익에게 화풀이를 했다. 경종은 김창집이 격렬하게 반발하자 이기익을 귀양 보냈다.

김창집은 경종에게 몽니를 부리느라고 치사(致仕:사직)하겠다는 차자를 올렸다. 그러자 경종이 치사를 허락한다는 비답을 내렸다. 좌의정 이건명, 영중추부사 조태채, 간관 어유룡 등이 각각 차자를 올려 치사의 명을 도로 거두기를 청하였으나 경종이 모두 들어주지 않았다.

'전하께서 영의정의 치사를 허락한 것은 노론을 내치려는 것이다.'

노론은 영의정 김창집이 물러나자 긴장했다. 노론은 경종에게 압력을 넣기 위해 우의정 조태구가 한밤중에 입대한 사실만 물고 늘어졌다.

"승정원에서 바야흐로 우의정이 탄핵을 무릅쓰고 들어와 청대한 잘못을 배척하여 계품을 허락하지 아니하였는데 인견의 명이 갑자기 내렸습니다. 전하께서는 어디로부터 우의정 조태구가 들어오는 것을 알게 되셨습니까? 임금이 나라를 다스리는 방법에 어찌 안팎을 막음이 없으며 사사로운 길을 열어둘 수가 있겠습니까? 들어와서 고한 사람을 명백하게 적발하여 영원히 후일의 폐단을 막고 군정(群情)의 의혹을 풀지 않을 수 없습니다."

홍계적이 경종을 맹렬하게 비난했다. 임금이 신하를 사사로이 만났다고 신하가 비난하고 있었다. 노론은 경종을 임금으로 여기지 않고 있었다.

"조태구는 대각에서 토죄하는 날 감히 마음대로 궐문으로 들어와 조금도 돌아보거나 꺼림이 없었으니 오늘날 나라의 기강이 비록 여지가 없다 할지라도 하루라도 나라가 있다면 그 방자한 행동을 일체 그대로 둘 수가 없습니다. 청컨대 먼저 멀리 귀양 보내소서."

어유룡, 박치원, 신무일, 황재도 우의정 조태구를 비난했다. 경종은 노론이 거세게 밀어붙이고 있는데도 답을 내리지 않았다.

선의왕후 어씨는 노론이 경종을 거칠게 압박하자 이를 갈면서 분개했다. 노론이 대리청정을 밀어붙이더니 우의정을 독대했다고 하여 임금을 맹렬하게 비난하고 있었다. 노론이 대리청정을 요구할 때 어씨는 노론이 어느 정도 강력하게 밀어붙이고 소론이 이를 막아주는지 지켜보고 있었다. 다행히 소론은 목숨을 걸고 대리청정을 반대했고, 노론 쪽에서도 대리청정을 반대하는 여론이 일어나고 있었다. 어씨에게 반격할 기회가 찾아온 것이다. 그녀는 은밀하게 김일중을 대궐로 불러들였다.

"노론이 전하를 협박하는 사태에까지 이르렀습니다. 저자들이 하늘이 두렵지 않은 것입니까?"

어씨가 처연한 기색으로 김일중에게 말했다.

"천고에 다시없는 역적들입니다. 어찌 이자들을 용납할 수 있겠습니까?"

김일중은 연잉군의 대리청정을 막아냈기 때문에 정국이 위태롭다고 판단했다. 이제는 목숨을 내놓고 노론과 싸우지 않으면 안 된다. 연잉군의 대리청정 문제로 노론과 대립한 소론은 강하게 나가지 않으면 죽음뿐이라고 생각했다.

"노론의 4대신을 제거하지 않으면 우리가 살아남을 방법이 없소."

"지금으로서는 마땅한 대책이 없습니다."

"아니오. 노론의 4대신을 탄핵해야 하오."

"중전 마마, 탄핵을 하는 것은 쉬우나 상소를 올린 소론이 죽임을 당할 것입니다. 조중우도 국청에서 조사를 받다가 맞아죽지 않았습니까?"

노론을 탄핵하는 것은 어려운 일이 아니나 잘못하면 벌집을 건드리는 꼴이 될 것이다.

"아니오. 방법이 있소."

"방법이 있다니, 그게 무슨 말씀입니까?"

"지금 조선은 가뭄으로 크게 흉년이 들었소. 내가 전하께 구언(求言)을 하라는 말씀을 드릴 것이니 그때 노론을 탄핵해야 합니다."

"구언이라고 하셨습니까?"

김일중은 중전 어씨의 말에 가슴이 서늘해져 왔다. 임금이 구언을 하면 누구나 자유롭게 상소를 올리고 잘못한 상소라도 면책을 받는다. 김일중은 어씨가 구언이라는 말을 꺼내자 자신의 귀를 의심했다.

"그렇소. 구언을 하게 되면 어떤 상소도 처벌을 하지 않소. 구언을 이용해야 하오. 그대들이 상소를 올리면 내가 전하를 움직여 상소를 가납하게 하겠소. 그러나 노론이 어떤 반발을 보일지 모르니 먼저 병권을 장악해야 하오. 소론의 포도대장 이삼이 강직하니 특명을 내려 대궐 문을 지키게 하고 도성을 장악해야 할 것입니다."

어씨가 두 눈을 빛내면서 책략을 설명했다.

"잘 알겠습니다."

김일중은 어씨의 말에 가슴이 철렁하여 고개를 끄덕거렸다. 중전 어씨는 노론을 쳐내기 위하여 비상계엄까지 실시하려는 것이다. 계년, 15세를 지난 지 얼마 되지 않은 소녀가 책략까지 알고 있는 것이다.

김일중이 대궐에서 중전 어씨를 만나고 돌아온 지 두 달이 되었을 때 승지들이 구언을 청하는 계본을 올렸다.

"요즈음 조정에 당론이 횡행하고, 용사(用捨:취하여 쓰거나 내버림)의 즈음에 편벽됨이 날로 심하며, 시비를 다투는 사이에 어지러움과 의혹이 더욱 깊어만 가고 있습니다. 옛날에 열성조로부터 새로 큰 기업을 열 때는 반드시 먼저 구언의 성지를 내리셨는데, 여러 달을 귀를 기울였으나 윤음이 아직도 막연하니 신 등은 적이 민망합니다. 하물며 이런 재앙을 만난 날은 널리 순문(詢問)하여 수성(修省)하는 도리가 더욱 없을 수 없으니 오직 전하께서는 유의하소서."

김일중은 바쁘게 움직이기 시작했다. 그는 노론을 탄핵하는 소론 강경파들을 동원하고 소론 출신의 포도대장 이삼에게는 대궐과 도성을 장악하게 했다.

"재앙을 만나 근심하고 두려워한 나머지 편안히 있을 겨를이 없는데 그대들의 말이 이에 이르렀으니 어찌 유의하지 않겠는가? 가납한다."

경종은 널리 구언을 하라는 영을 내렸다.

"강(綱)에는 세 가지가 있는데 군위 신강이 세 가지 중에서 으뜸이 되고, 윤(倫)에 다섯 가지가 있는데 군신유의가 다섯 가지에서 첫머리가 되니, 이것은 천상(天常)이고 민이(民彝)입니다. 공자가 춘추를 지어 대강(大綱)을 바로잡고 인륜을 밝히되 임금을 섬기는 의를 엄하게 하여 신하 된 분수를 한결같게 하였습니다. 미묘한 데서 삼가고 싹트는 데서 살펴 두 가지 마음이 있으면 역이 되고 장심(將心)을 가지면 반드시 죽이는데, 몇 마디 붓을 움직여 삼척(三尺)의 율(律)을 게시하자 난신적자가 두려워하였으니, 진실로 천하 만세의 대경대법인 것입니다. 아! 춘추를 이 세상에 강하지 아니한 지 오래인지라 작은 것을 막지 아니하고 싹을 자라게 하여 삼강과 오륜이 무너짐이 오늘날과 같은 적은 없었습니다. 조성복이 앞에서 불쑥 나왔는데도 현륙(顯戮)하는 법을 아직 더하지 아니하였고, 사흉(四凶)이 뒤에 방자하였는데도 목욕하고 토죄할 것을 청한 것을 아직 듣지 못하였으며, 임금의 형세는 날로 외롭고 흉한 무리는 점점 성하여 다시 군신의 분의(分義)가 없으니 사직이 빈 터가 되는 것은 한순간의 일일 것입니다."

모든 준비가 갖추어지자 김일중은 자신이 소두가 되어 박필몽, 이명의, 이진유, 윤성시, 정해, 서종하 등과 연명으로 상소를 올렸다. 임금을 협박한 대신들을 처벌하지 않으면 나라가 망할 것이라는 주장이었다.

"응지(應旨)하여 진언한 것을 내가 깊이 가납한다."

경종은 기다렸다는 듯이 김일중의 상소를 받아들였다. 노론은 소론이 김창집, 조태채, 이이명, 이건명 등 노론의 영수들을 사흉이라고 공격하자 충격에 휩싸였다. 이는 소론이 전면전을 선언한 것이나 다를 바 없었고 경종이 승인한 것이다. 소론이 칼을 뽑은 이상 노론도 칼을 뽑아 대항하지 않을 수 없었다.

"김일중의 상소는 가리킨 뜻이 흉참하여 네 대신을 해치고자 하는 데 있을 뿐만이 아닙니다. 한 번 한세량(韓世良)의 상소가 나온 뒤로부터 이 무리의 악독한 역적의 마음이 이르지 아니하는 곳이 없음을 이미 알았는데, 이제 김일중의 상소를 보니 그 마음을 둔 곳이 불을 보듯 분명합니다. 저들이 비록 차자를 올린 대신에게 죄 줄 것을 청하였으나 그 노한 눈매와 물어뜯으려는 이빨이 과연 단지 차자를 올린 한 가지 일에만 있겠습니까? 청컨대 엄하게 통척하여 간사한 싹을 끊어 없애고 형벌을 쾌히 베풀어 종묘와 사직을 평안하게 하소서."

노론 출신의 승지 신사철, 이교악, 조영복, 조명겸 등이 아뢰었다. 경종은 일생일대의 승부가 목전에 닥쳐왔다는 것을 깨달았다. 노론은 여의치 않으면 병력을 동원하게 될 것이다. 이에 대비하여 포도대장 이삼에게 대궐과 도성을 장악하라는 영을 내렸다. 초조한 시간이 흘러갔다. 경종에게는 가장 긴 하루였다.

경종이 노론과 사활을 건 승부를 벌이고 있을 때 포도대장 이삼은 훈련원의 군사들까지 동원하여 대궐문을 봉쇄하고 도성의 모든 문에 군사를 배치하여 심엄하게 감시했다. 도성에 비상계엄을 실시한 것이다. 경종은 포도대장 이삼이 한양을 장악했다는 보고를 올리자 마침내 결단을 내렸다.

"나의 천심(淺深)을 엿본다."

경종은 김일중의 상소를 비난하는 승지들을 모조리 파직했다. 이어서 삼사의 여러 신하를 모두 삭출하라고 영을 내렸다. 하룻밤 사이에 무시무시한 숙청의 바람이 휘몰아친 것이다. 노론의 대신들은 병력을 장악당해 줄줄이 파직을 당하는데도 저항 한 번 할 수 없었다. 승지 여섯 명이 모두 파직되자 임금의 영을 전달할 승지가 없었다. 경종은 서소 위장(西所衛將:창경궁의 서쪽을 경비하는 장군) 심필기(沈必沂)를 가승지(假承旨:임시 승지)에 차임했다. 경종이 얼마나 화급하게 승지와 삼사를 파직했는지 알 수 있는 대목이다. 일개 위장이 정3품 승지의 일을 대신하는 것은 전례가 없는 일이었다.

'대출척이야.'

소론은 숨을 죽이고 노론은 벌벌 떨었다. 노론이 뒤늦게 군사를 움직여 보려고 해도 도성이 이미 소론 포도대장 이삼에 의해 장악되어 있었다.

'끝났어. 우리는 우유부단한 임금에게 당한 거야.'

김창집, 이이명, 조태채가 의금부 밖에서 명을 기다렸다. 임금이 명을 기다리지 말라고 영을 내리자 성 밖으로 물러가서 대죄를 청했다.

경종은 병조판서 이만성, 예조판서 이의현, 호조판서 민진원, 형조판서 홍치중을 체직시키라 명하고, 최석항을 병조판서로, 이광좌를 예조판서로, 이조(李肇)를 형조판서로, 김연을 호조판서로 특별히 제수했다. 정권을 노론에서 소론으로 갈아치운 것이다. 병조판서에 소론의 거두 최석항을 제수하면서 노론을 철저하게 숙청할 준비를 마친 것이다.

노론의 4대신을 비롯하여 판서 급의 대신들과 삼사의 관리들이 줄줄이 유배를 가면서 천하는 소론의 손아귀에 들어갔다.

아! 자성의 자애로운 마음은 황형(皇兄)에게나 소자에게 조금도 차이가 없었는데 삼종(三宗)의 혈맥을 염려하고 황형에게 후사가 없음을 민망하게 여겨 특별히 건저(建儲)하도록 명하신 것은 지나간 사첩에서도 듣지 못한 바였으며, 이 일로 인하여 황형에게는 후사가 있게 되고 소자는 의지할 데가 있게 되었던 것이다. 그런데 무신년의 역모와 을해년의 역모가 있을 줄 어찌 생각이나 하였겠는가? 이러한 일들은 소자만이 곧바로 죽고 싶었던 것이 아니고, 실제로 온 나라 사람들이 함께 분개하던 바였는데도 자성께서는 이 사건을 듣고 웃으면서 답하시는 것이 평상시와 다름이 없으셨다. 이것이 소자가 흠모하며 탄복하는 까닭이니 크고도 지극하도다.

—『영조실록』중 영조가 손수 지은 행장에서

칼꽃

12

거녀의 슬픈 죽음

검녀의 슬픈 죽음

　선의왕후 어씨는 대비전 섬돌에 올라서자 바짝 긴장했다. 얼음처럼 차가운 여인인 인원왕후 김씨와 맞설 일을 생각하자 눈앞이 아득했다. 인원왕후는 목소리가 칼날 같고 쩌렁쩌렁 울렸다. 여자들의 싸움에서는 종종 논리적인 여자보다 목소리가 큰 여자가 이긴다. 그녀는 숙종의 두 번째 계비이니 왕실에서 가장 어른이고 명목상 어씨의 시어머니이기도 했다. 거기에 목소리까지 크니 대립을 하는 일이 싫었다.
　대비 김씨의 부친인 경은부원군 김주신은 친척들이 대부분 소론이었으나 그는 비교적 온건한 인물이었기 때문에 당색을 갖고 있지 않았다. 그러나 그녀의 딸이 숙종의 계비가 되고 노론이 정권을 장악하면서 그들과 가깝게 지내게 되었다. 김주신이 노론과 가까이 지내자 인원왕후 김씨도 자연스럽게 노론을 자신의 당색이라고 생각하게 되었다. 노론은 그러한 까닭으로 그녀와 연잉군을 중심으로 움직이고 있었다.

대비 김씨는 나이 어린 중전인 어씨를 하찮게 생각했다.

연잉군을 세제로 책봉할 때도 대비의 입장에서 거절해야 했으나 그녀는 연잉군의 손을 들어주었다. 중전이자 국모인 어씨와 자연스럽게 대립하게 된 것이다. 김일중의 상소로 연잉군의 목숨이 위태로워지자 왕실의 가장 어른인 그녀가 나서서 보호하고 있었다.

"마마, 중전 마마 드셨사옵니다."

대비전 대청으로 올라서자 시령상궁이 낭랑한 목소리로 안에 고했다.

"드시라 하라."

안에서 대비 김씨의 낮게 가라앉은 목소리가 날아왔다. 궁녀들이 옆에 시립해 있다가 대비전의 문을 열었다. 대비 김씨는 동온돌의 보료에 차분하게 앉아 있었다. 남색 치마에 옥양목 저고리의 평상복 차림이었으나 머리에 금비녀를 꽂고 있었다. 중전 어씨는 다홍색의 긴 치맛자락을 조심스럽게 끌면서 김씨에게 다가가서 절을 했다.

"마마, 일기가 고르지 않은데 강녕하시옵니까?"

어씨가 김씨의 용색을 살피며 안부를 물었다. 이제 서른다섯 살인가. 슬하에 자녀도 없이 홀로 늙어가는 숙종의 세 번째 왕비 김씨는 여인으로 완숙할 때여서 풍염해 보였다.

"하릴없는 사람 별일이 있겠어요?"

김씨는 대수롭지 않게 대답했다. 말투가 부드럽지 않은 것을 보아 그녀를 벼르고 있다는 사실을 알 수 있었다. 문득 지난번 양자 문제가 불거졌을 때 김씨가 자신을 몰아세우던 일이 떠올랐다.

"선대왕의 혈손이 두 분이오. 주상의 나이가 장년에 지나지 않는데 양자를 들인다니 무슨 해괴한 말이오?"

대비 김씨의 눈에서는 파랗게 독기까지 뿜어졌다. 서슬이 퍼런 눈이었다. 대비 김씨의 날카로운 질책을 들은 어씨는 가슴이 덜컥 내려앉는 것 같았다. 순간적으로 김씨를 먼저 포섭했어야 한다는 생각이 섬광처럼 뇌리를 스쳤다. 그러나 이제는 후회해도 소용이 없었다. 대비 김씨는 노론으로 돌아서 있었고, 연잉군을 적극적으로 보호하고 있는 것이다.

"아뢰옵기 송구하오나 신첩은 양자를 들인다고 한 일이 없습니다."

어씨는 고개를 숙이고 발뺌을 했다.

"그렇다면 어찌 그런 말이 나돈다는 말이오?"

대비 김씨는 어씨에게서 눈을 떼지 않고 매섭게 추궁했다. 시어머니 행세를 단단히 하고 있는 것이다.

"마마, 그건 소문일 뿐입니다."

"밀풍군을 점찍고 있다는 소문이 있는데 그것도 소문일 뿐이오?"

대비 김씨의 추궁에 무섭게 날이 섰다. 가늘게 찢어진 두 눈이 불을 뿜는 것을 보고 어씨는 바짝 긴장했다.

"예, 공연한 소문일 뿐입니다."

어씨는 궁녀들 앞에서 대비 김씨가 계속 추궁하자 얼굴이 붉게 상기되었다.

"그러면 밀풍군이 죽었다고 해도 중전이 슬퍼할 일은 없겠군."

대비 김씨의 칼바람이 부는 듯한 한마디에 어씨는 가슴이 섬뜩했다. 대비 김씨는 양자설이 흘러나온 밀풍군을 죽이겠다고 그녀를 위협하고 있는 것이다.

'밀풍군을 죽이겠다고? 그러면 나는 화근의 씨앗인 연잉군을 죽일 수밖에 없어.'

어씨는 김씨에게 반발이라도 하듯이 입술을 지그시 깨물었다. 대비전에서 물러 나온 어씨는 등줄기가 축축하게 젖어 있는 기분이었다. 그러나 세제로 책봉되어 있는 연잉군을 시해하는 것은 몇 번이나 다시 생각해 보아야 했다. 연잉군을 시해하려다가 실패하면 당사자는 물론 어씨의 삼족까지 멸하게 된다. 그것은 생각만 해도 끔찍한 일이었다. 그리하여 어씨는 차일피일하다가 오늘에 이르게 된 것이다.

어씨가 잠시 회상에 잠겨 아무 말도 하지 않자 대비 김씨가 헛기침을 했다. 어씨는 깜짝 놀라 그녀를 쳐다보았다.

"조정이 큰 분란에 휩싸이고 있습니다. 선대왕의 노신들이 모조리 파직을 당하거나 유배를 갔다는데 사실이오?"

대비 김씨는 눈을 내리깔고 못마땅한 듯이 일갈했다.

"대궐 안의 일개 아녀자가 무엇을 알겠습니까? 조정과 전하께서 하시는 일입니다."

어씨는 자신은 모르는 일이라고 조심스럽게 대답했다. 노론이 조정에서 대부분 숙청을 당했으니 대비 김씨는 힘이 없다. 소론이 조정을 장악하면서 힘을 갖게 된 것은 오히려 어씨였다. 그러나 왕실에서 가장 어른인 대비였기 때문에 결코 소홀히 할 수 없었다.

"소론의 강경파 대신들이 연잉군을 모해하고 있소."

"그럴 리가 있습니까? 누가 감히 국본을 흔들려고 한다는 말입니까?"

"연잉군을 시해하려는 자가 있었다고 하오."

"연잉군을요?"

어씨도 그 문제는 금시초문이었다. 연잉군이 죽으면 남편인 경종은 앓던 이가 빠진 것처럼 홀가분해질 것이다.

"궐내에 소문이 파다한데 중전은 모르고 있었다는 말씀이오?"

"신첩은 처음 듣는 말입니다. 어느 간악한 자가 그와 같은 일을 도모했단 말입니까?"

어씨는 김일중에게 연잉군을 시해하라는 지시를 내린 일이 없었다. 대비 김씨가 연잉군이 잘못되는 것을 막기 위해 선수를 치고 있는지도 모를 일이었다. 어씨가 단호하게 말하자 할 말이 없는지 김씨가 입을 다물었다. 잠시 대비전에 어색한 침묵이 흘렀다.

"조정 중신들이 연잉군을 탄핵하면 내가 가만있지 않을 것이오."

대비 김씨가 머쓱한 표정을 감추고 못을 박았다. 김씨가 연잉군을 보호한다는 사실을 노골적으로 선언하고 있는 것이다.

"마마, 어찌 그런 말씀을 하십니까?"

"연잉군은 국본이오. 아울러 주상 전하와 함께 선대왕의 유일한 혈육이오. 내 비록 주상과 연잉군을 낳지는 않았으나 자식처럼 생각하고 있소."

"마마, 전하와 신첩 또한 대비 마마를 자전으로 받들고 있습니다."

"그렇다면 이번 일로 연잉군을 탄핵하는 일은 없을 것이라고 생각하겠소."

대비 김씨가 어씨를 부른 것은 소론이 연잉군을 탄핵하지 못하게 하기 위해서였다. 대비 김씨는 어씨가 비록 나이는 어리지만 소론을 움직이는 막후의 인물이라고 생각했다. 어린 중전이 가소로우면서도 두려웠다. 조금만 나이가 들면 대궐을 쥐고 흔들 여인이었다. 어씨는 대비 김씨에게 몇 번이나 다짐을 한 뒤에야 대비전에서 나왔다. 그러나 대비 김씨로부터 연잉군을 탄핵하지 말라는 말을 들은 일이 불쾌했다. 노론이 조정에서 완전히 퇴출되었으나 연잉군은 여전히 그녀에게 위협적이었다. 어씨는 중궁전으로 돌아온 뒤 노심초사했다.

"연잉군 문제를 어찌하는 것이 좋겠습니까?"

중전 어씨는 김일중을 은밀하게 대궐로 불러 상의했다.

"대비께서 강경하게 나오시니 이번에는 탄핵을 하지 않는 것이 좋겠습니다. 대비는 왕실의 어른이 아니십니까? 대비와 맞서면 명분을 잃게 됩니다."

명분을 잃으면 반정의 빌미가 된다. 광해군이 반정으로 보위에서 쫓겨난 것도 인목대비의 폐출이 예의의 나라 조선의 근간을 흔들었기 때문이다. 그러므로 결정적인 실책이 나올 때까지 연잉군을 탄핵할 수 없었다. 세제는 국본이므로 잘못이 있다고 하더라도 탄핵을 할 수 없다. 폐세자를 시키거나 폐세제를 시키더라도 임금이 나서지 않으면 신하들은 거론할 수 없는 것이다.

"달리 대책이 있소?"

"중전 마마께서는 심려를 놓으십시오."

김일중이 조용히 미소를 지었다. 어씨는 김일중을 가만히 쏘아보았다. 어씨의 목표는 오로지 연잉군을 세제 자리에서 몰아내는 것이었다. 구언 때 상소를 올려 노론을 탄핵하여 그들을 몰아낸 김일중이 믿음직스러웠다. 그때 대비전을 감시하던 상궁이 와서 어씨에게 귓속말을 했다.

"연잉군이 대비전에서 문안 인사를 드리고 있다는군요."

어씨가 발 건너편에 앉아 있는 김일중을 향해 웃으면서 말했다.

"문안이야 안 드릴 수 없지요."

"대비전에 들렀다가 나에게 올 것입니다."

연잉군은 세제이기 때문에 하루에 한 번씩 대비전과 중궁전에 문안 인사를 드려야 했다.

"그럼 신은 물러가겠습니다."

"알겠소."

어씨는 김일중을 돌아가게 했다. 연잉군을 쳐내는 것은 대비 김씨의 반대가 심하여 다음으로 미룰 수밖에 없었다.

연잉군은 중전 어씨를 만나고 돌아오면서 이번 일이 무사히 넘어갈지도 모른다는 생각을 했다. 소론이 그를 탄핵할 움직임이 있으면 중전 어씨가 문안을 받지 않을 것이다. 그러나 그녀는 웃는 얼굴로 문안을 받았고, 자상하게 건강을 묻는 등 평소와 다를 바 없이 연잉군과 대화를 나누었다. 이는 그의 목숨을 유지시킨다는 좋은 뜻인 것이다.

"저하, 중궁전에 드셨습니까?"

노론이 숙청되면서 영의정이 된 조태구가 진수당으로 향하다가 연잉군을 발견하고 물었다. 그의 뒤에는 의정 대신들과 홍문관 관리들이 따르고 있었다. 조태구는 소론의 영수로 그의 부친 조사석은 희빈 장씨 어머니의 정부였다. 조사석이 남인이었기 때문에 희빈 장씨도 남인 취급을 받았고 경종도 남인의 당이 되었다. 그러나 조태구는 남인이 몰락하자 소론이 되었다.

"그렇습니다. 영의정에 제수된 것을 감축드립니다."

연잉군은 조태구에게 공손하게 말했다. 조태구가 영의정, 병조판서였던 최석항이 우의정, 김일중이 이조참판에 제수되어 있었다.

"늙은이가 경륜도 없이 중임을 맡아 면구스러울 뿐입니다."

"경연에 가시는 것 같은데 어서 가시지요."

조태구를 비롯하여 몇몇 대신들이 경연에 참석하기 위해 진수당으로 걸음을 옮기고 있었다. 연잉군은 동궁전으로 돌아와 책을 펼쳤으나 글자가 눈에 들어오지 않았다. 노론 세력이 일거에 조정에서 축출된 것은 생각조차 못했던 일이다. 경종이 소론을 동원해 노론을 대대적으로 숙청하여 이제는 그의 세제 지위조차 위태로웠다. 아니, 세제의 지위뿐이 아니라 그의 목숨조차 위태로울 수 있는 것이다. 그나마 다행인 것은 노론의 중심 세력이 대부분 숙청을 당했는데도 조인성이 남아 있다는 사실이었다.

"저하, 어떻게 하든지 이 위기를 벗어나야 합니다."

해질 무렵에 조인성이 침통한 낯빛으로 동궁전을 찾아와 아뢰었다.

"내 꼴이 말이 아니오. 상소 한 장 올라와도 내 목숨이 달아날 것이니……."

연잉군이 비통한 심정을 감추지 못하고 말했다. 노론이 하루아침에 몰락하여 연잉군은 의기소침해 있었다. 연잉군은 소론에서 탄핵 상소를 올리는 것이 가장 두려웠다.

"저하, 저들이 쉽사리 상소를 올리지는 못할 것입니다."

"어째서 그렇소?"

"저하는 국본인 세제입니다. 저들이 양자를 들이기 전에는 세제 저하를 흔들지 못할 것입니다."

"그렇다면 밀풍군이 내 목숨을 쥐고 있는 셈이 아니오?"

"맞습니다. 저들은 국상이 끝나면 다시 양자 문제를 거론할 것입니다."

"양자 문제가 공론화되어서는 안 되오. 그렇게 되면 우리는 끝장이오."

"당분간 저들의 움직임을 살펴보는 것이 좋겠습니다."

조인성도 마땅한 대책을 세울 수가 없었다. 조인성은 연잉군을 위로하고 동궁전에서 나왔다. 연잉군이 동궁전에서 한숨만 내쉬고 있을 때 뜻밖의 사태가 발생했다. 노론의 신진 사대부들이 밀풍군을 시해하려다가 호위 무사에게 죽임을 당한 사건이 발생한 것이다.

"아니, 대체 누가 밀풍군을 죽이려고 했단 말이오?"

연잉군은 불똥이 어디로 튈지 몰라 경악했다. 황급히 조인성을 불러 내막을 캐물었다.

"자객들이 모두 죽어서 누구의 짓인지는 밝혀지지 않았습니다. 호위무사의 무예가 신기에 가까웠다고 합니다."

조인성은 밀풍군의 집을 침입한 자객 셋이 한 칼에 목이 베어져 포도청에서 은밀하게 조사를 하고 있다고 말했다. 연잉군은 조인성의 보고를 받자 장붕익에게 밀풍군의 호위무사를 조사하라는 지시를 내렸다. 밀풍군의 호위무사가 자객을 일검에 베었다는 것은 예사 인물이 아니라는 얘기다. 장붕익은 자신이 직접 나설 수가 없어서 표철주에게 호위무사를 조사하는 일을 맡겼다.

"밀풍군을 암살하려던 자객들이 호위무사의 일검에 죽었다는군. 나는 밀풍군을 살필 테니 누이는 호위무사를 조사해 줘."

표철주는 이향에게 말했다.

"삼청동에 있는 검계를 조사하라는 거야?"

이향이 남장을 하고 물었다.

"그 검계가 밀풍군의 호위무사일 가능성이 많아."

"알았어. 마을 사람들을 자세히 정탐해 볼게."

이향은 표철주와 헤어져 제기현의 홍준래가 살던 마을로 달려갔다. 홍준래의 일가가 살았던 집은 운심과 검계가 떠나자 다시 잡초가 무성하여 집이 무너져 가고 있었다. 이향은 홍준래의 집을 살피면서 쓸쓸했다. 아이들이 들어와 구멍을 뚫었는지 방문마다 문종이가 찢어져 을씨년스러웠다.

'사람이 살지 않으니 귀신이 나올 것 같구나.'

이향은 홍준래 일가가 살던 집을 돌아본 뒤 마을 사람들을 찾아다니며 질문하기 시작했다. 운심과 같이 살던 검계에 대해서 알고 있는 사람이 있는지 일일이 탐문했다.

"삿갓을 눌러쓰고 있어서 어떻게 생겼는지 얼굴을 볼 수 없었소. 한데 사람들이 수군거리는 소리에 의하면 홍준래에게 죽임을 당한 이삼구의 자식이라는 말이 있어."

밭에서 일을 하던 노인이 곰방대를 빨면서 말했다. 그 노인은 배추를 볏짚으로 묶다가 밭둑에 앉아 쉬고 있었다.

"누가 그런 소리를 하던가요?"

이향은 노인의 옆에 앉아서 배추밭을 응시했다. 노인의 아들인지 30대의 장정이 저쪽 끝에서 배추를 처매면서 이쪽을 힐끔거렸다.

"이삼구와 같이 노비 노릇을 하던 김석산이라는 영감이 그랬어."

"김석산이요? 지금 무엇을 합니까?"

"농사짓고 있지."

"어디에 살고 있습니까?"

"저 산 보여?"

노인이 곰방대를 들어 들판 끝에 있는 산을 가리켰다.

"예."

"그 산 밑에 오두막집이 하나 있어. 잘 걷지도 못하는 노인네야."

"고맙습니다, 어르신."

이향은 노인이 곰방대로 가리키는 산을 향해 달려갔다. 김석산이라는 노인은 쓰러져 가는 옹색한 움막의 툇마루에 앉아서 시들어가는 가을볕을 쬐고 있었다. 식구들은 모두 들에 나갔는지 싸리 울타리 안이 고적할 정도로 조용했다. 이향은 노인의 앞에 가서 물끄러미 응시했다. 노인이 고개를 들고 이향을 쳐다보았다.

"너…… 너…… 혹시 향이 아니냐?"

김석산은 짓무른 눈으로 이향을 한참 동안이나 바라보다가 눈을 비비고 다시 쳐다보았다.

"예? 제 이름을 어떻게 아세요?"

이향이 어리둥절하여 김석산에게 되물었다. 김석산이 자신의 이름을 알고 있다는 사실이 의아했다.

"그럼 정말 향이냐? 네가 이향이야?"

"예."

"닮았어. 네 어머니가 살아 돌아온 것처럼 닮았어."

김석산은 벌떡 일어나서 이향의 얼굴을 찬찬히 살피다가 털썩 주저앉았다.

"어머니요? 제 어머니를 아십니까?"

이향은 가슴이 세차게 뛰는 것을 느꼈다. 김석산은 홍준래 일가의 노비로 있다가 불행을 당한 이향의 가족들에 대해서 느릿느릿 이야기했다. 이향은 홍준래 일가에게 불행을 당한 노비 가족이 검계의 가족일 것이라고만 생각했는데 김석산의 말을 듣고 자신의 가족이라는 사실을 알고 경악했다. 김석산의 이야기가 남의 이야기를 하는 것처럼 아스라하게 느껴졌다.

"네 집안이 양반 홍준래에게 그 꼴을 당하자 네 오라버니가 너를 우리 집에 맡기고 갔어. 여편네가 한 2년 동안 너를 키웠어. 하나 흉년이 들어 더 이상 키울 수 없게 되었어. 그래서 내가 너를 양주에 있는 어떤 양반의 집에 보냈지. 그런데 나중에 양반의 집을 찾아갔더니 그 집도 몰살을 당했더구나."

김석산이 혀를 찼다. 이향의 눈에서 뜨거운 눈물이 흘러내렸다.

"난 네 오라버니를 한눈에 알아보았어. 신기하게도 아들은 아버지를 닮고 딸은 어머니를 꼭 닮았네."

김석산이 짓무른 눈으로 이향을 응시했다.

"오라버니의 이름은 무엇입니까?"

이향이 추적하던 검계는 그녀의 오라버니였다.

"영이라고 불렀어. 외자 이름이야."

"홍준래의 집에서 살던 그자가 제 오라버니입니까?"

"그래, 네 오라버니야. 너를 우리 집에 안고 왔을 때 작은 목걸이가 있었어. 옥으로 만든 목걸이에 지나지 않지만 어머니 유품이라더군."

이향은 김석산 노인에게 어머니와 아버지의 이야기를 자세하게 듣고 가슴을 치면서 울었다. 김석산이 말한 목걸이는 항상 목에 걸고 다녔다. 그것이 오라버니가 걸어준 목걸이라는 사실은 꿈에도 몰랐다. 오라버니 이영이 고향을 떠났다가 돌아와 잔인한 복수극을 펼친 것을 이해할 수 있었다. 그녀의 운명은 너무나 가혹했다. 부모의 불행한 죽음으로 그녀는 어렸을 때 양반 집으로 보내졌고 양반의 딸과 함께 자랐다. 그러나 양반의 집이 몰살을 당하자 그 집 딸과 함께 방랑 생활을 하다가 무예를 배워 복수를 했다. 처절한 복수가 끝나자 양반의 딸은 자살했고 그녀는 호남의 진사 소응천을 찾아가 3년 동안 지냈다. 이 기구한 일이 모두 홍준래의 형 홍우래로 인해 시작된 일이었다.

이향은 자신의 기구한 운명을 생각하면서 울었다.

옥으로 만든 목걸이는 아직도 소중하게 간직하고 있었다. 김석산과 헤어진 이향은 삼청동으로 찾아갔다. 이미 사방이 캄캄하게 어두워졌기 때문에 삼청동에 이르렀을 때는 초경(初更:밤 7시에서 9시)의 끝에 이르고 있었다.

삼청동 이영의 집 방에 불이 하나 켜져 있었다. 이향은 대문 앞에서 망설이다가 담을 넘어 들어갔다.

"누, 누구요?"

이향이 방문을 확 열어젖히자 속치마 차림으로 이불 위에 엎드려 책을 보던 운심이 벌떡 일어났다.

바람이 일 때마다 우수수 오동나무 잎사귀가 흔들리는 소리가 들렸다. 장붕익은 사랑에서 모처럼 난을 치다가 묵연히 허공을 응시했다. 밖에서 들리는 바람 소리 때문인지 붓이 자유롭게 움직이지 않았다. 노론 정권이 무너지면서 할 일이 없어진 장붕익은 책을 읽으며 소일하거나 난을 치고, 혼자서 뒤꼍에서 무예를 수련하고는 했다. 역시 선대왕의 핏줄은 속일 수 없는 것인가. 숙종은 보위에 있는 동안 서인과 남인을 번갈아 숙청하면서 피바람을 일으키고는 했다. 경종은 병약하고 과단성이 없어서 노론의 대신들이 얕본 측면도 없지 않았다. 그러나 그는 김일중의 상소 한 장을 빌미로 노론을 단숨에 박살 냈다.

'전하에게 그토록 무서운 면모가 있었다니……'

장붕익은 노론 4대신의 유배와 출척으로 이 사태가 끝나지 않을 것이라고 생각했다. 노론은 연잉군을 세제로 추대하면서 임금인 경종을 위협하고 협박했다. 경종은 겉으로 내색하지는 않았으나 가슴속에 칼을 품고 있었던 것이 분명했다.

"이리 오너라."

그때 밖에서 요란하게 대문을 두드리는 소리가 들렸다.

'이 밤중에 누굴까?'

장붕익은 바깥의 동정에 귀를 기울이면서 고개를 갸우뚱했다. 이내 청지기가 대문으로 나샀다가 급축하게 달려오는 소리가 들렸다.

"나리, 세제 저하께서 오셨습니다."

"뭐야?"

늙은 청지기의 말에 장붕익은 깜짝 놀라 벌떡 일어났다. 문을 열자 어느 사이에 연잉군이 사랑 앞에까지 와 있었다.

"저하."

장붕익은 깜짝 놀라 절을 하려고 했다.

"예를 거두라."

연잉군이 손을 내저어 절하는 것을 만류했다.

"저하, 야심한 시각에 무슨 일로 궐 밖으로 나오셨습니까?"

"자전께서 오늘 밤에는 나가 있으라고 하셨네."

"대비 마마께서요? 무슨 일로 그리하신 것입니까?"

"오늘 밤에 동궁전에 자객이 들 것이라고 하셨네."

연잉군이 어두운 얼굴로 말했다. 목소리가 떨리는 것으로 보아 무엇인가 다급한 사태가 벌어진 것 같았다.

연잉군이 하인들에게는 들리지 않게 낮게 말했다.

"자객이오?"

장붕익은 대경실색했다. 다음 순간 장붕익은 이것이 소론의 음모일 것이라고 생각했다.

"시간이 늦어 대궐로 들어갈 수 없으니 이현궁으로 가야 합니다. 놈들이 함정을 파고 기다리고 있을 것입니다."

장붕익은 천돌을 시켜 표철주를 불러오게 하고 자신은 칼을 들고 나섰다. 자객들이 연잉군을 노리고 있을 것이 틀림없었다.

"함정이라니, 그게 무슨 소리인가?"

"자객들이 동궁전에서 시해하기 어려워 저하를 밖으로 나오게 한 것입니다."

"대비 마마께서 나에게 손수 일러주신 것이네."

"대비 마마께서도 속으신 것입니다."

장붕익의 말에 연잉군은 가슴이 철렁했다. 장붕익이 연잉군의 호위를 살피자 무예를 하는 내시와 갑사 셋뿐이었다. 장붕익은 하인들을 깨워 칼을 들게 한 후 연잉군과 함께 이현궁으로 달리기 시작했다.

'아!'

장붕익이 연잉군과 함께 이현궁을 향해 가다가 인적이 드문 곳에 이르렀을 때 어둠 속에서 쉬익 하는 소리와 함께 화살이 날아오기 시작했다.

'위험하다.'

장붕익은 빠르게 칼을 휘둘러 날아오는 화살을 떨어뜨리면서 연잉군을 보호했다. 그러자 어둠 속에서 검은 옷을 입은 흑의인이 나타났다. 그는 무시무시한 살기를 뿜고 있었다. 장붕익은 흑의인을 노려보면서 전신이 팽팽하게 긴장되는 것을 느꼈다.

"어느 놈이 감히 세제 저하를 시해하려는 것이냐? 삼족이 참수를 당하고 싶은 것이냐?"

장붕익은 위압적인 목소리로 흑의인을 꾸짖었다. 사내는 대꾸하지 않고 장붕익을 노려보다가 허공으로 몸을 솟구쳤다. 그와 함께 장붕익을 향해 무시무시한 살기가 쇄도해 왔다. 장붕익은 자신을 노리고 쇄도해 오는 무수한 살기를 빠르게 내쳤다. 상대를 죽이려는 필살의 살기가 허공에서 날아와 빗줄기처럼 장붕익을 공격했다.

'대단한 고수다!'

장붕익은 흑의인과 수십 합을 싸우면서 자신이 밀리는 것을 느꼈다.

'빈틈이다.'

장붕익은 흑의인이 허공에서 멈칫하는 기색을 보이자 그 틈을 노려 흑의인의 옆구리를 향해 찔러갔다. 그러나 그것은 흑의인이 장붕익을 유인한 것에 지나지 않았다. 살짝 몸을 비틀어 장붕익의 일검을 피한 흑의인의 검이 장붕익의 어깨를 내려쳤다. 어깨에 화끈한 통증이 느껴지면서 피가 분수처럼 뿜어졌다.

'아……'

흑의인은 장붕익의 자세가 흐트러지자 목을 베기 위해 검을 허공에서 옆으로 일직선으로 뻗었다. 장붕익은 바람을 일으키며 자신의 목을 향해 다가오는 검을 피할 수 없다고 생각하고 눈을 감았다. 그때 창! 하고 금속성이 부딪치는 소리와 함께 흑의인의 검이 튕겨져 나갔다. 장붕익이 눈을 뜨자 어느 사이에 표철주가 나타나 흑의인 앞에 우뚝 서 있었다.

이영은 느닷없이 나타난 표철주를 쏘아보면서 미간을 찌푸렸다. 그의 검을 튕겨 버린 표철주의 자세가 의외로 빈틈이 없었다. 하기야 그가 장붕익하고 격전을 치르고 있는 장내에 접근해 왔다는 것은 이만저만한 고수가 아니었다.

'천하에 내 검을 받아낼 수 있는 고수는 몇 안 된다.'

대내고수와는 겨루어보지 않았으나 그 외에는 누구도 자신을 당적할 수 없을 것이라고 생각했다. 이영은 창포검을 비스듬히 치켜 올렸다. 다시 한 번 표철주와 부딪쳐 볼 심산이었다. 그때 표철주가 검을 자신의 눈까지 들어 올렸다.

'필살검!'

이영은 표철주의 자세를 보고 바짝 긴장했다. 언젠가 검선 김체건으로

부터 당적할 수 없는 고수를 만난 일이 있다고 들었다.

"그자가 검을 눈까지 들어 올렸는데, 나는 그때 그자의 검만 보였다."

김체건은 이름을 알 수 없는 그 도인에게 패했다고 했다.

"차앗!"

표철주가 맑은 기합성을 터뜨리면서 허공으로 몸을 날렸다. 이영도 기다리지 않고 허공으로 몸을 뽑아 표철주와 부딪쳐 갔다. 검과 검이 허공에서 부딪치자 맹렬하게 불꽃이 일어나고 백광과 청광이 난무했다.

'엄청난 고수들이구나.'

흑의인과 표철주가 어둠 속에서 대결하는 것을 본 장붕익은 경악을 금치 못했다. 무엇보다 표철주가 흑의인과 대등한 검술을 펼치고 있다는 사실이 놀라웠다. 그들은 나뭇가지에서 나뭇가지로, 지붕에서 지붕으로 날아다니면서 치열하게 격투를 벌였다.

'이 흑의인이 과거 향이 누나를 해친 자구나.'

표철주는 시간이 흐를수록 흑의인에게 공포를 느꼈다. 흑의인은 조금도 지치지 않고 그를 맹렬하게 공격해 오고 있었다. 그가 공격하는 방위마다 요해처이고 급소였다.

"네놈의 스승이 누구냐?"

흑의인이 허공에서 날아 내리면서 표철주에게 물었다.

"나의 스승이 누구인지 알 필요 없다. 오늘 밤 너는 여기서 죽어야 한다."

"핫핫핫! 네가 나를 이길 수 있겠느냐?"

"길고 짧은 것은 대보아야 하지만 내 오늘 반드시 너를 죽일 것이다."

"흐흐…… 그렇다면서 내 목숨을 거두어가 보아라."

표철주의 말에 호승심을 느꼈는지 이영이 맹렬하게 돌진해 왔다.

"전하, 저들이 싸울 때 이현궁으로 가시는 것이 좋겠습니다."

내시가 연잉군에게 은밀하게 아뢰었다.

"안 됩니다. 저는 부상을 당해 저하를 보호할 수 없으니 이 자리를 떠나지 마십시오."

장붕익이 반대했다. 그때 와! 하는 함성이 들리면서 몽둥이를 든 검계 한 패가 나타났다.

"죽여라!"

선두에 서 있는 검계가 소리를 지르자 계자들이 일제히 장붕익과 연잉군에게 달려들었다.

"멈춰라!"

그때 날카로운 소리와 함께 백영이 장정들을 향해 쏘아져 왔다. 연잉군과 장붕익을 공격하려던 검계들이 흠칫하여 물러섰다.

타타탁!

요란한 대나무 소리가 들리면서 검계들이 순식간에 죽봉에 얻어맞고 나뒹굴었다. 이향이 나타나 이영을 지원하기 위해 달려온 검계들을 때려눕히기 시작한 것이다.

'향이 누나도 왔구나.'

장내를 내려다보던 표철주는 이제야말로 흑의인을 제압할 수 있을 것이라고 생각했다. 그러나 흑의인의 검세는 더욱 예리해져 있었다. 때로는 허공을 가르고, 때로는 무명의 어둠을 베면서 표철주의 빈틈을 노리고 무섭게 공격을 퍼부었다. 표철주는 흑의인의 검세를 막으면서 빈틈을 노리기 시작했다. 그러나 연잉군을 보호해야 한다는 사실 때문에 정신을 집중할 수 없었다. 흑의인의 검은 그가 피할 수 있는 곳을 차단하면서 찌르고 베고 있었다. 그의 검세가 어찌나 날카로운지 표철주는 가슴이 섬뜩했다.

'허허실실……'

표철주는 흑의인이 느슨하게 위에서 아래로 검을 내리쳐오자 일부러 허초로 공격하는 것이라고 생각했다. 표철주가 피하면 흑의인은 그 피하는 방향에서 목숨을 노릴 것이다. 그렇게 생각한 표철주는 피하지 않고 공격하려고 했다. 다음 순간 느슨하게 내리쳐오던 흑의인의 검이 갑자기 섬광처럼 빨라졌다. 흑의인이 표철주의 예상을 뒤집은 것이다. 표철주는 도저히 흑의인의 검을 피할 수 없을 것이라고 생각했다. 표철주는 빠르게 흑의인과 검을 맞부짖쳤다.

"챵!"

검과 검이 부딪치면서 요란한 금속성이 울렸다. 순간 표철주는 손목이 시큰한 것을 느끼면서 검을 떨어뜨렸다. 그러자 그의 몸뚱이를 두 동강이 낼 것처럼 흑의인의 창포검이 위에서 아래로 내려쳐 왔다. 표철주는 재빨리 몸을 구르면서 피했다. 그러나 흑의인은 이미 예상하고 있었다는 듯이 표철주가 이동한 방향으로 검을 내리쳐왔다. 무시무시한 검시가 표철주를 향해 쇄도해 왔다.

'틀렸다.'

표철주는 흑의인에게 꼼짝없이 죽임을 당하게 되었다 생각하고 눈을 질끈 감았다.

"안 돼!"

그때 이향이 날카로운 고함을 지르면서 표철주를 밀어내고 죽봉으로 흑의인의 검을 막아냈다. 그러나 흑의인의 창포검은 이향의 죽봉을 반토막을 내면서 이향을 베었다. 이향의 얼굴에서 가슴까지 일직선으로 베어졌다.

"오, 오라버니……!"

이향이 떨리는 목소리로 흑의인을 향해 외쳤다. 이영은 위에서 아래로 검을 내려친 뒤 목을 베기 위해 사선으로 검을 내리치던 중이었다. 이영은 오라버니라는 말에 경악하여 이향의 목을 베려던 검을 멈추었다.

"오라버니…… 나…… 향이야. 오라버니가 준 목걸이, 아직도 갖고 있어."

이향이 물기에 젖은 눈으로 이영을 바라보다가 풀썩 주저앉았다. 그녀의 얼굴과 가슴에서 피가 분수처럼 뿜어졌다.

"향이? 네가 향이라구?"

이영은 꿈을 꾸고 있는 듯한 기분이었다. 그는 자신의 귀를 의심했다. 포도청 다모가 어찌하여 내 동생이라는 말인가. 이영은 그 순간 젖먹이 여동생을 마을 사람에게 맡기고 떠나던 일이 떠올랐다. 아아…… 이 여자가 그 아이라는 말인가. 이영의 눈이 이향에게로 향했다. 이향은 벌써 피투성이가 되어 있었다.

"나...... 향, 향이야."

이향이 간신히 입을 열어 중얼거렸다.

"그것이 무슨 소리냐? 네가 어찌 나의 동생이란 말이냐?"

이영의 떨리는 목소리가 어두운 하늘에 공허하게 울려 퍼졌다.

"이놈들! 썩 물러 거라!"

장붕익이 검계들에게 노한 목소리로 소리를 질렀다. 그의 목소리가 쩌렁쩌렁 울리는 것 같았다. 검계들이 이영의 눈치를 살피다가 썰물처럼 달아났다.

"누이!"

표철주가 그때서야 절규하듯이 외치면서 이향에게 달려가 끌어안았다. 이영은 표철주가 이향을 끌어안고 짐승처럼 오열하는 것을 물끄러미 바라보았다. 이향은 피를 너무 많이 흘려 정신을 잃고 축 늘어져 있었다. 그렇게 찾아 헤매던 여동생 이향을 자신의 손으로 죽게 할 것이라고는 생각조차 하지 못했었다. 그는 너무나 비통하여 검을 늘어뜨린 채 넋을 잃고 우뚝 서 있었다.

연잉군을 시해하려고 했던 것은 아니었다. 왕비 어씨는 소론의 강경파인 김일중을 통해 연잉군을 시해하는 시늉을 하라고 영을 내렸다. 소론이 연잉군을 시해하는 시늉을 하면 노론이 반드시 보복을 하려고 할 것이기 때문이었다. 왕비 어씨와 김일중이 꾸민 계략이었다. 노론이 소론을 제거하기 위해 역모를 꾸미면 그것을 빌미로 일망타진할 계획인 것이다.

'하필이면 죽봉으로 내 검을 막으려고 하다니…….'

이영은 생각할수록 그 순간이 후회스럽고 모멸스러웠다. 이영이 넋을 놓고 있을 때 표철주는 다짜고짜 이향을 안고 달리기 시작했다.

"어디로 가는가?"

이영은 그때서야 깜짝 놀라 표철주를 따라가면서 물었다.

"아직 목숨이 붙어 있습니다. 집에 가서 치료를 해야 합니다."

표철주는 이향을 안고 이현궁에서 얼마 떨어지지 않은 자신의 집으로 달려갔다. 이영도 엉겁결에 그를 따라 표철주의 집으로 들어갔다. 표철주가 대문을 걷어차고 늘어가자 사람들이 이 방 저 방에서 몰려나오면서 웅성거렸다. 표철주는 황급히 이향의 옷을 벗기고 지혈을 시킨 뒤 침으로 피의 순행을 도왔다. 이미 많은 피를 흘렸기 때문에 이향의 얼굴은 창백했다.

이향은 새벽이 되어서야 가늘게 눈을 떴다. 그녀는 천천히 사방을 둘러보았다. 가물거리는 촛불의 희미한 불빛에 표철주와 이영의 모습이 드러났다.

"향이야."

이영은 목이 메어 왈칵 눈물이 쏟아졌다.

"오라버니……."

이향은 이영을 올려다보고 입을 벌린 채 말을 할 수 없었다. 그녀의 얼굴과 가슴에서 뜨거운 것이 콸콸대고 흘러내리는 것 같았다. 표철주가 지혈을 시켰으나 출혈은 멈추지 않았다. 이향은 짧은 순간 자신이 죽을지도 모른다고 생각했다.

'아아, 이렇게 죽는 것은 너무 허망해. 나는 아직 죽고 싶지 않아. 오라버니를 찾았는데 이렇게 허망하게 죽을 수는 없어.'

이향은 짧은 시간 많은 생각을 했다.

"내가 잘못했다. 너를 두 번씩이나 이렇게 만들다니……."

"오라버니 탓이 아니야. 오라버니, 많이 보고 싶었어요."

"나도 너를 하루도 잊지 않았다."

이향은 눈물이 흘러내려 눈앞이 보이지 않았다.

"어떻게 죽봉으로 검을 막으려고 했니? 그게 우리 같은 고수를 막을 수 있다고 생각했어?"

"그렇게 하지 않았으면 내가 좋아하는 남자가 죽었을 거예요."

이향은 표철주를 바라보았다. 표철주가 이향의 손을 꼬옥 쥐었다.

"당신을……."

이향은 입을 벌려 말을 하려고 했으나 목소리가 밖으로 나오지 않았다.

"아무 말도 하지 말아. 말을 하지 않아도 누이 마음을 알아."

표철주의 목소리에 울음이 섞여 있었다. 그래. 사랑은 말을 하지 않아도 알 수 있어. 눈빛만 보고도 알 수 있지. 그래도 나 때문에 슬퍼하거나 울지 말았으면 좋겠어. 아아…… 나는 어쩌다가 오라버니의 칼을 맞고 죽게 되는 것일까…….

이향은 삼청동에서 운심을 만난 뒤에 이영이 연잉군을 죽이러 갔다는 사실을 알았다. 왕비와 김일중의 계략에 의해 연잉군이 대궐에서 나와 장붕익의 집으로 찾아가면 암살할 계획이었다. 이향은 그 말을 듣자 다급하게 장붕익의 집으로 달려갔으나 그들은 이미 이현궁을 향해 떠난 뒤였다. 이향이 정신없이 뒤를 쫓아 달려왔을 때는 표철주까지 가세하여 이영과 사투를 벌이고 있었다.

'칼을 준비하지 않은 것이 실수였어.'

이영을 상대하게 될 것이라고는 생각하지 않아 죽봉 하나를 괴나리봇짐에 숨기고 다녔을 뿐이었다. 그것으로 검계들을 막는 것은 어렵지 않았으나 표철주를 죽이려는 절정고수의 검을 막을 수는 없었다.

이영은 죽어가는 이향을 보자 가슴이 타는 것처럼 비통했다. 그녀의 상태는 회복될 가능성이 전혀 없었다. 이향은 의식을 잃었다가 회복하고 다시 의식을 잃는 일을 반복했다.

'아…… 그때처럼 살아날 수가 있다면 얼마나 좋을까?'

이향은 포도청 다모로 있을 때도 그를 검거하려다가 사경을 헤맬 정도로 부상을 당했다. 표철주는 사암 도인이 아니었다면 그때 이미 죽었을 것이라고 했다. 표철주는 이향이 의식을 잃고 있을 때 그녀와 처음 만난 일부터 같이 살게 된 이야기를 상세하게 이야기 했다. 표철주도 이영이 이향의 오라버니라는 것을 알고는 놀란 표정을 감추지 않았다.

"그럼 사암 도인이 향이를 살린 것인가?"

이영이 표철주에게 물었다.

"사암 도인은 고명한 의술을 갖고 있습니다."

"그분은 어떤 분인가?"

"그저 의원이라고만 알려져 있습니다. 소문에는 사명 대사의 고제자라는 말도 있습니다."

그랬던가. 조선제일 고승의 제자라 죽어가는 향이를 살린 것인가. 이번에도 사암 도인만 있었다면 향이가 살아났을지 모른다고 생각하자 한없이 애통했다. 이향은 옛날에 그의 칼에 맞았을 때도 실낱처럼 목숨이 붙어 있었다.

이향의 상태는 시간이 흐를수록 더욱 악화되었다. 표철주의 일가가 모두 이향의 방에 몰려와 근심스러운 표정을 지었다. 집안은 죽어가는 사람이 있기 때문인지 어두운 분위기가 감돌았다. 이향은 죽음이 임박하자 말이 없어졌다. 어쩌면 말을 할 수 없을 정도로 고통이 엄습하고 있는지도 몰랐다. 가족들이 이향을 위로했으나 모두 귀찮아할 뿐이었다. 그녀는 의식이 돌아오면 우두커니 허공만 바라보고 있다가 고통이 엄습해 오면 소리내지 않고 얼굴만 찡그렸다.

'하늘이 야속하구나. 어찌 내 칼에 동생을 죽게 만든단 말인가?'

이영은 동생이 죽어가면서도 마음이 흔들리지 않는 것을 보고 속으로 울었다. 날이 밝아 아침이 오자 이향은 혼수상태가 계속되었다. 표철주는 이상할 정도로 담담한 표정을 짓고 있었다. 이향에게 슬픈 얼굴을 보이는 것이 그녀의 죽음을 상기시키기 때문에 속으로 삭이고 있는 것 같았다. 이향은 저녁나절이 되어서야 의식이 돌아와 희미한 눈으로 가족들을 살폈다.

"누이, 나에게 하고 싶은 말이 없소?"

표철주가 이향의 손을 잡고 물었다. 표철주는 이향을 살리기 위해 애를 썼으나 피를 너무 많이 흘렸기 때문에 그녀의 생명을 구할 수 없었다.

"내가 무슨 할 말이 있겠어? 모두들 저녁 식사를 해야지요."

이향은 표철주와 가족들의 저녁 걱정을 했다.

"누이가 아픈데 내가 어떻게 저녁을 먹겠소?"

"내 걱정은 말고 가족들에게 저녁을 먹으라고 해요. 나는 이미 캄캄한 무저갱을 보았는걸."

이향은 기운 없는 목소리로 말했다. 밤이 이슥해지자 그녀는 눈물을 글썽이면서 자신의 남편인 표철주에게 저녁 식사를 권했다.

'그래도 남편을 걱정하는구나.'

이영은 표철주를 생각하는 이향을 보고 안쓰러웠다.

"나 때문에 식구들이 밥을 굶진 말아요."

이향은 식구들이 자신 때문에 저녁을 굶고 있는 것을 보고 짜증을 냈다. 이영은 죽어가면서도 이향이 가족들의 저녁 걱정을 하고 있는 것을 이해할 수 없었다. 살려달라고 몸부림치고 울어도 직성이 풀리지 않을 것 같은데 그녀는 가족들 걱정을 하고 있었다.

'향이는 이 가족들을 진정으로 사랑하고 있는 거야.'

이영은 이향의 깊은 속내를 한참이 지나서야 이해했다. 그녀는 죽음을 앞에 두고서도 가족을 배려하고 있는 것이다.

"오라버니, 운심이와 잘살아요."

임종이 임박하여 이영이 손을 잡자 이향이 기운 없는 목소리로 말했다.

"향이야, 미안하구나."

이영은 목이 메어 말을 할 수 없었다.

"당신의 아들을 낳고 싶었는데…… 예분 형님을 예뻐해 줘요. 나 때문에 가슴앓이를 많이 했을 거예요."

이향은 표철주를 향해 애처로운 미소를 지었다. 표철주는 입술을 깨물고 고개만 끄덕거렸다. 입을 열면 금방이라도 울음이 터질 것처럼 그의 얼굴이 일그러져 있었다.

"미안해요."

이향은 예분에게도 마지막 인사를 했다. 예분이 괜찮아요, 하고 고개를 돌린 뒤에 치맛자락으로 눈물을 찍었다. 이향은 몇 번이나 사방이 너무 어둡다고 불을 환하게 켜달라고 하더니 파루를 칠 때 숨이 멎었다. 표철주는 이향을 쓸어안고 한없이 울었다. 이영은 돌아서서 벽을 두드리면서 우는 것밖에 할 일이 없었다.

황혼의 여진이 번지고 있는 서쪽 산들은 물감을 풀어놓은 것처럼 붉었다. 봉분이 만들어질 때까지 내내 술만 들이켜고 있던 이영이다. 이렇게 허무하게 죽을 것을 여자가 왜 칼을 차고 천하를 주유했는가. 봉분이 만들어지고서도 눈물 한 방울 흘리지 않았다. 죽은 여동생 이향이 야속하기만 했다.

이영은 표철주의 가족이 산을 내려간 뒤에야 봉분을 쓸어안고 피를 토하듯이 울었다.

'내 손으로 동생을 죽이다니…… 내 다시는 칼을 잡지 않으리라.'

이영은 스스로 맹세를 했다. 표철주의 말에 의하면 향이는 내내 단 하나의 혈육인 이영을 찾아 헤맸다고 했다. 피붙이가 얼마나 그리웠으면 천하를 주유한다는 핑계로 전국을 헤매고 다녔겠는가. 그 일을 생각할 때마다 이영은 목이 메었다. 설움이 복받쳐 울고 또 울었다.

가을이라 산에 일찍 어둠이 내렸다.

'컴컴한 흙구덩이 속에 너를 묻으니 뼈와 살을 긁어내는 것 같구나.'

이영은 사방이 어두워졌으나 이향의 봉분을 떠나지 않았다. 이향이 죽었다는 사실이 믿어지지 않고 그녀를 다시 만날 수 없다는 사실이 비통했다.

"예서 밤을 새울 작정이오?"

운심이 밤이슬을 맞고 올라와서 이영에게 물었다. 운심의 목소리에 독기가 사라지고 처연하게 가라앉아 있었다.

"작별을 하려는 게야."

이영은 울먹이는 목소리로 대꾸했다.

"어디로 갈 작정인데요?"

"그저 깊은 산속에 들어가…… 바람이나 벗하고 구름이나 벗하고 살아야지."

"그래도 밥하고 빨래할 계집은 있어야 하지 않소?"

"같이 가려는가?"

"그럼 나를 버리고 갈 작정이오?"

운심을 버리고 싶지는 않았다. 이영은 운심의 어깨너머로 별들이 초롱 초롱 반짝이는 가을 하늘을 쳐다보았다. 산이라 그런 것인가, 가을이 점점 깊어가고 있기 때문인가. 참나무 숲을 흔들며 지나가는 바람 소리가 유난히 쓸쓸하고 음산했다.

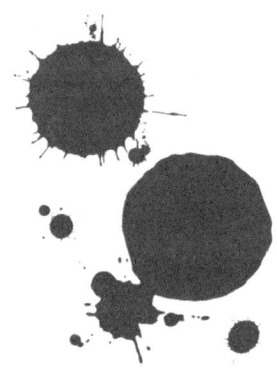

이른바 '혹은 칼로써 한다'는 것은 김용택이 보검을 백망에게 주어 선왕의 국애(國哀) 때 담장을 넘어서 궁궐로 들어가 대급수를 행하려고 하는 것이고, '혹 약으로써 한다'는 것은 이기지, 정인중, 이희지, 김용택, 이천기, 홍의인, 홍철인이 은(銀)을 지 상궁(池尙宮)에게 주고, 그로 하여금 독약을 타게 하여 흉악한 일을 행하는 것이니, 이것은 경자년에 반년 동안 경영한 일이었습니다. 이른바 소급수란 폐출을 모의하는 것으로써 이희지가 언문으로 가사(歌詞)를 지어 궁중에 유입시키려 하였는데 모두 임금을 무고하고 헐뜯는 말이었습니다.

—『경종실록』에서

劍꽃

13

피를 부르는 쾌락

피를 부르는 책략

 연잉군은 자신을 시해하려고 했으나 검계 이영이 떠날 때 검거하거나 죽이라는 영을 내리지 않았다. 그를 죽이기는 것도 쉽지 않을뿐더러 그는 대궐과 관련을 맺고 있었다. 동궁전에 있는 연잉군을 밖으로 나오게 만들고 때맞춰 자객이 되어 그가 나타난 것이 증거였다. 검계 이영의 일가를 둘러싸고 벌어진 비극도 이영을 다시 볼 수 있는 계기가 되었다. 어찌 되었거나 그는 자신의 손으로 여동생을 죽게 만든 것이다. 그것만으로도 조선제일의 검계 이영이라는 자는 충분히 고통을 받았다고 생각했다.
 표철주는 이영이 떠나리라는 것을 어느 정도 예상하고 있었다. 모든 것을 잃어버린 듯한 그의 허망한 눈빛에서 살기라고는 찾아볼 수 없었다. 일가의 비참한 죽음으로 살기로 똘똘 뭉쳐 있던 이영의 눈에는 공허감과 슬

품만 남아 있었다.

표철주가 이향의 봉분을 만들고 며칠이 지나서 산소를 다시 찾아갔을 때 이영은 없었다.

'향이 누이는 내 누이와 같았어.'

표철주에게 이향은 어머니이고 여인이고 헤어진 누나였다. 그녀의 품속에 얼굴을 파묻고 있으면 어머니나 누이의 품속처럼 포근하고 아늑했다.

'사람이 이렇게 허망하게 가는 것인가?'

표철주는 이향의 무덤 앞에서 오랫동안 앉아서 술을 마시고는 했다.

연잉군 시해 사건은 비록 미수에 그쳤으나 철퇴를 받지 않은 노론의 신진사대부들을 경악하게 만들었다.

"세제 저하를 시해하려고 한 이상 용납할 수 없소. 실패했으니 망정이지 성공했다면 우리는 모두 무덤 속으로 들어갔을 것이오."

김용택은 자객이 연잉군을 살해하려다가 실패했다는 말을 듣고 치를 떨었다.

"정권은 저들이 잡고 있는데 어찌해야 한단 말이오?"

정인중이 난감하다는 듯이 말했다.

"조인성이 이야기한 삼수를 쓸 때가 되었소."

노론의 신진 사대부들은 긴박하게 움직이기 시작했다. 그들의 움직임은 즉시 소론의 강경파 김일중에게 보고되었다.

"노론이 움직이기 시작하고 있습니다."

소론의 김일중이 중전 어씨에게 달려와 보고했다. 중전 어씨는 반신반

의하는 표정으로 김일중을 쳐다보았다. 그들이 올가미에 이토록 쉽게 걸려들 것이라고는 생각하지 못했다. 노론이 궁지에 몰린 탓이다. 쥐도 막다른 골목으로 쫓기면 고양이를 문다고 하지 않는가.

"그렇다면 그들을 고변하게 하세요."

중전 어씨는 노론을 모조리 처형할 때가 되었다고 생각했다.

"중전 마마, 소인은 사건을 확대할 생각이옵니다."

김일중이 두 눈을 빛내면서 결의에 찬 표정을 지었다.

"내 근심거리만 없애면 됩니다. 노론과 우리는 양립할 수 없습니다."

중전 어씨가 가만히 고개를 끄덕거렸다.

그날 밤 김일중의 집으로 목호룡이 찾아왔다. 김일중은 목호룡에게 노론의 신진 사대부들을 고변하라는 지시를 내렸다.

"그리하면 소인은 어찌 되는 것입니까?"

목호룡이 음침한 눈을 가늘게 뜨고 김일중을 쳐다보았다. 사특하고 간교한 눈빛이다. 김일중은 목호룡과 같은 교활한 자들을 좋아하지 않는다. 목호룡은 김일중과 담판을 지으려 하고 있었다.

"자네는 역적을 고변한 공신이니 군(君)의 품계에 오를 것일세."

군은 임금이 후궁들을 통해 낳은 왕자들이나 나라에 결정적인 공을 세운 공신들에게만 가자된다. 적어도 재상을 지내야만 군에 가자될 수 있다.

"천지신명에 약조할 수 있습니까?"

"조상의 이름을 걸고 맹세하네. 각서라도 써주어야 하겠는가?"

"되었습니다. 소인이 어찌 대감을 믿지 못하겠습니까?"

경종시대 최대의 옥사를 벌이기 위해 소론의 강경파 김일중과 목호룡은 손을 잡았다.

목호룡은 김일중과 헤어져 집으로 돌아오면서 깊은 생각에 잠겼다. 천한 노비 출신이지만 이제는 군이 될 수 있는 기회를 잡은 것이다.

목호룡은 청릉군 이모의 가노였다. 그러나 그는 어릴 때 머리가 비상하여 풍수지리를 익혀 지관으로 명성을 떨쳤다. 그는 연잉군 외가의 산소 자리를 잡아주어 연잉군의 신임을 얻었다. 연잉군은 그의 청산유수와 같은 말솜씨와 풍수지리에 해박한 지혜를 아껴 청릉군에게 간곡하게 부탁하여 노비의 신분에서 벗어나게 해주고 궁차사의 벼슬을 주어 많은 부를 축적할 수 있도록 도와주었다. 목호룡에게 연잉군은 은인인 것이다. 그러나 이제는 은인인 연잉군을 배신하여 죽음으로 몰고 가야 했다. 목호룡은 야심이 많은 자였다. 비록 천얼 출신이었으나 많은 책을 섭렵하여 자신도 권력을 누릴 수 있는 기회를 잡으려고 했다. 목호룡은 연잉군과 가까이하면서 김일중과도 가까이 지냈다. 김일중은 목호룡이 노론 인사들과 자주 어울리는 것을 알고는 그를 수하로 포섭했다. 목호룡은 김춘택의 사촌동생 김용택, 김춘택의 사위 이천기, 이사명의 아들 이희지, 연잉군의 처조카 서덕수 등과 자주 어울려 기루를 돌아다니면서 정보를 수집하여 김일중에게 보고해 왔던 것이다.

"김일중의 상소로 소론 세상이 되었습니다. 대체 어찌하다가 이런 꼴이 된 것입니까?"

하루는 목호룡이 김용택과 이희지에게 기루에서 술대접을 하면서 불만을 터뜨리는 시늉을 했다.

"김일중이 그토록 음흉한 놈인지 어찌 알았겠는가?"

김용택이 화가 난다는 듯이 술을 마시면서 말했다. 좌중은 노론이 조정에서 대대적으로 숙청을 당했기 때문에 이를 앙갚음해야 한다는 분위기가 팽배했다.

"달리 방법이 없습니까? 우리가 당하고만 있어야 합니까?"

"우리가 어찌 당하고만 있겠는가?"

"그러면 뭔가 대책을 세운 것이 있습니까?"

"대책은 있네. 그러니 이렇게 한가하게 술을 마시고 있는 것이 아닌가?"

김용택은 소론에 대항할 방법이 있다고 하면서 구체적인 방법을 이야기하지 않았다.

"지금이 필요하면 제가 대겠습니다."

목호룡은 그들에게 더욱 가까이 접근하기로 했다.

"정말인가?"

김용택이 그때서야 눈을 크게 뜨고 솔깃한 표정으로 바짝 다가앉았다.

"예. 무슨 일을 해야 하는지 말씀해 주십시오."

"실은 세 가지 방법을 고려하고 있네."

"세 가지 방법이요?"

"첫 번째는 대급수로 자객을 쓰는 방법이고, 두 번째는 소급수로 독살을 하는 방법이네. 세 번째는 평지수로 선왕의 전교를 위조하여 폐출시키는 것일세. 이 일은 절대 밖으로 새어 나가서는 안 되는 일일세."

김용택이 목소리를 잔뜩 낮추어 속삭이듯이 말했다. 목호룡은 귀가 번쩍 뜨이는 것 같았다.

"여부가 있습니까? 그런데 계책은 언제 시행하는 것입니까?"

"조만간 해치울 것일세."

목호룡은 노론의 젊은 사내들과 술을 마시면서 금세 술이 확 깨는 듯한 기분이었다. 그는 술자리가 파하여 집으로 돌아오자 이 사건으로 자신의 인생을 바꿀 것이라고 결심했다. 김용택 등 노론 명문가의 자제들은 너무나 무서운 음모를 꾸미고 있었다.

'나는 천얼에 지나지 않는다. 그러나 내가 역모를 고변하면 군이 될 수도 있다.'

목호룡은 비틀대는 걸음으로 김일중을 찾아갔다. 김일중은 목호룡의 이야기를 듣자 절호의 기회가 왔다고 기뻐했다.

"이 일을 누구에게 이야기했나?"

"아무에게도 이야기하지 않았습니다. 조금만 기다리시면 노론의 대신들 중 누가 연루되었는지 밝혀낼 수 있을 것입니다."

"그럴 필요 없네. 연루자는 국청에서 밝혀낼 것이니 즉시 고변하게."

김일중은 목호룡을 시켜 사헌부에 고변하게 했다. 드디어 옥사가 벌어지게 되어 가슴이 세차게 뛰었다. 지난번의 상소는 노론을 조정에서 숙청하는 것에 지나지 않았으나 노론의 명문가 자제들이 경종에게 반역을 도모하고 있는 이상 피를 보아야 했다.

"역적으로서 성상을 시해하려는 자가 있어 혹은 칼로써, 혹은 독약으로 한다고 하며, 또 폐출을 모의한다고 하니 나라가 생긴 이래 전례가 없었던 흉악한 역적입니다. 청컨대 급히 역적을 토벌하여 종사를 안정시키소서."

목호룡의 고변에 사헌부는 발칵 뒤집혔다. 역모가 고변되면 즉시 임금에게 보고하고 조사에 들어가야 한다. 그것이 비록 무고라고 할지라도 국왕에게 보고해야 하기 때문에 목호룡의 고변이 들어오자 사헌부는 즉시 경종에게 보고했다. 경종은 자신은 모르는 일이라는 듯이 대신들에게 처리를 맡겼다. 김일중의 상소로 조정을 장악한 소론은 내병조(內兵曹:대궐 안에 있는 병조에 딸린 관청)에 국청을 설치했다.

김일중은 금부당상으로 목호룡의 고변을 직접 조사했다. 그가 조사관이 되면서 노론의 역모 사건은 거대하게 부풀려지기 시작했다. 역모가 고변되면 고변한 자로부터 상세한 내막을 청취한다. 내병조에 삼엄하게 국청이 설치되고 추관들이 도열하여 고변자인 목호룡의 진술을 들었다.

"저는 비록 미천하지만 왕실을 보존하는 데 뜻을 두었으므로 흉적이 종사를 위태롭게 만들려고 모의하는 것을 눈으로 직접 보고는 호랑이 아가리에 미끼를 주어서 비밀을 캐낸 뒤 감히 이처럼 아뢰는 것입니다. 흉적은 정인중, 김용택, 이기지, 이희지, 심상길, 홍의인, 홍철인, 조흡, 김민택, 표철주, 김성행, 오서종, 유경유입니다."

목호룡이 내병조에 설치한 국청에서 아뢰자 소론의 대신들은 경악했다. 목호룡은 자신의 출신부터 고하기 시작했다. 목호룡이 국청에서 털어놓은 것은 다음과 같은 것이었다.

목호룡은 풍수지리를 공부한 뒤에 용문산에 들어가 묏자리를 구하러 다니다가 우연하게 종자들을 여럿 거느리고 묏자리를 찾아다니던 이희지를 만났다. 이희지는 풍수지리에 해박한 목호룡에게 호감을 갖게 되었다. 사대부와 상민이라는 신분 차이가 있었으나, 목호룡의 현란한 구변에 매료된다. 이희지는 목호룡과 이야기를 나누다가 낙일시(落日詩)를 흥얼거리며 외웠다.

하늘 먼 평교에 지는 해 쇠잔한데[天遠平橋落日殘]
그 누가 개울가에서 검을 갈았던가[誰人磨劍古河干]
풍진 세상에 끝내 국사를 만나기 어려워서[風塵國士終難遇]
초시의 무지갯빛 밤마다 차가우리[楚市虹光夜夜寒]

목호룡은 이희지와 시를 주고받으면서 친해졌다. 그때는 숙종의 병환이 위중할 때인데 시의 뜻이 음험하고 참혹하였다.
"네가 이미 풍수지리를 알고 있으니 또한 둔갑술도 아는가?"
이희지가 목호룡에게 물었다.
"제 친구 중에 둔갑을 잘하는 자가 있습니다."
"그 사람 이름이 무엇인가?"
"담이(談爾)란 사람입니다."
목호룡이 웃으면서 대답했다. 그날은 용문산에서 헤어지고 한양으로 돌아왔는데 이튿날 뜻밖에 이희지가 목호룡을 찾아왔다.

"담이라는 자는 어디에 살고 있는가?"

"그것은 왜 물으십니까?"

"내가 연동(蓮洞) 상공(相公)의 숙부 집으로 돌아가려 하는데 네가 만약 나를 찾아온다면 반드시 좋은 일이 있을 것이다. 그리고 내 친구인 마전(麻田)에 살고 있는 정인중이라는 사람 또한 기사(奇士)이니 너를 보면 반드시 크게 기뻐할 것이다. 다만 와서 보기만 하라."

이희지가 말하여 목호룡은 승낙했다. 이희지가 돌아가서 닷새가 되었을 때 노새를 보내어 목호룡을 불렀다. 목호룡이 노새를 타고 연동 김용택의 집으로 가자 이희지, 김용택, 정인중, 이기지 등이 사랑에 둘러앉아 술을 마시고 있다가 평생을 사귄 사람처럼 기쁘게 맞이했다.

"우리는 둔갑술을 하는 담이를 만나보았으면 하네. 둔갑을 하는 사람이 정녕 있는가?"

김용택이 목호룡의 손을 잡으면서 물었다.

"저와 친한 벗입니다."

"둔갑이나 우보(禹步:도사의 걸음)에 관한 책을 구할 수가 있는가?"

"둔갑은 사람에게 달려 있을 뿐 책에 있는 것이 아닙니다."

"이 사람은 더불어 마음을 논할 만하다."

정인중이 새삼스럽게 목호룡의 얼굴을 살피면서 기뻐했다.

"네가 사는 동네에 지금 세상에도 형가(荊軻:진시황을 죽이려다가 실패한 자객)나 섭정(聶政:전국시대의 자객)과 같은 부류가 있어 도시(屠市:백정이나 장사꾼) 간에 숨어 살고 있는가?"

이천기가 협객에 대하여 물었다.

"제 친구들 중에는 협객과 같은 부류가 많습니다."

목호룡이 대답하자 좌중의 사람들이 모두 크게 기뻐했다. 그날 이후 목호룡은 그들과 자주 왕래를 했으나 그때까지 깊은 이야기를 나누지는 않았다. 하루는 정인중이 김용택의 집에 가서 목호룡을 불렀다. 김용택의 집에는 이희지까지 와 있었다.

"그대는 현학산인(玄鶴山人) 이태화(李泰華)의 이름을 들어본 일이 있는가? 이 사람이 거문고를 타면 현학이 내려와 앉고 백 리 밖의 일을 알 수 있다고 한다. 그대가 말한 담이라는 사람은 이 사람과 비교하면 어떠한가?"

정인중이 목호룡에게 물었다.

"담이를 어찌 그 사람과 비교할 수 있겠습니까? 이 사람과 서로 만나볼 수 없는 것이 한스러울 뿐입니다. 제가 천서(天書)를 가지고 있는데 그 사람에게 주고자 합니다."

목호룡의 말에 정인중의 눈썹이 꿈틀하며 좋아서 어쩔 줄을 몰라 했다. 하루는 어떤 사람이 목호룡의 집 문밖에 와서 자기가 이태화라고 하면서 스스로 둔갑술에 능하다고 했다.

"시무(時務)를 아는 것은 준걸에게 달려 있으니 둔갑을 어찌 족히 말하겠습니까?"

목호룡이 코웃음을 쳤다.

"지금 장안의 호걸은 누구인가?"

"정인중이 지금의 방통(龐統:제갈양과 쌍벽을 이루는 책사)과 같은 부류입니다."

다음날 정인중이 목호룡을 찾아와 시정에 무예가 뛰어난 협객을 구해달라고 말했다. 때마침 표철주가 어떤 일 때문에 목호룡을 찾아왔는데 표철주의 용모와 풍신이 멀쑥하고 당당했다.

"이 사람 또한 협객의 부류인가?"

정인중이 표철주를 눈여겨 살피다가 물었다.

"이 사람은 장안의 협객 중에서 제일가는 사람으로서 그 용력은 대적할 자가 없습니다. 지붕에서 지붕으로 날아다니는 재주를 갖고 있습니다."

정인중은 표철주의 거주지를 상세히 묻고 갔다.

"너의 집을 물어본 것은 장차 너의 용력을 쓰려는 것이다. 이 사람은 상대하기가 쉬우나 그중에 이희지란 자가 있는데 꾀가 깊은 사람이다. 만약 너를 만난다면 반드시 나의 심사에 대하여 물어볼 것이니 너는 사생지교를 맺었다고 답하라."

목호룡이 표절수에게 말했다.

"알겠네."

표철주가 약속을 하고 돌아갔다. 다음날 새벽 정인중이 나귀를 끌고 표철주의 집으로 가서 표철주를 태우고 갔다. 정인중과 하룻밤을 지낸 뒤 표철주가 돌아와 목호룡에게 말했다.

"내가 어제 크게 꿰맨 자루 속으로 들어가게 되었네."

표철주가 고개를 절레절레 흔들었다.

"그게 무슨 말인가?"

"처음에 김용택의 집에 갔더니 김용택, 이천기, 정인중이 둘러앉아 있었는데, 나의 무예를 시험해 보고는 크게 기뻐하며 나의 용력을 물었네. 내가 스스로 용력이 천하제일이라고 자부하자, 드디어 술잔에 술을 따라 맹세하고 사생을 같이할 벗으로 맺었네. 내가 '그대들이 나를 쓰고자 한다면 내가 마땅히 힘을 다할 것이다.' 라고 하니 김용택이 말하기를 '형가와 섭정의 일도 할 수 있는가?' 하기에 '마땅히 할 수 있다.' 라고 하였네. 김용택이 크게 기뻐하면서 나에게 술을 따라주었네. 또 그들이 말하기를 '주상의 병환이 날로 위중해지고 있으니, 만약 불휘한 일이라도 있게 된다면 세상에 유비 같은 이가 없으니 어찌할 것인가?' 라고 하니, 여러 사람들이, '비록 유비는 없지만 장래에 저절로 그런 사람이 있을 것이다' 하고 각자 손바닥에 글자를 써서 속내를 표시하였는데, 김용택은 '충(忠)' 자를 썼고, 다른 사람들은 혹 '신(信)' 자나 '의(義)' 자를 쓰기도 했네. 그러나 백망이라는 자는 '양(養)' 자를 썼으므로 좌우에서 서로 돌아보며 그 뜻을 알지 못했으나 유독 이천기만은 알아차리고 크게 웃었는데 대개 '양(養)' 자는 '양숙(養叔)'을 이른 것으로 이이명의 자(字)가 양숙이기 때문이었네."

표철주의 말이었다. 목호룡이 표철주의 말을 의심하여 이천기의 집에 갔더니 이천기가 그를 끌고 방으로 들어가 장차 은밀한 이야기를 하려고 하였는데 정인중이 발을 밟아 제지했다.

"그대들이 백망과 동모한 말을 내가 모두 들었는데 다시 무엇을 감추고 속이는 것입니까?"

목호룡이 웃으면서 말했다.

"백망이 나인과 많이 결탁하고 있으므로 급수를 쓸 수 있다고 하였는데 그 말이 어떠한가?"

이천기가 마침내 목호룡에게 물었다.

"급수란 어떤 약을 쓰는 것입니까?"

목호룡이 이천기에게 물었다.

"대급수는 표철주를 시켜 전하를 시해하는 것이다. 평지수는 백망이 은(銀) 5백 냥으로 중원에서 사들인 환약을 한 개 먹으면 즉시 쓰러져 죽게 된다고 한다."

이천기가 잘라 말했다. 이천기는 평지수를 사용하는 것이 좋다고 하고 김용택은 소매를 걷어붙이고 표철주와 결탁하여 대급수를 사용해야 한다고 주장했다. 홍의인과 홍철인 형제는 이천기와 바로 이웃에 살았는데, 하는 일을 엿보고서는 스스로 얻기 어려운 기회라고 생각하여 여러 가지로 아첨하여 그 가운데에 느닷없이 참여하게 되었다.

"우리들이 매우 위태한 계책을 세웠으니 천고의 대사업이 바로 이 일에 달려 있는데 저 홍가는 어떤 사람이기에 들어와서 매화점(梅花點:고전 악보의 점. 중요한 사람이 되었다는 뜻)이 되었는가?"

김용택은 홍의인 형제가 참여하는 것에 불만을 터뜨렸다.

"이 사람이 얼굴은 검은데 말은 다른 사람의 비위를 잘 맞추니 믿기 어렵다. 멀리하는 것만 못하다."

이기지가 목호룡의 관상을 보고 김용택 등에게 말했다.

"참으로 당거(唐擧:중국 전국시대 관상가)의 새끼로다."

목호룡은 그 말을 전해 듣고 비웃었다. 그러나 이기지는 계속하여 목호룡을 비난했다.

"목호룡이 이미 폐립에 관한 조서의 초본을 보았으니 그대 집안이 멸족되는 것은 그가 혀를 놀리는 데 달려 있다. 잘 대우하는 것만 못할 것이다."

홍의인이 이기지를 협박했다.

정인중은 소급수를 결약할 때 매번 얼굴을 찡그리면서 난색을 보였지만 김용택에 의하여 물려 들어가곤 했다. '혹은 칼로써 한다'는 것은 김용택이 보검을 표철주에게 주어 선왕의 국상 때 담장을 넘어서 궁궐로 들어가 대급수를 행하려고 하는 것이고, '혹은 약(藥)으로써 한다'는 것은 이기지, 정인중, 이희지, 김용택, 이천기, 홍의인, 홍철인이 은(銀)을 대궐에 있는 지상궁에게 주고 그녀로 하여금 독약을 타게 하는 것이었다.

목호룡이 국청에서 털어놓은 말이었다.

목호룡의 고변을 들은 소론은 발 빠르게 움직이기 시작했다. 그들은 즉시 군사를 동원하여 대궐을 봉쇄하고 4대문을 폐쇄한 뒤 역모에 관련된 자들을 모조리 잡아들이기 시작했다. 도성에서 노론에 대한 검거 선풍이 불었다. 표철주는 의금부에서 들이닥친 나졸들에 의해 영문도 모른 채 체포되었다.

내병조에서는 매일같이 처절한 국문이 시작되었다. 역모로 잡혀 들어온 자들 중에 정인중이 가장 먼저 국문을 받았다. 그러나 정인중은 역모 혐의를 완강하게 부인했다.

"정인중이 용사를 구하고 표철주와 약조를 맺은 일은 밝게 증거가 있으며, 또 은을 낸 여러 사람들이 있고 은을 받을 때 저도 나누어 가진 일이 있습니다. 정인중이 비록 말을 거침없이 잘하는 구변이 있다 할지라도 저와 한 번 면질한다면 형신(刑訊)을 기다리지 않고서도 반드시 바른대로 고할 것입니다."

목호룡이 대질 신문을 해달라고 청했다. 국청에서는 목호룡의 요청을 받아들여 정인중과 대질신문을 했다.

"내가 그대와 우정이 어떠한가? 그러나 이는 대의멸친하는 경우이므로 하지 않을 수 없다. 주상께서 등극하신 뒤에 곧 이르기를, '내가 이미 그 사람을 도모하였으니, 또 어찌 그 녹(祿)을 먹으며 그 사람을 섬길 수가 있겠는가? 나는 장차 벼슬을 버리고 시골로 돌아갈 것이다. 지난날 우리 무리가 한 일은 만 번 죽어도 오히려 가볍다' 하고 또 말하기를, '밤낮으로 우리 집에 와서 서로 너라고 부른 것이 무릇 몇 차례였던가?' 하지 않았는가?"

목호룡이 정인중을 향해 말했다. 목호룡과 정인중이 대질신문을 하게 되자 위관들이 일제히 웅성거렸다.

"내가 언제 밤에 너의 집을 찾아갔었느냐? 너는 누구의 사주를 받고 나를 무고하는 것이냐?"

정인중이 목호룡에게 침을 뱉으면서 벌컥 화를 냈다.

"그대가 처음 우리 집에 와서 이희지를 통하여 우보법(禹步法:도사의 술법)을 구하지 아니하였느냐? 또 그대는 무엇 때문에 나를 만나 우보서를 구하였느냐?"

"네가 말하기를, '상주와 청주 사이에 절이 있고, 절에는 도사가 있다' 고 하였다. 우보서에 관한 일을 또한 물었던 것 같다. 그것을 어찌 역모라고 하느냐?"

정인중은 눈을 부릅뜨고 목호룡을 노려보았다.

"형가와 섭정의 일은 네가 끝내 말하지 아니하느냐?"

"그때 우연히 너에게 물었던 것이지 다른 뜻이 있었던 것은 아니다. 너는 그 일로 우리를 역모로 몰려는 것이다."

정인중은 국청에서 신문을 받으면서 목호룡과 친하게 지내기는 했으나 역모를 도모한 일이 없다고 강력하게 부인했다.

"목호룡의 말은 사리가 분명하여 근거가 있으나, 정인중은 하나도 근거가 없고 다만 '허언이다', '없다', '아니다' 라는 등의 말로 범연하게 말하고 있습니다. 청컨대 형추하게 하소서."

위관들이 정인중에게 곤장을 때리면서 신문을 할 것을 요구했다. 역모에 관한 사건이 아니라 일반 범죄라도 정황이 의심스러우면 곤장을 때려서 신문을 한다. 게다가 목호룡 고변 사건을 주관하는 위관은 소론의 강경파 김일중이었다.

"정황이 명백한데도 가증스럽게 부인을 하니 형신을 가하라."

김일중이 추상같은 영을 내렸다. 정인중은 형틀에 묶여 곤장을 맞기 시작했다. 곤장을 때릴 때 남자는 옷을 벗기고 맨 엉덩이를 때린다. 정인중은 20도의 곤장을 맞자 엉덩이의 살갗이 찢어지고 형틀 아래 피가 낭자하게 흘러내렸다.

"사실대로 고하겠느냐?"

김일중이 눈을 부릅뜨고 호통을 쳤다.

"저는 죄를 짓지 않았습니다."

정인중은 피가 낭자하게 흘러내리는데도 역모를 부인했다. 역모가 사실로 밝혀지면 가문이 몰살을 당하기 때문에 형틀에서 죽는 한이 있어도 부인해야 하는 것이다.

"목호룡이 모든 사실을 털어놓았는데도 네가 감히 부인하는 것이냐? 형신을 가하라!"

정일중이 금부 사령들에게 영을 내렸다. 금부 사령들이 일제히 달려들어 사정없이 곤장을 때렸다. 정인중은 다시 곤장을 맞기 시작했다. 곤장을 맞다가 기절하면 물을 끼얹은 뒤 다시 곤장을 때렸다. 국청은 곤장을 때리는 소리와 정인중의 비명 소리로 가득해졌다. 국청에 위관으로 참석한 소론의 대신들이 끔찍한 모습에 눈살을 찌푸렸다.

"이실직고하라!"

김일중은 사정없이 노론의 신진 사대부들을 몰아쳤다.

"소인은 죄를 짓지 않았습니다."

"죄인을 형신하라!"

정인중은 처절한 고문을 당하면서도 이를 악물고 버티다가 4차 제17도에 이르러서야 비로소 자백했다. 4차 17도라는 것은 모두 77대의 곤장을 때렸다는 뜻이다.

"저는 앞서의 초사에 이천기, 김용택, 백망 등과 서로 모여 약조를 맺었을 때 손바닥에 '의(義)'자를, 김용택은 '충(忠)'자를, 백망은 '양(養)'자를 썼다고 하였습니다."

"양은 양숙(養叔)의 자(字)가 아니냐?"

양숙은 좌의정을 지낸 이이명의 자였다.

"그러하옵니다. 하지만 손바닥에 재상 이이명의 자를 쓴 것은 무식한 데서 나온 것입니다."

"너희들이 이이명을 추대하려고 했으면서 어찌 부인하느냐?"

김일중은 김용택, 정인중 등이 이이명을 임금으로 추대하려고 했다고 몰아갔다.

정인중은 죄를 자백하고 복주되었다. 그의 자백 중에는 이이명을 임금으로 추대하려고 했다는 내용도 있었다. 정인중이 역모를 자백하면서 국청의 조사는 더욱 가혹하게 실시되었다. 매일같이 형틀에서 피가 낭자하게 흘러내리고 신문을 받는 죄인들의 처절한 비명 소리가 울려 퍼졌다.

"제가 백망을 알게 된 것은 목호룡이 백망과 친한 때문이었고, 백망이 목호룡과 서로 친하게 된 이유는 그가 여항에서 시문을 잘하고 감여술(堪輿術)을 이해하였기 때문입니다. 정인중, 이희지, 이천기 등은 모두 백망과 목호룡과 서로 친하게 지냈는데, 신수(身手)가 좋고 용력(勇力)이 있었습니다. 술잔을 돌리며 술을 마셨다 하나 이것은 보통 일이요, 사생을 맹약했다는 것은 허망한 말입니다. 이른바 '급수(急手)' 및 '5백 냥으로 약(藥)을 산다'는 말은 목호룡의 참독(慘毒)하고 음험(陰險)한 말입니다."

김용택은 경종을 시해하려고 했다는 혐의를 완강하게 부인하면서 목호룡이 날조한 것이라고 주장했다.

"정인중이 자백을 했는데 어찌 부인하느냐?"

김일중은 김용택을 비웃었다.

"그대도 정인중처럼 곤장을 맞아보라! 그대도 자백할 것이다!"

김용택이 김일중을 노려보면서 소리를 질렀다. 김용택은 김일중이 어떻게 하던지 자신들을 역모로 다스리려고 한다는 사실을 알고 자포자기했다. 그러나 목호룡이 노론을 완전히 제거하기 위해 사건을 확대하려고 하자 분개했다. 그는 자신들이 공모한 일까지 부인했다. 국청에서 김용택의 초사가 목호룡과 서로 어긋난다 하여 다시 대질시켰다.

"정인중이 그대의 나귀를 보내 백망을 데려가지 않았는가?"

목호룡이 정인중에게 물었다.

"그렇다."

"손바닥에 '충(忠)' 자를 쓰지 않았는가?"

"서로 모일 때에는 사대부나 천민들까지 모두 충절을 귀하게 여긴다. 평소의 뜻이 이와 같았기 때문에 그날도 손바닥에 과연 '충' 자를 썼다. 그때 백망이 자리에 있기는 하였으나 다른 사람이 쓴 것은 기억하지 못한다."

"나와 그대가 이희지, 그리고 백망과 더불어 같이 앉아 있을 때 그대가 창 아래에서 촛불을 켜자 이희지가 조서의 초본을 꺼내 읽었는데 그대는 나와 더불어 같이 보았고 이기지 또한 왔으나 미처 보지 못하였다."

"있지도 않은 일을 꾸며서 말하지 말라."

김용택은 목호룡의 말이 터무니없는 거짓이라고 비난했다.

"그대가 안국동에 갔을 때 언문으로 된 가사(歌詞)를 이희지로 하여금 짓게 하고, 나를 시켜 백망에게 전해주어 베껴서 대내로 들여보내게 하였는데 초본은 너에게 도로 전해주었다. 어찌 감히 숨기는가?"

"이 가사는 관동별곡을 말하는 것인가? 나는 기억하지 못하겠다."

"그대가 벽장에서 은을 꺼내며 '안줏감이다'라고 한 것을 또한 기억하지 못하는가? 그때 '이것은 조흡(趙洽)의 은이다' 하였는데 백망이 적어 놓은 것이 아직도 있다."

"애초에 그런 일이 없었다. 날조하지 마라."

"그대가 나와 조흡의 집에 가자 조흡이 자리에서 벗어나 다락 안에 있던 은 4백 냥을 가져다주었다. 그것도 기억하지 못하겠는가?"

"기억이 나지 않는다. 너는 어머니를 모시고 편안하게 잘살고 있는데 어찌하여 이런 엉터리 고변을 하는가? 하늘이 무섭지 않은가?"

김용택이 눈을 부릅뜨고 목호룡을 꾸짖었다.

"나도 부득이하였다."

목호룡이 당황하여 고개를 외로 꼬았다. 그들의 대화를 듣고 있던 위관들이 일제히 웅성거렸다. 그때서야 정신이 번쩍 들어 목호룡이 다시 김용택을 신문하기 시작했다.

"이른바 '대급수, 소급수'란 말을 한 것은 단지 6, 7명이나 지금 외영(外影)으로서 폐립의 모의를 미리 알고 있는 자가 매우 많다. 네가 부인해도 숨길 수 없을 것이다."

목호룡의 말에 위관들의 얼굴이 창백하게 변했다. 목호룡은 경종의 폐

위까지 거론하고 있었다.

"급수 등의 말은 지금 처음 듣는 것이다."

김용택은 목호룡의 말이 거짓이라고 묵살했다. 목호룡은 김용택이 부인으로 일관하자 당황하여 얼굴이 붉어졌다.

"너는 항상 '나에게 남보다 뛰어난 일이 있고 처도 또한 남보다 뛰어난 일이 있다'고 하였다. 이것도 허연인가?"

목호룡은 김용택의 부인 일까지 거론했다.

"이 말은 옳다."

김용택이 목호룡을 비웃었다.

"네가 나를 데리고 안사랑으로 들어가 도배를 했을 때 '여자 가운데 영웅이다'고 자랑하지 않았느냐?"

"내가 흡호(恰好)라고 말하였으나, 그 나머지는 세월이 오래되어 기억하지 못하겠다. 처를 자랑하는 일은 서로 친하게 지내는 사이에 하는 이야기이다."

"사랑방 벽에 걸어두었던 초도는 너와 백망이 모두 달라고 하였는데, 네가 광양(光陽)으로 갔을 때 백망이 해서(海西)에 갔다가 돌아와 청하므로 과연 백망에게 주었던 것이다. 그래서 네가 항상 노여운 뜻을 품고 있었다. 그렇지 않은가?"

이번에는 김용택이 목호룡에게 질문했다.

"그 칼은 일찍이 너의 집에서는 보지 못하였고 백망의 집에서 한 번 보았다. 내가 '이것이 네가 사람을 죽이는 데 사용할 칼인가?' 하자, 백망이 김용택이 준 것인데, 내 칼에는 미치지 못한다' 하였다."

목호룡이 쩔쩔매면서 대답했다.

"소급수로 사용한다는 독약에 관한 이야기를 해도 좋은가? 누가 중국에서 사왔는가?"

"은 5백 냥을 가지고 산 일을 어찌 잊겠는가?"

"그 약은 어떤 행차에 어떤 역관이 사왔는가?"

"그 약은 행차란 말로 변명할 것도 못 된다. 다만 약을 사는 일로 은을 준 것이 사실이 아니냐?"

목호룡은 다시 대답이 궁해졌다. 경종을 시해하는 데 사용할 독약을 청나라에서 사왔다면 사신과 역관이 있어야 하는 것이다. 목호룡의 고변이 대부분이 날조라는 사실을 알 수 있는 대목이다.

"너는 아주 긴급한 일이라며 나를 오라고 청하였는데 너는 기억하느냐?"

"세월이 오래되어 기억하지 못하겠다."

목호룡이 당황하여 말했다. 국청에서는 김용택을 형신하기 시작했다. 김용택은 위관들이 추상같은 영을 내리면서 신문을 하는데도 목호룡이 무고를 한다고 주장했다. 위관들은 김용택에게 처절한 형신을 가했다. 김용택은 곤장을 맞아 살갗이 찢어지고 피투성이가 되었다. 주리를 틀고 인두로 낙형을 가하는데도 끝내 자백하지 않았다.

"지독한 놈이다. 다시 곤장을 쳐라!"

김일중이 진저리를 내면서 영을 내렸다. 김용택은 형신이 7차에 이르자 곤장을 맞다가 형틀 위에서 죽었다.

"김용택은 '대급수, 소급수, 평지수'란 세 건의 은어를 범연하게 이야기 했으니 비록 스스로 만들어낸 바는 아니라 하더라도 평상시에 익히 사용했던 것이 틀림없다. 이른바 '지 상궁과 교통하여 뇌물을 준 일은 과연 귀로 들은 것이 있으며, 소급수라는 일뿐만 아니라 또한 내간에서 주선한 일이 많았는데, 목호룡 무리가 주장하였으므로 저 또한 들어 알게 된 바가 있었습니다' 하였는데, 이미 직고(直告)한 뒤에도 오히려 죄다 털어놓지 아니하니 더욱 지극히 절통하다."

김용택이 곤장을 맞다가 죽자 김일중이 혀를 차면서 말했다. 목호룡의 고변에서 나온 상궁 지열과 이숙영도 국청에 끌려 나와 혹독한 형신을 당했다. 여자들은 곤장을 때릴 때 한 겹의 얇은 속옷만 입는다.

"소급수로 독약을 쓰려고 하지 않았느냐? 이실직고하라."

김일중이 궁녀들을 노려보면서 호령을 했다.

"억울하옵니다. 꿈에도 그런 일이 없습니다."

궁녀들은 사색이 되어 부인했다.

"이실직고를 하지 않으니 곤장을 치라."

김일중의 영이 떨어지자 사령들이 지열 상궁과 이숙영 상궁의 엉덩이에 곤장을 내려쳤다. 지열 상궁과 이숙영 상궁은 처절한 비명을 지르면서 울부짖었다. 곤장이 4도가 넘자 하얀 속옷에 피가 배어나고 10도가 넘자 형틀 아래로 낭자하게 흘러내렸다. 여자들이라 불과 곤장 몇 대를 맞았을 뿐인데도 자주 혼절하여 몇 번씩이나 물을 끼얹고 곤장을 때렸다. 그러나 그녀들은 자백하지 않고 형틀 위에서 죽었다.

표철주는 무섭게 눈을 치뜨고 허공을 노려보고 있었다. 밖에는 해질녘부터 비가 내리기 시작하여 구류간(拘留間:조선시대 감옥)에 썰렁한 냉기가 감돌았다. 가을이 깊어가면서 밤이면 풀벌레가 울고 낙엽이 우수수 떨어지고는 했는데 비가 내리기 시작한 것이다. 의금부의 구류간에는 날마다 신음 소리가 그치지 않았다. 내병조에서 설치된 국청에서 가혹한 형신이 벌어져 형틀에서 죽은 사람과 구류간에서 끙끙 앓다가 죽은 사람이 수십 명이었다. 국청은 언제나 피가 낭자했다. 이향이 죽은 지 얼마 되지 않아서 일어난 옥사였다. 표철주는 목호룡이 고변자라는 사실을 믿을 수가 없었다. 목호룡이 풍수지리에 대해서 박식했기 때문에 표철주도 여러 차례 그와 어울렸다.

'내가 정녕 대급수를 행하려고 했는가?'

표철주는 스스로에게 질문을 던져 보았다. 김용택이나 정인중과 같은 인물들을 만날 때 그런 말이 오간 것은 사실이다. 그러나 표철주는 한 번도 임금을 시해하겠다는 생각을 한 적이 없었다. 중국 춘추전국시대의 자객 형가나 섭정에 대해서 이야기를 한 것은 그들이 진정한 협객이라고 보았기 때문이다.

'대급수를 거론한 것 자체가 역모이니 혐의를 피할 수가 없어. 내가 인정을 하면 역적으로 참수되겠지.'

표철주는 목호룡을 알게 되어 정인중과 김용택 등을 만난 것을 후회했다. 연잉군의 호위무사를 하면서 틈틈이 장안의 협객들과 밤을 새워 술을 마시고 포의지사들과 어울린 것이 잘못이었다.

표철주도 벌써 두 차례나 형신을 당했다. 엉덩이의 살점이 너덜너덜해지고 피가 낭자하게 흘러내렸으나 아직은 버틸 수가 있었다.

주룩주룩 내리는 빗소리가 청승맞았다. 이 비가 그치고 나면 겨울이 올 것이다. 구류간에 갇힌 사람들은 비가 내리면 국청이 쉬기 때문에 안도의 한숨을 내쉬고 있었다.

"장붕익 나리께서 탈출하라고 하셨네. 자네 일가는 용문사로 피신시켰네."

포도청에서 오작사령을 하다가 포졸 노릇을 하고 있는 순돌이 사식을 넣어주면서 말했다. 표철주는 예분과 어린 딸이 무사히 피했다고 생각하자 비로소 안도했다.

"우리 장인은 어떻게 되었나?"

"장인께서는 전라도 지리산으로 피하셨네. 용문산에서 식솔들을 만나 지리산으로 내려오라고 하셨네."

"고맙네."

표철주는 순돌의 말을 듣고 탈출할 기회를 노리기 시작했다. 파옥을 하고 탈출하는 것은 어려운 일이 아니었다. 그러나 이대로 탈출하면 평생을 쫓기면서 살아야 하고 관련자들이 더욱 참혹한 처벌을 받을 것이다. 표철주는 어떻게 해야 좋을지를 생각하느라 밤을 꼬박 새웠다. 지난 수십 년 동안 살아온 생애를 처음으로 반추해 보았다. 그러나 무엇이 옳은지, 무엇을 해야 좋을지 도무지 알 수 없었다.

이내 날이 밝고 비가 그쳤다. 가을 햇살이 청명한 하늘에서 구류간으로 사선으로 비껴들자 다시 국청이 열렸다. 표철주는 오후에 국청으로 끌려가 위관들의 신문을 받게 되었다.

"네가 검계 표철주라는 자냐? 장안에서 양반의 부녀자들을 겁탈하고 살해하는 것을 업으로 삼고 있지 않았느냐?"

위관들이 삼엄하게 형구를 늘어놓고 표철주를 신문했다.

"나는 그런 일을 한 일이 없습니다."

표철주는 의금부 도사와 당상관, 좌의정과 형조 관리들이 일렬로 앉아 있는 위관석을 노려보았다. 한양에서 검계 노릇을 해온 것은 사실이었으나 협객으로 불리는 것을 원했다. 위관들은 이영이 양반의 부녀자들을 겁탈하고 살해한 일마저 표철주에게 덮어씌우려고 했다.

"네가 자칭 협객이라는 자가 아니냐?"

김일중이 비스듬히 앉아서 표철주를 신문하기 시작했다.

"협객은 맞소."

"그런데 어찌하여 검계가 아니라고 하느냐?"

"나는 양반의 부녀자들을 겁탈한 일이 없소."

"네가 목호룡을 아느냐?"

"알고 있소."

"김용택, 이천기, 이희지는 알고 있느냐?"

"알고 있소."

"그들이 너에게 대급수의 일을 하라고 말했고 너는 기회가 온다면 그렇게 하겠다고 하지 않았느냐?"

"그런 말을 한 일이 있소. 하나 내가 그렇게 하겠다고 한 것은 그냥 호기를 부린 것뿐이지 실제로 행할 생각은 추호도 없었소."

표철주가 대급수에 대해서 시인하자 위관들이 웅성거리고 손가락질을 하기까지 했다. 김일중도 의외라는 듯이 자세를 바로 하고 표철주를 쏘아보았다.

"너는 너의 죄를 인정하느냐?"

"인정하오."

위관들이 다시 웅성거렸다.

"무엇 때문에 인정하는 것이냐? 형신이 두려워서 인정하는 것이냐?"

김일중의 추궁에 표철주가 허공을 쳐다보고 앙천광소를 터뜨렸다.

"김용택, 이천기, 이희지와 가까이 지낸 일은 무엇 때문인가?"

"목호룡을 통해 그들을 알게 되어 술을 같이 마신 것뿐이오."

"네가 지열 상궁과 이숙영 상궁에게 은을 전달하지 않았느냐?"

"나는 지금까지 대궐을 한 번도 들어가 본 일이 없소."

"저자가 자복을 하지 않으니 곤장을 쳐라."

김일중이 영을 내리자 사령들이 일제히 달려들어 표철주에게 곤장을 때렸다. 표철주는 엉덩이가 찢어지고 피가 낭자하게 흘러내렸다. 표철주가 20도의 곤장을 맞고도 자복을 하지 않자 김일중이 목호룡을 불러내어 대질을 시켰다.

"네 스스로 협객이라고 일컫고 대급수를 시행할 것이라고 하지 않았느냐?"

목호룡이 표철주에게 물었다.

"대급수라는 말은 네가 한 말이다. 나는 내가 춘추전국시대 형가나 섭정과 같은 자객이된다면 반드시 성공할 것이라고 했다. 이는 임금을 시해하겠다는 것이 아니라 형가나 섭정의 일이 안타까웠기 때문에 한 말이다."

"네 스스로 장안에서 너만 한 무예를 갖고 있는 자가 없다고 하지 않았느냐?"

"무예를 익혔기에 그런 말을 한 것이다."

"그러니 대급수로 성상을 시해하려고 한 것이 아니냐?"

"성상을 시해하겠다고 한 일은 없다."

"소급수를 쓰려고 하지 않았느냐?"

"너의 공초에 나를 협객이라고 하여 대급수를 쓰게 한다면서 또 궁중 나인들을 시켜 소급수를 쓰려고 했다니 앞뒤가 맞지 않는 것이 아니냐?"

표철주는 조용한 눈빛으로 목호룡을 쏘아보았다.

"너는 대급수와 소급수를 다 쓸 수 있는 자다. 어찌 소급수를 인정하지 않느냐?"

"목호룡 너는 작은 일을 침소봉대하여 옥사를 거대하게 일으켰으니 반드시 하늘의 주벌을 면치 못할 것이다. 너는 물러가라. 내가 김일중 위관에게 할 말이 있다."

표철주의 차가운 눈빛을 본 목호룡의 안색이 하얗게 변했다. 김일중이 눈짓을 하자 목호룡이 엉거주춤 뒷걸음으로 물러갔다.

"나에게 할 말이 무엇이냐?"

김일중이 조용한 눈빛으로 표철주를 쏘아보았다.

"나는 양수척으로 천민이오. 우연히 무예를 배우고 글을 읽었으나 협객인 양 자처하다가 목호룡을 통해 김용택 등을 만났소. 그들이 협객 이야기를 하기에 대역죄라는 것은 생각하지 못하고 대급수 운운한 일은 있소. 이는 무식한 소치이지 역모를 도모하려고 했던 것은 아니오."

"네 어찌 무식하다는 말로 법망을 피하려고 하느냐?"

"내 무예는 조선에서 한 사람 외에는 당적할 자가 없소. 내 어찌 죽음 따위를 두려워할 것이며 이따위 오랏줄이 나를 묶을 수 있겠소? 나는 그대들이 옥사를 일으켜 무고한 사람을 더 이상 죽이지 않기를 바라오."

"닥쳐라! 역모에 연루된 자 중에 무고한 자가 어디 있느냐?"

"노론과 소론이 서로 죽이지 못해 안달을 하는 것은 천하가 다 알고 있소. 이번 역모는 지난해 그대가 상소를 올려 노론의 원로대신들을 탄핵하자 그들의 자제나 후인들이 분개하여 술을 마시면서 이야기한 것에 지나지 않소. 그것이 역모라면 그들만 처벌하면 될 것인데 이미 70여 명에 이르는 사람들이 죽었으니 이제 그만 옥사를 끝내시오."

표철주의 도도한 말에 위관들이 웅성거렸다.

"무엄하다. 여기가 어디라고 네놈이 함부로 주둥이를 놀리느냐? 저놈에게 곤장을 치라!"

김일중이 벌떡 일어나서 소리를 질렀다.

"핫핫핫! 내가 허락하지 않으면 누가 나에게 곤장을 칠 수 있단 말이냐?"

표철주가 고개를 뒤로 젖히고 웃음을 터뜨리자 내병조 정청의 서까래가 흔들리고 기와가 우르르 무너져 내렸다. 위관들이 대경실색하여 얼굴이 하얗게 변했다. 그와 함께 표철주를 묶고 있던 붉은 오랏줄이 썩은 새끼줄처럼 툭툭 끊어졌다. 이어 표철주의 목에 차고 있던 차꼬가 부서져 나갔다. 위관들은 뜻밖의 사태에 눈이 휘둥그레져 부들부들 떨었다.

"김일중은 들으라! 내가 그대를 단죄하려고 해도 그대는 원혼의 저주를 받아 비명에 죽을 것이기에 손을 쓰지 않는 것이다!"

표철주는 서까래가 흔들릴 정도로 다시 한 번 요란하게 웃음을 터뜨린 뒤 한 마리 새처럼 지붕 위로 날아올랐다. 그는 위관들이 입을 벌리고 다물지 못하는 사이에 아득히 사라져 버렸다.

　임금께서 병환이 다 낫지를 않고 수라를 들기 싫어하는 징후가 점차 더했기 때문에 궁중에서 근심한 나머지 20일에 어주(御廚)에서 수라에 게장을 올렸었다. 이는 가을철 신미(新味)인데, 경종께서 이 게장으로 수라를 많이 들었기 때문에 궁중에서 모두 기뻐하였다. 그 후에 지나치게 많이 들었다는 말이 밖으로 전해지자 이유익(李有翼)과 박필현(朴弼顯)의 무리가 이를 가탁하여 독살했다는 말을 만들어내고 몰래 심유현(沈維賢)을 사주하여 전파시켰다.

―『영조실록』에서

칼꽃

14

정종 독살 사건

경종 독살 사건

 국청장에서 일어난 표철주의 탈출 사건은 위관들을 공포에 떨게 만들었다. 김일중은 충격이 너무나 커서 사흘 동안이나 앓아누웠다. 그는 표철주의 탈출을 직접 목격했기 때문에 혼이 나가서 서둘러 옥사를 마무리하기로 결정했다. 세상에는 기인이사도 많이 있었으나 표철주와 같은 인물은 자신이 눈으로 보지 않았다면 믿을 수 없었을 것이다.
 김일중이 옥사를 마무리 지으려고 했으나 이미 거세게 불기 시작한 피바람을 멈추게 할 수는 없었다. 옥사의 피바람이 불기 시작하자 이에 편승하려는 자들도 나타났다. 그들은 다투어 노론을 공격하고 탄핵했다. 김용택, 정인중, 김성행, 이희지, 이천기, 장세상, 홍의인, 홍철인 등 노론의 고위 대신 자제들이 줄줄이 체포되어 가혹한 고문을 당하면서 국청장에서 죽어갔다. 그들은 혹독한 고문을 이기지 못해 국청장에서 허위 자백을 하기도 했고 역모를 완강하게 부인하다가 장살을 당하기도 했다. 그러나 목호룡의 공초에 이이명을 임금으로 추대할 것이라는 내용까지 포함되어 있어서 노론을 숙청의 피바람 속으로 몰아넣었다. 국청이 계속되면서 노론의 명문가 자제 30여 명이 고문을 받다가 죽음을 당했다. 역모의 중심 인물로 낙인이 찍혀 참형을 당한 자가 20여 명, 교수형을 당한 자가 10여 명, 유배를 간 자가 자그마치 1백여 명이나 되었다. 노론의 부녀자들 중에는 노비로 끌려가는 치욕을 당하지 않기 위해 스스로 자살한 여자도 10여 명에 이르렀다.

　노론은 완전히 몰락했다. 소론은 김일중의 상소에 언급한 노론 4대신을 역모로 몰아 처형했다.

　연잉군은 노론이 일거에 몰락하자 잠을 이루지 못했다. 목호룡의 고변에 자신의 이름이 거론되고 있었다. 옥안에는 연잉군을 추대한다는 말을 서덕수가 알려주었다는 기록도 있었다. 연잉군이 이를 즉각 고변하지 않았기 때문에 그들의 역모를 추인한 것이나 다를 바 없었다. 누구 한 사람이라도 연잉군을 연좌시키면 죽을 수밖에 없었다. 그러나 국청이 장기화되면서 많은 사람들이 죽임을 당하자 국청이 지나치게 확대되고 있다는 여론이 일어나기 시작했다. 김일중 등은 여론이 불리하게 돌아가자 감히 세제인 연잉군을 끌고 들어갈 수가 없었다.

　김일중은 연잉군을 몰아내려고 했으나 목호룡 고변사건으로는 연잉군을 끌고 들어갈 수 없었다. 그리하여 사건이 마무리되자 다시 연잉군을 살해할 계획을 세우기 시작했다. 그는 연잉군이 노론에 의해 강제로 세제로 책봉되었기 때문에 용납할 수가 없었다. 연잉군이 살아 있는 한 언젠가는 노론이 다시 일어나 그들을 공격할 수도 있었다.

김일중은 동궁전의 내시 박상검, 문유와 궁녀 석열과 필정에게 연잉군을 제거하라는 지시를 내렸다. 조정은 이제 소론의 천하였다. 박상검 등은 세제인 연잉군이 대비 인원왕후를 만나는 것을 차단하고 그를 죽이려고 했다. 세제인 연잉군은 그들에 둘러싸여 공포에 떨었다. 박상검 등은 기회가 있을 때마다 그를 시해하려고 했다.

'아아, 내가 김일중으로 하여 죽겠구나.'

연잉군은 사방이 적으로 둘러싸이자 비참했다. 그는 경종을 찾아가 눈물로 호소하면서 박상검, 석열, 필정, 문유를 처벌해 달라고 요청했다. 경종은 연잉군 앞에서 그들을 처벌한다는 영을 내렸으나 연잉군이 돌아가자 즉시 영을 거두었다. 연잉군이 박상검 등을 처벌해 달라고 다시 아뢰자 오히려 역정을 냈다. 연잉군은 경종이 자신을 버리려고 한다는 사실을 깨닫고는 등줄기로 식은땀이 흘러내리는 것 같았다.

연잉군은 인원왕후에게 구원을 청하기로 결정했다. 그러나 인원왕후가 있는 대비전은 동궁전에서 멀리 떨어져 있을 뿐 아니라 박상검의 지시를 받은 내시들이 차단하고 있었다. 연잉군은 동궁전 내시 김동필에게 지시하여 표철주를 비밀리에 동궁전으로 불러들였다. 표철주는 목호룡 고변사건으로 의금부의 나졸들에게 쫓기고 있었으나 내시로 위장하여 동궁전으로 들어왔다.

"네가 나를 오늘 대비전으로 들여보내주어야 하겠다. 대비전으로 가는 길을 내시들이 막고 있어서 갈 수가 없구나. 내 목숨이 너에게 달렸다."

연잉군이 내시 복장으로 위장을 하고 들어온 표철주에게 말했다.

"저하, 그게 무슨 말씀이옵니까?"

"저들이 나를 죽이려고 한다. 내가 대비전에 들어가 있어야 살 것이다."

"소인이 저하의 곁에서 지켜드리겠습니다."

"아니다 필히 대비전으로 가야한다."

"하오면 소인이 저하를 업고 대비전으로 가겠습니다."

"그리하라."

대궐은 전각마다 담이 있고 대문이 있다. 표철주는 밤이 되자 연잉군을 등에 업고 동궁전의 담장 위로 날아올랐다. 대내고수들은 임금이 있는 곳만 지키기 때문에 내금위 갑사들과 내사 박상검 등의 무리만 피하면 되었다. 표철주는 담장에서 담장으로, 전각에서 전각의 지붕으로 날아가다가 대비전의 뜰 앞에 날아 내렸다.

"에구머니!"

대비전의 상궁들이 깜짝 놀라 비명을 질렀다. 연잉군은 인원왕후를 깨워 박상검 등의 무리가 자신을 시해하려고 한다는 사실을 고했다. 인원왕후와 연잉군은 오랫동안 상의를 한 뒤에 폭탄 선언을 했다.

"환관이 나를 제거하려 하자 자성께서 나로 하여금 대조(大朝:대리청정할 때 임금을 이르는 말)께 들어가 고하게 하시므로 내가 울면서 대조께 청하였는데, 처음에는 나추(拿推)하라 명하셨다가 돌아서서 또 도로 거두셨다. 이 일이 발생하지 않았다면 그만이지만 이미 발생한 뒤에는 임금 곁에 있는

악한 자를 없애지 않을 수 없어서 다시 진달하였더니 갑자기 감히 듣지 못할 하교를 내리셨다. 내가 장차 합문을 나가 거적을 깔고 죄를 기다리며 사위하려 하므로 강관에게 나의 거취를 알리려는 것이다."

연잉군은 세제의 자리를 내놓겠다고 최후의 배수진을 쳤다.

"저하께서는 대조께 군신의 분의와 부자의 의리가 있으니 비록 한때 미안한 하교가 있다 하더라도 오직 마땅히 더욱 공경하고 더욱 효성을 다해야 할 뿐입니다. 대조께 저사가 없어 저하를 국본으로 미리 정하셨고, 양궁의 사랑과 효성에 사이가 없으신데 어찌 여우와 쥐 같은 무리의 위협으로 인해 갑자기 사위하고 죄를 기다리는 일을 하십니까?"

동궁전 내시 김동필이 아뢰었다.

"이는 일조일석의 일이 아니라 이미 오랫동안 점점 쌓여온 것이다. 내가 성상 앞에 이미 고한 뒤 비록 나추의 명을 거두었을지라도 저희들은 마땅히 움츠리고 엎드려 죄를 기다려야 할 것인데, 도리어 조금도 꺼리는 바가 없이 의기양양하게 금중에 출입하며 오늘날 와서는 문안과 시선(視膳:왕세자가 임금의 수라를 살피는 일)도 이 무리로 인하여 막혔다. 내가 만약 이 지위를 피하지 않는다면 반드시 저 무리의 독수에 해를 입을 것이니 지위를 사양하고 죄를 기다리는 외에 다른 도리가 없다."

연잉군이 처연하게 말했다.

"환관이 국가에 화를 일으킨 것은 전대의 역사를 상고해도 뚜렷이 볼 수가 있습니다. 더욱이 이 무리는 하늘까지 이른 악이 이처럼 환히 드러났으니 법을 바르게 하는 것은 진실로 그만둘 수 없습니다. 하지만 합문(閤門)을 나가 자리를 깔고 대죄하며 지위를 사양하는 것은 신 등이 죽어도 감히 받들지 못하겠습니다."

"오늘날의 일은 이 무리와 내가 양립할 수 없는 형세이다. 차라리 이 지위를 놓아버리고 선조로부터 받은 봉작으로 내 본분을 지키는 것이 나의 소원이다."

"저 무리는 바로 저하의 노비이니 곧 여우나 쥐와 같을 뿐입니다. 죽이거나 없애거나 무슨 어려움이 있겠습니까? 그런데 저하께서 '양립할 수 없는 형세이다' 고 하시니 저하께서 참으로 실언하신 것입니다."

"내가 과연 실언하였다. 그러나 지금 종사가 장차 망하려고 하는데 내 죄가 더할 수 없이 크다. 지위를 내어놓는 것밖에 다른 도리가 없다."

연잉군의 배수진은 소론 온건파의 동정을 사는 데 충분했다.

"어젯밤 동궁이 궁료에게 영을 내리기를, '환관이 중간에서 작용하여 문안과 시선(視膳:아침저녁으로 임금의 수라상을 돌보는 일)도 또한 막히는 데 이르렀으므로 눈물을 흘리며 진달하였더니, 처음에는 나추하라는 명이 있었으나 즉시 도로 거두고 이어 엄한 하교를 내리시므로 장차 합문을 나가 진소하고 대죄하여 사위하고자 한다' 고 하였다 합니다. 신은 알지 못하겠습니다. 무슨 까닭으로 이 지경에 이르렀고 또한 어찌하여 갑자기 나추의 명을 정지하셨는지요?"

영의정 조태구가 아뢰었다.

"선왕의 골육이라고는 단지 전하와 춘궁만 계시고, 새로 저사를 세워서 국본이 크게 안정되었는데 한두 환관이 감히 이간하여 춘궁을 불안하게 하였습니다. 종사가 보존되느냐 망하느냐의 기틀이 호흡지간(呼吸之間)에 박두해 있으니 청컨대 빨리 국청을 설치하여 엄하게 핵실하고 실정을 알아내어 법을 바로잡으소서."

최석항도 아뢰었다. 조태구와 최석항 모두 소론이었으나 목호룡의 옥사로 김일중이 노론을 잔인하게 죽이는 것을 보았기 때문에 거리를 두려고 한 것이다.

"전하께서 평일에 동기간에 만약 우애의 정이 극진하셨다면, 저 환관의 무리가 어찌 감히 엿보아 이런 망측한 변을 만들어내었겠습니까? 세제가 편안한 뒤에야 전하께서 편안하실 수 있으며, 전하께서 편안하신 뒤에야 종사가 편안해질 수 있습니다. 저 환관의 춘궁께 불순함이 이와 같은데 어찌 전하에게 충성할 이치가 있겠습니까?"

조태구가 눈물로 아뢰는데도 경종은 대답을 하지 않았다.

"여러 신하들이 힘써 청하는 것이 이와 같으니 적발하여 정법하도록 하교하시는 것이 어떠하겠습니까?"

예조판서 이조(李肇)가 나아가 아뢰었다. 소론의 대신들마저 환관과 궁녀들을 처벌할 것을 원하자 경종은 그때서야 마지못한 듯 기어들어 가는 목소리로 법대로 처벌하라고 영을 내렸다. 그러나 목소리가 너무 작아서 대신들은 알아들을 수가 없었다.

"신의 들음이 명백하지 못하니 옥음을 자세히 듣기를 원합니다."

조태구가 말했다.

"적발하여 정법하라."

경종이 간신히 영을 내렸다. 이 사건으로 소론 강경파인 김일중, 이유진, 유봉휘, 김연과 온건파인 조태구, 최석항, 이광좌, 조태억 등이 척을 지게 되었다.

연잉군은 가까스로 위기에서 벗어났다. 표철주는 예분과 딸이 기다리고 있는 용문사로 달려갔다.

소론 강경파와 온건파의 대립은 대제학을 임명하는 일로 다시 한 번 대립하게 되었다. 김일중은 학문도 뛰어난 인물이었다. 문형(文衡)이라고 불리는 대제학의 자리에 있던 강현이 임기가 끝나 물러나면서 김일중을 천거했다. 하지만 영의정 조태구는 이광좌를 천거하여 이광좌가 대제학이 되고 김일중은 떨어졌다. 김일중이 이 일로 앙심과 원한을 품고 대소(臺疏)가 이루어지도록 사주하여 이광좌가 그 직임에 오래 있지 못하게 만들었다.

소론 강경파와 온건파가 다시 한 번 부딪친 사건이었다.

소론 온건파의 도움으로 연잉군은 가까스로 위기에서 벗어났다.

노론과 소론의 대립은 치열했다. 이미 소론으로부터 회복하기 어려울 정도로 숙청을 당한 노론도 서서히 반격을 가하기 시작했다. 그들은 소론이 강경파와 온건파로 분열된 틈을 타서 경종의 어선에 독을 탔다. 대궐이 발칵 뒤집히고 궁녀들에 대한 비밀 조사가 시작되었다. 그러나 뚜렷한 용의자가 없이 소문이 무성하게 나돌아 조정까지 알려졌다.

"대궐에서 성상을 독시하려는 자가 있었다고 하니 국청을 설치하여 조사해야 하옵니다."

대사헌 김일중, 정언 조진희가 아뢰었다.

"번거롭게 하지 말라."

경종이 간단하게 일축했다. 그러나 여러 신하들이 번갈아 주청하고 서로 치열하게 쟁간했다. 김일중, 박필몽, 이명의 등이 독약을 쓴 궁인을 조사해 내는 일을 반복하여 아뢰었다.

"번거롭게 하지 말라."

"번거롭게 하지 말라는 하교를 내리시니 성교를 받들기가 어렵습니다. 끝내 시각을 늦추어 소홀히 할 수 없으니 청컨대 엄중하게 조사하여 전형을 바로잡으소서."

김일중이 아뢰었다.

"윤허하지 않는다."

경종은 대신들의 요구를 귀찮아할 뿐이었다.

"빨리 소청을 윤허하소서."

대신들이 더욱 강경하게 요구했다.

"아뢴 대로 하라."

경종이 마침내 윤허했다. 그러나 대답만 그렇게 할 뿐 용의자인 김 씨 성을 가진 궁녀를 내어주지 않았다.

"독약을 쓴 역비 김성(金姓)의 궁인을 조사해서 유사에 회부하여 전형을 바로잡는 일은 양사의 합계로 인하여 이미 윤허받았으니 김성이라고 이르는 궁인을 국청에 출부시켜 추핵하는 바탕을 삼는 것이 어떻겠습니까?"

"나인의 일을 조사하는 것은 수다한 김성의 사람 가운데 지적한 이름이 없으니 조사하여 알아낼 길이 없다."

경종은 김 씨 성의 궁녀가 없다고 잘라 말했다. 궁중의 독약 사건은 한동안 조정을 떠들썩하게 했으나 경종의 반대로 무산되고 말았다. 이때 경종이 갑자기 병석에 눕게 되었다. 경종은 보위에 오른 뒤 더욱 병치레를 자주 했기 때문에 새삼스러운 일이 아니었다. 그러나 이번의 병세는 전과 달리 빠르게 악화되었다.

"독약을 행사하는 것이 얼마나 큰 죄악인데 임금을 모해한 사람이 궁중에 있는데도 조사하여 법대로 다스리지 못한다면 어찌 왕법이 있다고 하겠습니까? 역비는 계집종으로 부리는 무리에 불과한데 전하께서는 조사해 내는 데 무엇이 어려워서 이렇게 해이하고 완만하게 하십니까?"

우의정 이광좌가 아뢰었다.

"그런 일이 없다."

경종은 손을 내저어 이광좌의 말을 일축했다. 경종은 즉위한 지 4년이 되면서 매사를 짜증스러워하고 있었다. 목호룡 고변 사건 이후 병이 더욱 악화되었다.

'전하께서 병이 악화되고 있으니 이 일을 어쩌지?'

선의왕후 어씨는 불안감을 느꼈다. 세자 시절에도 경종은 잦은 병치레를 하였으나 이렇게 불안하지는 않았다.

"전하, 어찌 수라를 드시는 것을 싫어하십니까?"

경종은 7월이 되자 수라까지 들지 않으려고 했다. 그의 얼굴이 창백해지고 눈이 우묵하게 들어갔다.

"입맛이 없소. 중전은 괘념치 마시오."

경종이 기운없는 목소리로 대답했다. 경종의 병세 때문이었을까. 선의왕후 어씨도 갑자기 병을 앓게 되었다. 상한이 침범하여 몸이 불덩어리처럼 뜨거워졌다. 약방에서 당황하여 첩약을 달여 올렸다. 어씨는 그 약을 먹고 잠이 들었다. 잠이 깊지 않은 탓인가. 눈을 감고 잠이 들면 꿈을 꾸었고, 꿈을 꾸면 검은 옷을 입은 저승사자가 나타나 그녀를 데려가려고 했다.

"싫어, 싫어."

어씨는 저승사자가 자신을 데려가려고 하자 몸부림을 치다가 깨어났다.

"중전, 내가 옆에 있소."

눈을 뜨자 경종이 그녀를 안고 있었다. 밖에는 비가 오는지 주룩주룩 내리는 빗소리가 처량하게 들리고 있었다.

"전하."

어씨는 경종의 품속으로 파고들면서 몸을 떨었다. 등줄기가 식은땀으로 축축했다.

"악몽을 꾼 모양인데 내가 옆에 있으니 안심하오."

경종이 그녀의 머리를 쓰다듬으면서 말했다. 어씨는 경종의 품속이 포근하고 아늑했다. 자신을 지켜줄 사람이라는 생각을 하자 안심이 되어 깊고 혼곤하게 잠이 들 수 있었다. 빗소리 때문이었을까. 그날 밤 어씨는 몇 번이나 잠에서 깨어났다. 눈을 떠보면 언제나 경종이 사랑스러운 눈으로 그녀를 내려다보고 있었다.

'아아, 우리 전하는 나를 어여뻐 여기시는 거야.'

어씨는 어린아이처럼 경종의 품속으로 파고들면서 행복해했다.

어씨는 이틀 만에 병이 회복되었으나 경종의 병세는 더욱 악화되었다. 경종은 8월이 되자 한열 증세까지 나타났다. 약방에서 입진하고 시진탕을 지어 올렸다. 더운 열기가 위로 올라와서 때로는 혼미해지는 증상도 있었다. 약방에서는 우황육일산(牛黃六一散)과 곤담환(滾痰丸) 등 하리(下利)의 약제를 복용하게 했으나 효험이 없었다.

어의 이공윤은 의원으로 명성을 떨치고 있었다. 그의 의술은 비교적 강한 약을 사용하는 것이었다. 1년 전부터 내의원에 들어와 경종의 병환을 치료했다. 그러나 1백 수십 첩의 약을 지어 올렸으나 효과가 없었다.

경종의 병이 점점 악화되자 환취정으로 옮겨졌다. 어씨는 경종의 쾌유를 위해 새벽마다 정화수를 떠놓고 천지신명에게 빌었다. 경종은 수라를 들지 못할 정도로 기운이 쇠약해져 갔다.

경종이 앓기 시작한 지 한 달이 거의 다 되어가던 음력 8월 24일, 비와 눈이 내렸다. 어씨는 때 아닌 눈발이 날리는 하늘을 쳐다보고 절망했다. 경종의 병환이 피곤하고 위태함이 더욱 심하고 맥이 낮아져서 힘이 없었다. 4경에 약방에서 입진하여 삼다를 올리고 물러 나와서는 입직하기를 청했다. 신하들이 입직을 하는 것은 임금이 중태에 빠졌기 때문이다.

조정의 대신들과 세제 연잉군이 숙직을 하기 시작했다. 경종의 왕비인 어씨가 환취정까지 왔으나 용안만 들여다보고 손만 잡고 있다가 물러 나와야 했다. 경종은 어씨에게 무엇인가 할 말이 있는 듯했으나 말을 하지 못하고 있었다. 경종의 병은 더욱 악화되어 대신들의 말을 들을 수가 없었다. 눈만 희미하게 뜬 채 허공을 응시하고 있었다. 도제조 이광좌와 제조 이조가 미음을 드시기를 권하자 모두 응답하지 않았으나 세제 연잉군이 일어나서 청하매 임금이 비로소 고개를 듦으로 미음을 올렸다.

내의원에서는 어의 이공윤과 세제 연잉군 사이에 약 처방 문제로 팽팽하게 대립했다. 연잉군은 삼다(蔘茶)를 써야 한다고 주장했고, 이공윤은 경종의 몸이 허약한 상태에서 독성이 강한 인삼과 부자를 쓰면 독약이 된다고 주장했다.

"삼다를 써서는 안 된다. 계지마황탕(桂枝麻黃湯) 두 첩만 진어할 것 같으면 설사는 금방 그치게 할 수 있다."

이공윤이 강력하게 주장하여 마침내 계지마황탕을 달여 올렸다. 그러나 계지마황탕을 올렸는데도 밤이 되자 경종의 증세는 더욱 악화되었다.

'이상하다. 누가 벌써 삼다를 올린 것이지?'

이공윤은 경종의 병이 악화되자 고개를 갸우뚱했다. 이공윤은 내의원으로 돌아왔다.

"환후의 증세가 아침에 비교해 더욱 위급합니다."

저녁때가 되자 내시가 황급히 달려와서 알렸다. 여러 신하들이 희인문으로 달려들어가고 대내로부터 제조의 입진을 재촉하여 이광좌 등이 입시했다. 경종은 내시를 의지하고 앉아서 눈을 몹시 부릅뜨고 있었다. 이광좌가 문후를 하였으나 경종은 대답하지 않았다. 경종의 모습을 본 연잉군이 이광좌에게 지시했다.

"인삼과 부자를 급히 쓰도록 하라."

이광좌가 삼다를 올려 임금이 두 번 복용하였다. 이공윤은 연잉군의 지시에 의해 삼다를 두 번이나 썼다는 말을 듣고 경악했다.

"삼다는 많이 쓰지 말아야 합니다. 제가 처방한 약을 진어하고 다시 삼다를 올리게 되면 기를 능히 움직여 돌리지 못할 것입니다."

이공윤이 이광좌에게 말했다.

"사람이란 본시 자기의 의견을 세울 곳이 있긴 하나 지금이 어떤 때인데 기사회생의 인삼 약제를 쓰지 못하도록 하는가?"

연잉군이 눈을 부릅뜨고 이공윤을 꾸짖었다. 조금 지나자 경종의 안시(眼視)가 안정되고 콧등이 다시 따뜻하여졌다.

"내가 의약의 이치를 알지 못하나 그래도 인삼과 부자가 양기를 능히 회복시키는 것만은 안다."

연잉군은 그것 보라는 듯이 이공윤을 향해 말했다. 이공윤은 경종의 목숨이 경각에 달려 있다는 것을 눈치 챘다. 2경에 경종의 숨소리가 다시 미약하므로 이광좌가 삼다를 올렸으나 임금이 스스로 마시지 못하여 의관이 숟가락으로 떠서 넣었다.

"신이 어리석고 혼미하여 증후에 어두워서 약물을 쓰는 데도 합당함을 잃은 것이 많았으니 그 죄는 만 번 죽어 마땅합니다."

이광좌가 종묘와 사직에 기도하기를 청하고 이내 눈물을 흘렸다.

"성상이 나에게 정으로는 형제이나 의로는 부자의 관계를 겸하였는데 병환 중에 모시기를 잘하지 못하여 갑자기 이 지경에 이르렀으니 다시 무슨 말을 하겠는가? 기도는 비록 때가 지났으나 빨리 거행하는 것이 마땅하다."

연잉군이 기도를 하라는 지시를 내렸다. 그러나 제관이 미처 향을 받지도 못하였는데 경종이 숨이 끊어지고 말았다.

산들이 타는 듯이 붉고 들판이 온통 황금빛이었다. 표철주는 버드나무 가지를 한 짐 가득 베어 지게에 싣다가 우두커니 들판을 내다보았다. 벌써 추수가 시작되어 농부들이 곳곳에서 벼를 베고 있었다. 올해는 풍년이라고 농군들 마음이 들떠 있었으나 소작료를 내고 환곡(還穀)을 갚으면 남는 것이 없어 겨울을 나기가 바쁠 것이라고 한숨 쉬는 사람들도 있었다. 한양은 어디쯤 되는 것일까. 지분 냄새 물씬 풍기는 기녀들 치마폭에서 밤을 새운 일이며, 소리 하던 일이며, 술을 마시고 장안을 휘젓고 다니던 일이 아주 오래전의 일처럼 아득하게 눈가를 스쳐 지나갔다.

덧없음이여, 세상사여.

표철주는 모든 일이 꿈결인 듯이 허망했다. 목호룡의 고변으로 일어난 신임옥사 때 내병조 국청을 탈출했으나 많은 사람들이 숙임을 당했다.

'정치인들이 검계까지 이용할 줄이야.'

표철주는 그 일을 생각할 때마다 허망했다. 허망한 일은 그것뿐이 아니었다. 어머니처럼, 누이처럼 따르고 사랑했던 이향이 그를 위하여 죽었다. 그것도 하필이면 어릴 때 헤어진 친오라버니의 칼에 죽음을 당한 것이다.

검계 이영은 자신의 여동생을 죽이고 넋을 잃었다. 이영의 가슴 또한 허무의 슬픔으로 가득 채워져 한양을 훌훌 떠나고 말았다.

'사는 것이 덧없음이 아닌가?'

지리산에 내려와서 사는 것은 바람 같고 구름 같았다. 지리산 쌍계사 골짜기로 내려온 지 어느 사이 2년이 지나 있었다. 양평 용문사에서 아내 예분을 만나 식솔들을 거느리고 지리산까지 한 달을 걸어서 쌍계사 계곡에 이르렀다. 식솔이라고 해야 종자들을 다 내보낸 탓에 아내 예분과 어린 딸 송이와 길례 모녀뿐이었다. 남자 종들도 거느리고 있었으나 돈과 패물을 주어 떠나보냈다. 길례 모녀도 보내려고 했으나 갈 곳이 없다면서 한사코 따라오기를 고집하고 예분도 몸이 좋지 않아 시중을 들어줄 여자가 필요했다. 길례는 환자였으나 표철주의 치료로 멍울이 약해지고 혈색까지 좋아져 있었다.

표철주는 다시 양수척이 되었다. 버드나무 가지를 베어서 삶은 뒤에 껍질을 벗겨 고리를 짜서 화개장에 내다 팔았다.

"아부지!"

표철주가 가을이 짙은 들판을 시린 눈빛으로 바라보고 있을 때 딸 송이가 개울둑을 따라 달려왔다.

"넘어진다. 천천히 와라."

표철주는 나풀거리면서 달려오는 송이를 보자 가슴이 저려왔다. 송이의 모습에서 그 옛날 예분의 모습이 겹쳐졌다. 송이가 부쩍 자라 있었다. 그동안 장춘삼이 역병으로 죽더니 오씨 또한 장춘삼이 죽은 지 한 달 만에 저 세상으로 가버렸다.

"그래도 아버지, 어머니는 한세상을 잘 사셨어."

장례를 치르고 삼우제를 지내자 예분이 넋두리를 하듯 중얼거렸다. 표철주도 장춘삼이 무던한 성품이고 오씨 또한 너그러운 성품이어서 오순도순 한세상 평화롭게 살았다고 생각했다.

"아부지, 일 다 했어?"

논둑길을 위태롭게 달려온 송이가 표철주의 가슴에 부딪칠 듯이 안기면서 말했다.

"그래. 이제 집으로 돌아갈 참이다. 저녁은 다 했다니?"

"응. 맛있는 고기를 볶았는데 아부지가 먼저 먹어야 한대."

"우리 송이가 고기가 먹고 싶은 모양이구나."

표철주는 송이를 번쩍 안아서 볼에 입을 맞추었다.

"응."

송이가 혀를 날름거리면서 까르르 웃었다. 아침나절에 땔나무를 하러 산에 갔다가 덫에 걸린 암노루를 잡았는데 예분이 길례와 함께 요리를 한 모양이었다. 시골에서 고기를 먹는 일이 쉽지 않은데 암노루가 덫에 걸려서 가죽을 벗기고 내장을 들어낸 뒤 적당한 크기로 잘라서 일부는 삶고 일부는 소금에 절여두었었다.

"그럼 우리 송이 배를 채우기 위해서 빨리 집으로 가야겠네."

표철주는 새처럼 가벼운 송이를 내려놓고 지게를 졌다. 지게에 진 버드나무 가지는 한 짐이었으나 땔나무처럼 무겁진 않았다. 고리를 짜지 않을 때는 화전을 일구어 고구마도 심고 옥수수도 심었다.

"조심해서 가거라. 뛰지 말고."

송이가 앞에서 깡충거리고 뛰기 시작하자 표철주가 걱정이 되어 말했다.

"아부지, 빨리 와!"

송이가 뒤를 돌아보고 소리를 질렀다. 표철주는 송이의 뒤를 따라 성큼성큼 걷기 시작했다. 바쁜 일도 없었으나 송이를 따라잡기 위해 바삐 걸음을 하는 것이다. 천수답 논둑길을 지나 오솔길로 한참을 걸어 올라가자 대나무 숲 앞에 초가가 한 채 나타났다.

"아부지 왔다!"

송이가 마당으로 뛰어들면서 소리를 질렀다. 인가도 없는 산골짜기였다. 마을 사람들은 표철주 일가를 양수척이라고 하여 왕래를 하지 않았다. 표철주도 굳이 왕래를 할 생각이 없어서 뒤꼍에서 바람에 나부끼는 대나무를 벗하면서 살았다. 마당에는 길례가 딸과 함께 멍석에 앉아서 고리를 짜고 있다가 표철주가 들어서자 치마를 털고 일어섰다. 예분은 부엌에서 저녁상을 차리고 있었다.

"마당에다가 저녁상을 차리지."

예분이 부엌에서 길례에게 말했다. 길례가 부엌에 들어가 소반을 들고 나오고 예분이 상을 폈다. 표철주는 지게를 내려놓고 손을 씻은 뒤 저녁상 앞에 앉았다. 상에는 시골에 지천으로 널려 있는 산나물을 비롯하여 도라지, 깻잎, 파김치 등 푸성귀가 푸짐한 가운데 고추장에 버무린 노루고기가 김을 모락모락 피워 올리고 있었다.

"노루고기 맛있다. 만날 노루고기 먹었으면 좋겠다. 그치?"

송이가 노루고기 한 점을 씹어 먹으면서 길례의 딸 섭섭이에게 말했다.

"응. 고기가 달아."

고기를 한입 가득 넣고 우물거리던 섭섭이의 말에 길례가 예분이와 마주 보고 웃었다. 표철주는 노루고기를 반찬으로 배부르게 저녁 식사를 하고 마당에 앉아서 곰방대를 피워 물었다. 배가 부른 탓인지 송이와 섭섭이가 표철주의 무릎을 베고 누웠다. 섭섭이는 표철주의 딸이 아니다. 그러나 재롱을 부리는 송이와 차별을 할 수가 없어서 섭섭이까지 딸처럼 귀여워해 주었다.

"섭섭이는 딸 삼고 길례는 첩 삼구려."

지리산으로 내려온 지 얼마 되지 않았을 때 예분이 웃으면서 말했다.

"객쩍은 소리. 내가 여자에 환장한 놈인지 알아?"

표철주는 눈을 부릅뜨고 손을 내저었다.

"호호호! 속으로는 좋으면서 어째 꼬리를 사린대?"

예분이 농을 하듯이 물고 늘어졌다.

"당신을 서운하게 하고 싶지 않아."

"난 서운하지 않아. 남정네 없는 과부가 넋 놓고 앉아 있는 걸 보노라니 괜히 가슴이 시려서 그렇지."

길례는 병세가 나아지면서 넋을 놓고 허공을 바라볼 때가 많았다. 예분이 없을 때 표철주와 눈이 마주치면 공연히 얼굴을 붉히고 어쩔 줄 몰라 했다.

"난 모르겠어."

"어차피 종처럼 거느리고 있는 여자잖아? 가래도 안 가는데 첩으로 거둬야지 어떻게 할 거야?"

"진심이야?"

"내가 왜 허튼소리를 하겠어?"

"당신이 부처님이야?"

예분은 젊었을 때는 천방지축으로 날뛰었으나 나이가 들면서 오씨처럼 너그러운 성품으로 바뀌어 있었다. 표철주는 본의가 아니었으나 결국 두 여자를 거느리게 된 것이다.

표철주가 아이들을 안아서 방으로 데려가 눕히고 마당으로 나오자 어둠 속에 누군가 서 있었다.

"송이 아비인가?"

어둠 속의 사내는 뜻밖에도 한양에서 내려온 오영달이었다.

"삼촌이우?"

표철주는 목소리만으로도 영달을 알아볼 수 있었다.

"송이야, 삼촌 왔다!"

표철주는 안방을 향해 소리를 지르면서 영달의 손을 덥석 잡았다. 예분이 맨발로 달려나오고 송이도 뒤따라 뛰어나왔다. 반가운 인사를 하느라고 마당에서 오랫동안 이야기를 나누었다.

"허허, 이런 산골에 웬 노루고기야?"

영달은 저녁상을 받자 게걸스럽게 노루고기를 먹으면서 즐거워했다.

"삼촌, 식구들은 어떻게 하고 여기까지 온 거야?"

예분이 영달의 앞에서 무릎을 세우고 앉아서 물었다.

"너희를 데리러 온 거야."

"우리를? 우리는 역적이라 한양에 올라갈 수가 없어."

"모르는 소리 마라. 주상 전하께서 승하하시고 연잉군 나리가 보위에 오르셨어. 세제 저하가 임금이 되신 거야."

"에구머니!"

예분이 깜짝 놀라서 박수를 쳤다.

"송이 아비는 전하의 호위무사가 아니냐? 한양에 올라가면 내금위장이 될 거야. 장붕익 나리도 다시 포도대장이 되셨어."

영달의 말에 예분이 표철주를 쳐다보았다. 표철주는 가슴 속에서 무엇인지 알 수 없는 뜨거운 것이 치밀고 올라오는 것을 느꼈다.

내금위장(內禁衛將)은 조선시대 대궐을 호위하는 내금위의 대장이었다. 처음에는 종2품직으로 겸직이었다. 세조 3년에 내금위절제사 6명을 두어 내금위장이라 부르고 매일 2명씩 궁궐에서 직숙(直宿)하게 했다. 세조 5년에 3명으로 축소하고, 매번 1명씩 직숙하게 하면서 정3품직으로 바꾸었다. 그러나 정3품부터는 당상관이다. 문관은 통정대부, 무관은 절충장군 이상이 이 품계를 받았다.

표철주는 한양으로 올라오자 내금위장에 임명되어 절충장군이 가자되었다. 예분에게는 숙부인 첩지가 내려왔다.

"귀신이 곡할 노릇이네. 그 영감탱이가 어떻게 이렇게 살 맞추는 거야? 하여간 족집게가 따로 없어."

표철주에게 내금위장에 제수되고 예분에게 숙부인 첩지가 내려오자 영달이 덩실덩실 춤을 추면서 말했다. 동네 사람들을 비롯하여 표철주 휘하에 있던 주먹패들까지 몰려와 축하를 하느라고 집 안팎이 온통 잔칫집 같았다. 부엌에서는 동네 사람들에게 먹일 음식을 만드느라고 부녀자들이 몰려들어 왁자하게 떠들고 있었다.

"삼촌, 누구를 말하는 거야?"

예분이 눈을 깜빡 거리면서 물었다. 표철주 집의 널찍한 대청이었다. 주먹패들이 어디서 악공을 데리고 왔는지 담 밖에서 꽹가리소리와 태평소 소리가 드높았다.

"아 그 돌팔이 의원 몰라? 옛날에 우리 조카사위는 당상관이 되고 예분이는 숙부인이 된다고 그랬잖아?"

"정말 용한 점쟁이네."

예분이 비로소 생각났다는 듯이 고개를 끄덕거렸다. 표철주는 사암 도인과 이향의 얼굴을 아련히 떠올리고 가슴이 저려왔다.

"너도 이제 숙부인답게 말투 좀 바꿔라. 삼촌 누굴 말하는 거야? 채신머리없이 이렇게 말하지 말고 숙부님 누구를 말씀하시는 것이옵니까? 이렇게 해야 숙부인다운 기품이 있는 거야."

영달의 말에 사람들이 일제히 웃음을 터트렸다. 표철주도 유쾌하게 웃었다.

"장붕익 나리는 어찌 되셨어?"

예분이 궁금하다는 듯이 영달에게 물었다.

"포도대장이 되셨지. 그 양반은 지금 검계들을 때려잡는다고 난리도 아니야. 검계와의 전쟁을 선포했는데 아이고 무시라. 살인한 놈, 상인을 등치는 놈, 저자에서 주먹질로 업을 삼는 놈…… 모조리 잡아다가 발뒤꿈치를 베는데 하마터면 나도 잡혀 가서 월족형을 당할 뻔하다가 철주 이름 대고 살아나왔네."

영달의 말에 표철주는 안색이 어두워졌다. 장붕익이 포도대장으로 복귀하면서 검계와의 전쟁이 선포되어 한양 장안이 조용한 날이 없었다. 상인들에게 보호비를 강제로 받고 기녀들의 기둥서방 노릇을 하면서 재물을 갈취하는 검계들이 백성들에게 해악이 되는 것은 사실이었으나 그들도 먹고 살 길이 없어서 그 짓을 하고 있는 것이다. 표철주도 검계로 장안에 명성을 떨쳤었다.

"오라버니, 어서 등청해요."

예분이 표철주가 입고 있는 붉은 융복을 매만지면서 말했다.

"호호…… 오라버니가 아니라 영감이다. 정3품 당상관은 영감, 정2품 이상 당상관은 대감이라고 부르는 거야. 그러니 영감마님, 다녀오사이다. 이렇게 해야 하는 거야."

영달이 낄낄대고 웃으면서 너스레를 떨었다.

"영감마님, 다녀오사이다."

예분이 두 손을 앞으로 가지런히 모으고 표철주에게 말했다. 예분의 장난스러운 수작에 영달 내외와 길례가 대소를 터트렸다. 표철주는 예분의 성장한 자태를 보자 가슴이 뭉클했다. 옷이 날개라고 그랬던가. 곱게 빗어서 가르마를 탄 뒤에 쪽을 지고 비녀를 꽂은 얼굴이며 옥색 저고리에 풍성한 남색 스란치마를 걸친 예분에게서 양반 부인의 우아한 기품이 느껴졌다.

"부인, 내 다녀오리다."

표철주는 대청에서 내려와 사람들의 배웅을 받으면서 말에 올라탔다. 붉은 융복에 옥간자를 늘어뜨린 전모, 허리에 찬 칼이 남의 옷을 입은 것처럼 어색했다. 내금위 갑사들이 좌우에서 호위를 하여 표철주를 대궐로 인도했다.

'이것이 꿈인지 생시인지 모르겠구나.'

표철주는 대궐로 향하면서 구름을 타고 두둥실 하늘로 오르는 것 같았다. 숙장문을 지나 어전으로 들어가서 새 임금 영조에게 절을 올렸다.

"네가 나의 목숨을 구하였다."

영조가 웃으면서 표철주를 굽어보았다.

"망극하옵니다."

표철주는 머리를 깊숙이 조아렸다.

"네가 천한 양수척 무리에서 내금위장이 되었으니 사직에 충성을 다하라."

"소인 분골쇄신하겠사옵니다."

영조는 표철주에게 낮것(점심)을 하사했다. 표철주는 영조에게 점심을 얻어먹은 뒤에 내금위 직소로 가서 군관들과 수인사를 나누었다. 임금이 바뀌면서 내금위장과 군관들도 대대적으로 개편이 되어 있었다. 표철주는 내금위 군관들과 수인사를 나눈 뒤에 군관의 안내를 받으면서 대궐을 둘러보았다. 대궐에는 수많은 비빈과 내시, 궁녀들이 있어서 또 하나의 세상이 이루어져 있었다.

대비 어씨가 구역증(嘔逆症)이 나고 몸을 떨면서 증후가 위급하였다. 내국 도제조 홍치중, 제조 윤순, 부제조 정석오가 임금의 분부로 인하여 달례문(達禮門) 밖으로 나아가니, 임금이 상휘당(祥暉堂)에서 인견하고 증후를 물었다. 대왕대비전의 하교로써 의관 권성징, 현제강 이 왕대비전의 침실에 입시하여 증후를 진찰하였다. 임금이 또 약방의 여러 신하들을 융무당(隆武堂)에서 인견하고 증후를 묻기를,
"지나치게 몸을 떨고 혹은 통곡하는 소리를 내며 혹은 읍성(泣聲)도 내는데, 의관들은 일찍이 이런 증후를 보았는가?"
하였는데, 중관(中官)이 와서 아뢰기를,
"왕대비전께서 헛소리를 하시는 듯합니다."
하였다.

—연암집의 『영조실록』에서

칼꽃

15

여인이 한을 품으면 오뉴월에 서리가 내린다

恨 여인이 한을 품으면 오뉴월에 서리가 내린다

경종이 승하하자 연잉군이 즉위하여 영조가 되었다. 숙종과 경종 때 목숨이 위태로운 순간까지 겪은 뒤에 보위에 오른 영조는 재위 기간이 51년이나 되고 82세까지 산 임금이다. 조선조에서 가장 오래 살면서 자신의 친아들인 사도세자를 뒤주에 가둬 죽였으나 탕평책을 실시하는 등 많은 업적을 남긴 임금이기도 했다.

영조의 즉위는 소론의 멸망을 의미하고 노론의 부활을 의미하는 것이었다. 영조가 즉위하자마자 정권을 장악한 노론은 목호룡의 고변이 무고라고 주장하여 옥사를 다시 심리했다. 김일중이 역적으로 몰린 것은 목호룡의 고변 때 교문(敎文 : 사건 백서)을 쓰면서 영조가 연관되었다고 기록한 때문이다. 목호룡과 김일중은 체포되어 혹독한 고문을 당한 뒤 능지처참을 당했다. 김일중은 공초를 바칠 때마다 반드시 선왕의 충신이라 하고 반드시 영조에게는 '나(吾)'라고 했으며 '저(矣身)'라고 쓰지 않았다.

선의왕후 어씨는 불과 20세에 과부가 되었다. 경종이 성불능자였기 때문에 남편 구실을 하지 못했으나 그래도 남편이었다. 어씨는 경종의 병이 악화되자 중전의 자리에 있었는데도 임종을 지킬 수가 없었다. 조선의 국법은 비록 왕비라고 해도 임금이 임종할 때 자리를 지키지 못하게 되어 있었다. 선비는 아녀자의 품속에서 죽지 않는다는 것이 고루한 선비들의 생각이었다. 왕비나 대비 등 비빈들이 임종을 지키려고 하면 법도에 어긋난다고 몰아세우는 선비들이었다. 그 까닭에 경종의 마지막 가는 길에 인사도 나누지 못한 어씨였다.

"연잉군이 인삼과 부자를 써서 전하를 독살한 거야."

어씨는 경종의 죽음이 연잉군이 인삼과 부자를 과다하게 쓰게 했기 때문이라고 의심했다. 대궐과 시정에서 영조로 인해 경종이 독살되었다는 소문이 파다하게 나돌고 있었다. 그러잖아도 치열하게 권력 다툼을 벌인 어씨였다. 그녀는 경종이 승하하자 슬픔 때문에 잠을 이루지 못했다. 경종의 일생은 너무나 불행했다. 어머니 희빈 장씨는 독부라고 하여 사약을 받고 죽었고, 경종은 독부의 아들이라고 하여 궁녀들의 손가락질을 받았다. 궁녀들의 손가락질 때문이었을까. 경종은 정신력을 과도하게 소비하여 성불능자가 되었다. 꽃 같은 부인이 있고 대궐에 젊은 궁녀들이 가득한데도 운우의 기쁨을 나누지 못했다.

'불쌍하신 우리 전하……'

경종이 승하하던 날에는 하늘마저 그의 죽음을 슬퍼하듯이 구죽죽하게 비가 내렸었다. 어씨는 언젠가 경종이 우는 것을 본 일이 있었다. 그녀가 세자빈이 되어 동궁에 들어온 지 얼마 되지 않았을 때다. 밤중에 달이 밝아 처소를 나섰었다. 사금파리처럼 하얀 달빛을 밟으며 후원 쪽으로 가고 있는데 남자의 울음소리가 들렸다. 어씨는 깜짝 놀랐으나 울음소리가 애절하여 소리가 들리는 곳으로 갔다. 그러자 후원의 상수리나무 아래에서 경종이 목을 놓아 울고 있었다.

"미안하오. 이렇게 한바탕 울고 나면 가슴속이 시원하다오."

경종은 어씨가 가까이 오자 계면쩍어하면서 웃었다.

'얼마나 가슴속에 응어리가 쌓였으면 밤중에 혼자 우시는 것일까?'

어씨는 경종을 가슴에 안고 함께 울었다.

'내가 반드시 전하를 보호할 거야.'

어씨는 그때부터 경종을 보호하기 위해 목숨을 걸었다. 그러나 그녀의 노력에도 불구하고 경종은 승하한 것이다.

'내 반드시 이 원수를 갚을 것이다.'

어씨는 눈물을 흘리면서 맹세했다. 영조가 즉위하자 어씨는 대비가 되어 어조당으로 물러나 우울한 말년을 보내게 되었다. 대비전인 어조당은 하루 종일 찾아오는 사람이 없어서 쓸쓸했다. 연잉군과 치열하게 권력 투쟁을 벌이다가 경종이 승하하는 바람에 대비전으로 물러나 앉게 된 어씨였다. 비가 오는 날이나 눈이 사락사락 내리는 날이면 자신을 아껴주던 경종이 사무치게 그리웠다. 그리고 병환이 있는 경종을 수명대로 살지 못하게 독살한 영조를 증오하게 되었다.

"네가 춘궁의 궁녀로구나."

하루는 대비 어씨가 영조의 아들 효장 세자의 동궁전에서 일을 하는 궁녀 최순정을 은밀하게 불렀다.

"네, 그러하옵니다."

순정이 머리를 조아리면서 대답했다. 순정은 궁녀답지 않게 화장을 진하게 하고 귀고리를 하는 등 사치를 부리고 있었다. 씀씀이가 헤픈 궁녀는 물욕이 강하다. 어씨는 순정의 성정을 파악하고 그녀를 이용하기로 했다. 병환 때문에 온갖 사람들에게 손가락질을 당한 경종의 원수를 갚아야 한다고 하루에도 몇 번씩 입술을 깨물고 있던 어씨였다. 여자가 한을 품으면 오뉴월에도 서리가 내린다.

"효장 세자는 금지옥엽이니 잘 돌보아야 한다."

효장 세자는 영조와 정빈 이씨의 소생이었다.

"명심하겠사옵니다."

"네 나이 몇이냐?"

"올해 스물세 살이옵니다."

"그러냐? 나하고 동갑이로구나. 대비전이 쓸쓸해서 그러니 네가 자주 와서 동무를 해주면 좋겠구나."

"마마, 쇤네가 어찌 감히……."

순정이 펄쩍 뛰는 시늉을 했다.

"괜찮다. 이 노리개는 너에게 어울릴 듯싶구나. 마음에 들면 가지려무나."

대비 어씨는 순정을 포섭하기 위해 귀한 노리개와 패물을 하사했다. 틈틈이 순정을 대비전으로 불러서 이야기책을 읽으라고 한 뒤 옷감이나 사라면서 돈을 주기도 했다.

대비는 임금의 어머니이니 궁녀들은 감히 얼굴조차 들어서는 안 된다. 그러나 순정은 대비 어씨가 동무처럼 대해주고 귀한 노리개까지 하사하자 우쭐하게 되었다. 자신의 번이 아닐 때는 언제나 대비전에 가서 잔심부름을 하면서 어씨의 호감을 사려고 애를 썼다.

영조 4년, 왕세자 경의군(敬義君) 이행이 시름시름 앓기 시작했다. 왕세자는 이현궁 잠저에서 태어났는데 10월이 되었을 때 이미 11세로 혼례를 올려 세자빈을 맞이했으나 갑자기 병을 앓기 시작한 것이다. 내의들이 진맥을 하고 약을 처방했으나 백약이 소용없었다. 왕세자는 병을 앓기 시작한 지 보름 만에 진수당에서 운명했다. 영조는 영의정 이광좌, 병조판서 조문명 등을 보자 슬퍼하면서 곡을 했다.

'주상이 자식을 잃었으니 내가 남편을 잃은 슬픔이 어떤 것인지 알리라.'

왕세자가 죽었다는 말을 전해 들은 대비 어씨는 속으로 웃었다.

영조 6년 3월, 마침내 궁녀 순정의 독살 사건이 터졌다. 공주나 옹주들은 좀처럼 생몰년이 실록에 기록되지 않는다. 특히 정궁이 아닌 후궁들이 낳은 옹주들은 실록에 기록되는 일이 거의 없다. 영조는 보위에 오른 지 불과 6년이 채 안 되어 효장 세자와 네 공주를 차례로 잃었다. 순정이 효장 세자를 독살한 뒤 이어 영조의 딸들인 네 옹주들을 모조리 독살하고 어린 옹주들을 매흉(埋凶:저주하는 물건을 땅속에 묻는 일)했다는 것이 사건의 내용이었다. 대궐이 발칵 뒤집히고 공포에 휩싸였다. 영조는 펄펄 뛰면서 순정을 잡아들여 인정문 앞에서 친국했다.

"네 어찌 어린 옹주를 매흉하고 독살했느냐?"

영조는 비통하여 순정을 노려보면서 다그쳤다. 자신의 아들딸을 독살한 계집이다. 찢어 죽여도 분기가 풀리지 않을 것 같았으나 배후가 있을 것이라고 생각했다.

"주상의 혈속을 모두 제거하려고 했습니다."

순정은 영조가 친국을 하는데도 표독하게 말했다. 이미 증거가 드러났으므로 부인해도 소용이 없다는 사실을 알고 있는 것 같았다. 영조는 순정의 독기 어린 말을 듣고 몸을 떨었다. 인정문 앞에 도열해 있던 내시와 궁녀들도 일제히 웅성거렸다.

"어찌하여 내 혈속을 제거하려고 했느냐?"

영조의 눈에서 불이 일어나고 목소리가 떨렸다. 혈속은 자식을 말한다. 영조의 자식을 모조리 죽이려고 했다는 순정의 말이 믿어지지 않았다.

"이유는 알아서 무엇을 하겠습니까? 죄를 지었으니 죽여주십시오."

"독살스러운 계집이다."

영조는 분노로 몸을 떨면서 순정에게 형신을 가하라는 영을 내렸다. 궁녀 순정이 형틀에 묶여 내금위 갑사들에게 곤장을 맞았다. 순정은 살갗이 찢어지고 피가 흘러내리자 처절한 비명을 토해냈다. 곤장이 엉덩이를 칠 때마다 철벅대는 소리가 들리고 살갗이 찢어져 피가 낭자하게 흘러내렸다. 궁녀들이 처참한 모습에 눈길을 돌렸다.

"동궁 나인으로 있는데 소소한 잘못을 했다고 하여 옹주전으로 쫓아내서 앙갚음을 하기 위한 것입니다!"

순정이 곤장을 견디다 못해 악을 쓰듯이 소리를 질렀다.

"사실이 아니다. 계집에게 주리를 틀라."

영조의 영이 떨어지자 순정은 주리를 당했다. 순정은 영조가 세제로 있을 때 잘못을 저질러 옹주전으로 쫓겨갔는데 그에 대한 복수라는 것이었다. 임금의 자식을 살해하는 범행 동기로는 전혀 타당성이 없었다. 금부 사령들이 순정의 정강이 사이에 각목을 끼우고 주리를 돌리자 뼈가 부서졌다. 순정이 처절하게 울부짖었다.

"어서 죽여주십시오!"

"네가 아직도 바른 대로 고하지 않을 것이냐? 계집에게 낙형을 가하라!"

영조의 잔인한 영이 내리자 내금위 갑사들이 시뻘겋게 불에 달군 인두로 순정을 지졌다. 살이 타는 냄새가 코를 찌르고 순정의 비명 소리가 처절하게 어둠을 찢어발겼다.

"대비 마마가 시켰습니다."

순정은 낙형을 당하자 마침내 자백했다. 내시와 궁녀들이 경악하여 웅성거렸다. 순정의 자백을 받은 영조는 벼락을 맞은 듯이 놀랐다. 그는 즉시 인정문 앞에 늘어선 궁녀들과 내시들을 모두 돌려보내고 내금위 갑사들만 남긴 채 친국을 계속했다.

"어찌 그런 망발이 있느냐? 자전께서 그런 분부를 내렸다는 말을 믿을 수가 없다. 이는 분명히 허언이다."

영조는 순정이 대비 어씨에게 죄를 덮어씌우고 있다고 생각했다.

"대비 마마께서 선대왕이 독살을 당했기 때문에 그 원수를 갚는다고 하였습니다."

선대왕은 경종을 말하는 것이다.

"그, 그래서 내 혈속을 독살하고 매흉을 했다는 말이냐?"

"대비 마마께 물어보소서. 전하께서 후사를 두지 못하는 고통을 당해보아야 한다고 하셨습니다."

순정은 발악하듯이 소리를 질렀다. 영조는 다리가 후들후들 떨리고 눈앞이 캄캄하여 아무것도 보이지 않았다. 그랬구나. 내가 선대왕을 독살했다고 생각하여 내 혈속을 죽이려고 한 것이구나. 영조는 그 생각을 하자 비통했다. 그러나 상대는 왕실의 가장 어른인 대비였다. 대비를 잘못 건드리면 엄청난 풍파가 일어난다. 영조는 잠을 이루지 못하고 깊은 생각에 잠겼다. 아들과 딸을 독살한 대비를 모시고 살 수는 없다. 그렇다고 그녀를 법대로 처형한다면 구구한 억측이 나돌게 될 것이다. 단 한 가지 방법이 있다면 그녀가 스스로 병들어 죽는 것뿐이다. 병들지 않으면 병이 들게 해야 한다.

'아아, 정녕 이 길밖에 없는가?'

영조는 대궐 뜰을 걸으면서 비통한 심정을 억누를 길이 없었다. 세제로 있을 때 대비 어씨와 영조는 소론과 노론을 등에 업고 치열한 권력 다툼을 벌였었다. 경종이 죽고 자신이 보위에 올라 모든 것이 끝난 것으로 생각하여 대비를 깍듯이 공경했다. 대비 어씨도 은인자중하면서 조용히 지내 이런 일이 있으리라고는 생각조차 못했다.

'피는 피로 갚아야 하는 것이구나.'

영조는 대비 어씨와 악연의 고리를 끊으려면 둘 중 하나는 죽어야 한다고 생각했다.

"잠저에 있을 때부터 순정이란 이름의 한 궁인이 있었는데 성미가 불량하여 늘 세자 및 세자의 사친에게 불순한 짓을 하는 일이 많았기 때문에 내쳐 버렸다. 왕세제가 된 뒤에 궁인이 갖추어지지 않았기 때문에 다시 도로 들어오도록 했는데 그동안 마음을 고쳤으리라고 생각했다. 즉위한 뒤에 세자 및 두 옹주를 보양하게 하다가 세자 책봉 뒤에 그를 옹주에 소속시켰으므로 동궁의 나인이 되지 못한 것 때문에 항시 마음속으로 앙앙불락하였다. 지난번 화순 옹주가 홍진(紅疹)을 겪은 뒤에 하혈하는 증세가 있었기 때문에 매우 마음에 괴이하게 여기며 의아해하다가 이제 와서야 비로소 독약을 넣어 그렇게 된 것임을 알게 되었다. 그가 이미 세자의 사친에게 독기를 부렸기 때문에 세자가 점점 장성하는 것을 좋게 여기지 아니하여 또다시 흉악한 짓을 하였고, 강보에 있는 아이인 4왕녀에게도 또한 모두 독약을 썼다. 나의 혈속을 모조리 제거하려고 했으니 어찌 흉악하고 참혹하지 아니한가?"

영조가 순정의 독살 사건을 발표하자 조정은 경악했다. 영조는 순정의 목을 벤 뒤에 대비 어씨가 연루되었다는 이야기를 대신들에게 하지 않았다. 영조는 순정이 매흉을 하기 위해 동원한 연루자들의 명단을 조정에 넘겨주었다. 조정은 순정이 해골과 뼛조각을 창경궁과 창덕궁에 묻을 수 있도록 이를 구해온 자들을 조사했다. 그러나 순정이 대궐에서 복주되었기 때문에 사건의 배후를 알 수 없었다. 매흉 사건은 흉물을 구한 자부터 옮긴 자까지 여러 명이 연루되어 모두 능지처참을 당했다. 영조는 순정의 독살 사건이 끝나자 그녀가 해골을 묻었던 창경궁과 창덕궁의 흙을 모두 파내고 새로운 흙을 수레로 실어다가 메웠다. 그 공사가 한 달이나 걸리고 수많은 역부들이 동원되었으나 백성들은 그 까닭을 알지 못했다.

"이번의 요악한 옥사는 하찮은 일개 궁인이 혼자 꾸민 바가 아니고 반드시 지휘한 사람이 있을 것입니다. 박도창은 그 자신이 이미 의식이 넉넉한 사람이니 결단코 순정에게 부림을 당할 사람이 아닙니다. 또 그는 국가에 대해 원망할 만한 일이 없었으니 반드시 이런 흉악한 일을 저지르지 않았을 것입니다. 조용히 생각해 본다면 반드시 박도창을 사주한 사람이 있을 것인데, 흉악하고 완강하게 끝까지 버티다가 죽었습니다. 그런데 그의 죽음이 하룻밤 사이에 나왔으니 의심이 없을 수 없습니다. 과연 박도창이 괴수였다면 그의 당류들이 법망에서 빠져나갔음을 또한 알 수 있습니다."

도승지 조현명이 순정의 배후에 누군가 있을 것이라고 주장했다. 영조는 이에 대해 답을 내리지 않았다.

조정이 순정의 독살 사건 조사로 뒤숭숭할 때 영조는 내의원 어의를 비밀리에 불렀다. 영조는 주위의 잡인들을 물러가게 하고 어의에게 밀지를 내렸다.

"전하."

영조의 밀지를 받은 어의가 머리를 방바닥에 갖다 댔다.

"이는 너와 나만이 아는 비밀이 될 것이다. 물러가라."

어의는 사색이 되어 비틀대는 걸음으로 내의원으로 돌아왔다. 영조의 지시는 너무나 무서운 것이어서 꿈인지 생시인지 분별이 되지 않았다.

"어찌 아직도 처리를 하지 않는 것인가?"

한 달이 지나자 영조가 내시를 보내 어의를 재촉했다.

"아아, 이제는 어쩔 수가 없구나."

어의는 비상을 준비해 가지고 대비전 수라간으로 갔다.

선의왕후 어씨는 이로부터 얼마 되지 않아 구역증이 나고 몸을 떨면서 위급하게 되었다.

'어의가 성공했구나.'

영조는 대비 어씨가 위독하다는 승전색의 전갈을 받고 어조당으로 향하면서 희미하게 웃었다. 어의는 어씨를 진맥하는 시늉을 했으나 이미 위중하여 손을 쓸 수 없다고 말했다. 왕실의 어른이기 때문에 조정 대신들이 대비전으로 몰려왔다. 영조는 약방의 여러 신하들을 융무당에서 인견하고 증후를 물었다.

"대비께서 지나치게 몸을 떨고, 혹은 통곡하는 소리를 내기도 하고, 혹은 읍성(泣聲:눈물을 흘리며 우는소리)도 내는데 의관들은 일찍이 이런 증후를 보았는가?"

의관들과 대신들은 대답을 하지 못했다. 대비의 병환이니 대신들은 방에 들어가 병세를 살필 수가 없다.

"대비께서 헛소리를 하십니다."

이때 대비전 내시가 달려와서 아뢰었다. 영조가 일어나 대비의 침실로 들어가자 대신 이하 여러 신하들이 모두 현광문 밖으로 물러갔다.

"증후가 별로 아픈 곳은 없는 듯한데 울음소리 같은 읍성을 내며 손으로 물건을 치는 듯한 형용을 한다."

영조가 대비전에서 나와 어두운 표정으로 대신들에게 말했다. 대비 어씨는 이미 혼수상태에 빠져 죽어가고 있었다.

"보통 이러한 증후가 많이 있으니 그다지 염려할 것은 없습니다."

홍치중이 대답했다. 그러나 대비 어씨는 병을 앓기 시작한 지 불과 사흘 만인 1730년(영조 6년) 새벽에 26세를 일기로 짧은 생애를 마감했다. 영조는 이삼을 특별히 훈련대장에 임명한 뒤에 어영대장 장붕익과 함께 패초하여 각 궁문을 삼엄하게 지키게 하고, 삼군문(三軍門:훈련도감, 금위영, 어영청)의 대장이 궐문 밖을 나누어 지키게 했다.

햇살이 따사로운 한양의 광통교(廣通橋) 앞이었다. 광통교 다리 아래에서는 전기수 이업복의 책 읽어주는 소리를 듣느라고 사람들이 잔뜩 몰려와 있었다. 그는 동대문 밖에 살았는데 언문소설인 숙향전, 소대성전, 심청전, 설인귀전 등과 같은 기이한 이야기를 잘 낭송했다. 초하룻날은 첫 번째 다리 아래에 앉고, 초이튿날은 두 번째 다리 아래에 앉고, 사흘째는 이현에 앉고, 나흘째는 교동 입구에 앉고, 닷새째는 대사동 입구에 앉고, 엿새째는 종루 앞에 앉았다. 이렇게 거슬러 올라갔다가 다시 내려오고 내려왔다가는 다시 오르고 하여 한 달이 차면 다음 달에 또다시 반복했다. 이업복의 책을 읽는 솜씨가 구수하고 처량하여 그가 책을 읽기 시작하면 주위에 많은 사람들이 모였다. 책을 읽다가 문득 중요한 대목에 이르러 읽기를 그치면 사람들은 그 다음 대목을 듣고 싶어서 다투어 돈을 던져 주었다.

노인은 전기수 이업복의 책 읽어주는 소리를 들으면서 간간이 흐릿한 미소를 짓고는 했다.

노인은 궤짝 하나를 이업복의 옆에 앉아 침의라고 쓰어 있는 깃발 하나를 세워놓고 있었으나 오가는 사람들이 힐끔거리기만 할 뿐 진맥을 하지 않아 꾸벅거리면서 졸고 있었다. 눈을 뜨고 있을 때는 다리 위를 오가는 사람들의 발만 보고 있었다. 한나절을 앉아 있어도 다리 위로 많은 사람들이 지나갔다. 도포 자락을 펄럭이는 양반들, 쓰개치마로 얼굴을 가리고 발이 보일 듯 말 듯 풍성한 치맛자락을 늘어뜨리고 오가는 여인네들, 중인들, 천민들, 거지들……. 노인은 사람들의 발을 보면서 세월을 보고 있었다. 그동안 얼마나 오랜 세월이 흘렀는가. 그는 자신의 나이가 얼마인지도 기억하지 못하고 있었다.

"있으면 주고 없으면 말게."

어쩌다가 노인 앞에 쪼그리고 앉아서 진맥을 청하는 사람도 있었다. 노인은 진맥을 한 뒤에 침 몇 대를 놓고는 들릴 듯 말 듯 작은 목소리로 말했다.

"돌팔이 같아서 믿을 수가 있어야지."

노인에게 침을 맞은 사람들은 주머니를 뒤적거리는 시늉을 하다가 그냥 가고는 했다. 어느 사이에 해가 설핏 기울었다. 노인은 궤짝을 등에 지고 냇둑을 따라 타박타박 걷기 시작했다.

"이거 표 망동이 아닌가?"

노인이 탁, 타탁 지팡이로 땅을 치며 가다가 걸음을 멈추고 고개를 들었다. 노인의 앞에는 여전히 더벅머리를 하고 있는 늙은 거지 광문이 서 있었다. 표철주는 눈이 부신 듯 깜박거리면서 광문을 쳐다보았다. 한때 둘이서 한양 장안이 좁다고 누비고 다녔는데 광문도 어느 사이에 폭삭 늙어 있었다.

"왜 아니겠는가?"

광문을 한참을 바라보고 있던 표철주가 누런 이를 드러내 놓고 웃었다.

"너는 사람 잘 치던 검계였는데 지금은 늙어서 별수 없구나."

광문이 표철주의 남루한 모습을 살피면서 탄식했다. 표철주와 광문은 서로의 얼굴을 말없이 바라보았다. 몇 년 만에 만났는데도 서로 간에 할 말이 없었다.

"영성군 박문수 대감과 풍원군 조현명 대감은 무고들 하신가?"

표철주가 생각났다는 듯이 물었다. 두 사람 다 기루에서 만났으나 풍류객이라고 할만 했다. 표철주보다는 광문과 가까이 지내고 있었다.

"모두 다 세상을 떠나셨다네. 자네는 내금위장을 하지 않았나? 몇 달 만에 소식이 끊겼는데 어찌 내금위장을 그만 둔 것인가?"

"천한 양수척이 정3품 내금위장을 한다고 탄핵을 받았지. 사대부라는 자들이 어찌나 심하게 탄핵을 하는지 때려치웠네."

"그러고 보니 내 들은 바 있네. 그 뒤에는 어디에 있었는가?"

"주유천하를 했지. 묘향산으로…… 금강산으로…… 백두산으로……."

사대부들의 탄핵을 받아 내금위장을 그만 둔 표철주는 바랑 하나를 짊어지고 집을 나섰었다. 갈 곳을 딱히 정해 놓은 것은 아니었으나 천민이라는 사실 때문에 탄핵을 받자 견딜 수가 없었다. 가슴이 바윗덩어리를 얹어놓은 것처럼 답답하여 관북과 관서로, 영남과 호남으로 종횡하여 떠돌아다니면서 마을마다 길마다 서러운 발자국을 찍었다. 때로는 벌판에서 눈보라를 맞기도 했고 깊은 산속에서 소낙비를 만난 적도 있었다.

"김경방(金擎方)은 지금 무슨 벼슬을 하고 있지?"

"용호장(龍虎將)이 되었다네."

"그 녀석은 미남자로서 몸이 그렇게 뚱뚱했어도 기생을 껴안고 담을 잘도 뛰어넘었지. 돈 쓰기를 더러운 흙 버리듯 했는데 지금은 귀인이 되었으니 만나볼 수가 없겠군. 분단이는 어찌 되었나?"

"벌써 죽었다네."

광문이 탄식을 한 뒤에 이어서 말했다.

"옛날에 풍원군이 기린각에서 잔치를 벌인 후 유독 분단이만 잡아두고서 함께 잔 적이 있었지. 새벽에 일어나 대궐에 들어갈 차비를 하는데 분단이가 촛불을 잡다가 그만 잘못하여 초모를 태워 버리는 바람에 어쩔 줄을 몰라 하였네. 풍원군이 웃으면서 '네가 부끄러운 모양이구나' 하고는 곧바로 압수전(壓羞錢:부끄러움을 진정시킨다는 명분으로 주는 돈) 오천 냥을 주었지. 나는 그때 분단이의 수파와 부군을 들고 난간 밑에서 기다리며 시커멓게 도깨비처럼 서 있었네. 풍원군이 창문을 열고 가래침을 뱉다가 분단이의 귀에 대고 말하기를, '저 시커먼 것이 무엇이냐?' 히니, 분단이가 대답하기를 '천하 사람이 다 아는 광문입니다' 했지. 풍원군이 웃으며 '바로 네 후배냐?' 하고는 나를 불러들여 큰 술잔에 술을 한 잔 부어주고 자신도 홍로주 일곱 잔을 따라 마시고 초헌을 타고 나갔지. 이 모두 다 예전 일이 되어버렸네 그려."

표철주는 광문이 분단이 이야기를 꺼내자 눈이 물기에 젖었다.

"요즈음 한양의 어린 기생으로는 누가 가장 유명한가?"

"작은아기네."

"조방은 누군가?"

"최박만이지. 아침나절 상고당(尙古堂)에서 사람을 보내어 나에게 안부를 물어왔네. 듣자니 집을 둥그재 아래로 옮기고 대청 앞에는 벽오동 나무를 심어놓고 그 아래에서 손수 차를 달이며 철돌(鐵突)을 시켜 거문고를 탄다고 하네. 철돌은 지금 그 형제가 다 유명하다네."

"그런가? 이는 김정칠(金鼎七)의 아들일세. 나는 제 아비와 좋은 사이였거든."

광문은 표철주와 한참 동안 이야기하고 다시 서글퍼하며 한참을 그렇게 서 있었다.

"이는 다 나 떠난 후의 일들이군."

표철주가 나직하게 한숨을 내쉬었다. 광문은 이가 빠지고 입이 틀어져 이제는 주먹이 들락거리지 못한다고 했다.

"너도 이제는 늙었구나. 어떻게 해서 밥을 먹고사나?"

광문이 표철주에게 물었다.

"떠돌이 의원 노릇을 하고 있네."

표철주는 잠시 생각에 잠겨 있다가 쓸쓸하게 말했다.

"아아! 옛날 네 집 재산이 누거만(累鉅萬)이었지. 그때는 너를 '황금 투구'라고 불렀는데 그 투구 어디 두었나?"

"이제야 나는 세상 물정을 알았다네."

"네 꼴이 마치 '기술을 배우고 나자 눈이 어두워진 격' 이로구나. 부인과 아이는 무고한가?"

"딸은 시집을 갔고 아내는 몇 해 전에 죽었다네."

"그러면 혼자 살고 있는 것인가?"

"이 티끌 같은 세상에 나 혼자뿐이지."

표철주는 흐린 눈으로 광문을 한 번 쳐다보고는 느릿느릿 걸음을 떼어놓기 시작했다. 광문은 낡은 궤짝을 등에 지고 냇둑을 휘적휘적 걸어가는 표철주를 가없이 지켜보았다. 표철주는 느릿느릿 걸음을 떼어놓고 있었으나 어느 사이에 저 만치 멀어져 있었고, 또 어느 사이에 하나의 점처럼 멀어지더니 보이지 않았다.

'축지법을 쓰는군. 검계가 신선이 되었는가?'

광문은 표철주가 사라진 냇둑에 망연히 서 있을 뿐이었다. 그가 서 있는 청계천 냇둑에 어둠이 서리서리 내리고 쏴아아, 밤바람이 불면서 나뭇잎이 우수수 떨어져 날렸다.

— 끝

역사소설을 쓸 때 가장 어려운 점이 역사적 사실에 어느 정도의 픽션을 가미하느냐의 문제다. 특히 실존 인물을 다룰 때 악인으로 캐릭터를 설정하면 실제 사실이라고 하더라도 문중의 항의까지 받게 되어 작가들의 상상력이 제한된다. 이 소설은 사실과 허구를 적절하게 조합한 팩션이다. 영화 '왕의 남자'가 조선왕조실록에 나와 있는 한 줄의 기록으로 팩션을 만들어 냈다고 하여 화제가 된 일이 있었다. 그렇다면 이 영화의 99%는 허구이고 1%만이 사실이다. 이 소설은 그와 반대로 90%의 사실과 10%의 허구로 이루어져 있다.

　제1장의 검녀와 소응천의 이야기는 안석경의 삽교만록에 수록되어 있는

한문소설 〈劍女〉를 재구성한 것이다. 소응천(蘇凝天. 1704 1760)은 조선후기의 문장가로 호는 춘암(春庵)이다. 본관은 진주고 익산군 금마면 출신이다. 문명이 높고 서예에도 능했다. 성격이 호탕하여 벼슬에 뜻을 두지 않고 국내 명승지를 주유하며 음풍영월(吟風詠月)로 일생을 마쳤다. 호탕한 성격이어서 생전에 많은 일화를 남겼는데, 한문소설 검녀의 상대가 소응천인 것은 그가 호남의 저명한 문장가였기 때문에 지은이 안석경이 이름을 차용한 것이지 실제로는 소응천이 아니라고 생각된다.

선의왕후 어씨가 영조의 아들 효장 세자와 화순 옹주 등 네 명의 옹주 독살과 매흉 사건을 사주했다는 내용은 조선왕조실록에 기록이 없다. 그러나 일개 궁녀인 순정이 뚜렷한 동기도 없이 영조의 혈속을 모조리 제거하려고 했다는 영조의 고백은 믿기 어렵다. 순정의 단독범이 아니라 배후가 있을 것이라고 도승지 조현명이 의문을 제기한 것도 이 사건의 실체가 무엇인지 짐작케 한다. 그러나 실록은 실록이고 소설에서 선의왕후 어씨가 영조의 자식들을 독살하게 사주하거나 영조가 선의왕후 어씨를 독살하라는 밀지를 내리는 것은 작가의 상상력에 의한 픽션이다. 개연성이 있다고 하더라도 독자들의 오해가 없기를 바란다.

경종시대 3년에서 영조 집권 초기까지는 조선의 역사에서 가장 드라마틱한 시대였다. 드라마를 제작하는 방송국이 소재에 시달리면서 이 시기를 빠뜨린 것은 의아한 일이 아닐 수 없다.

검계 이영과 표철주는 조선시대에 실재했던 인물로 조선의 조직폭력배들이다. 이영은 실록에까지 등장하는 인물로 기득권층에 저항하는 천민을 대표한다. 반면 표철주는 광문자전에 등장하고 있다. 사람 잘 때리는 표망동이라고 불릴 정도로 검계로 명성을 떨쳤다. 역사에 기록되지는 않았으나 당시 사회상을 들여다볼 수 있는 인물이었기 때문에 소설의 주인공으로 내세웠다. 검계로 불리는 조직폭력배들 또한 조선시대를 살았던 인물이 아닌가. 이들을 통해 조선의 뒷골목 문화를 접하는 것도 흥미로운 일일 것이다.

조정에 등용되지 못한 서자들과 백정들, 겸인들이 서로 모여 계를 만드니, 혹은 살략계(殺掠契)라 하고, 혹은 홍동계(鬨動契)라 이르고, 혹은 검계라고도 불렀다. 밤에 남산에 올라 태평소를 불어서 군사를 모으는 것같이 하고, 혹은 중흥동(重興洞)에 모여 진법을 연습하는 것 같기도 하며, 혹은 피란하는 사람의 재물을 추격하여 탈취하기도 하여 간혹 인명을 살해하는 일까지 있었다. 또 청파(青坡) 근처에 살주계(殺主契)가 있었는데, 목내선의 종도 들어 있어 목내선이 즉시 잡아 죽였다. 좌우 포도청에서 7, 8명을 체포하여 그 계의 책자를 얻었는데, 그 약조에 '양반을 살육할 것, 부녀자를 겁탈할 것, 재물을 약탈할 것' 등이 있었고, 또 그 무리들이 모두 창포검을 차고 있었다. 우대장 신여철은 관대히 용서하는 경우가 많았고, 좌대장 이인하는 매우 엄하게 다스렸다. 적당들이 남대문 및 대간의 집에 방문(榜文)을 걸기를, '만약 우리를 모두 죽이지 못하면 종말에는 너희들 배에다 칼을 꽂고 말 것이다' 라고 하였다. 교하의 깊은 산골에 촌사람이 많이 모였는데, 어떤 한 사람이 말하기를, '장차 난리가 일어나면 우리도 양반을 아내로 삼을 수 있다' 하니, 숙수(熟手:요리사) 개천(開川)이란 자가 큰 소리로 말하기를, '양반의 음문은 심히 좋다는데 이제 얻을 수 있게 되었다' 고 하였다.

《국조보감(國朝寶鑑)》숙종조의 기록이다.

예나 지금이나 조직폭력배가 되는 것은 살아가기가 어렵기 때문이다. 그러나 이들을 단순한 조직폭력배로 그리는 것보다 양반에게 희생당한 민초들의 각박한 삶을 투영시키기 위한 도구로 활용했다.

김일경(소설에서는 김일중)은 영조를 죽을 때까지 임금으로 인정하지 않은 인물이다. 그는 영조에게 신이라는 말을 쓰지 않고 나라는 말을 써서 위관들과 영조를 놀라게 했다. 소론의 강경파인 김일경에게 영조에 대한 반감이 얼마나 뿌리 깊이 자리 잡고 있었는지 알 수 있는 대목이다. 이 소설에 등장하는 김일경에 대한 부분 역시 상당 부분 픽션이라는 사실을 말하고 싶다.

선의왕후 어씨는 불과 26세로 짧은 생애를 마쳤다. 그녀의 죽음은 발병한지 불과 이틀 만에 이루어졌고 죽을 때는 독약을 먹었을 때 나타나는 구역증이 나고 헛소리를 하고 소리를 내어 울었다. 그녀의 불행한 삶에는 풀리지 않은 역사의 미스테리가 숨어 있다.

역사소설의 주인공이 검계로까지 발전한 것은 그들을 통하여 조선의 사회사를 좀 더 세밀하게 살필 수 있기 때문이다.

독자들의 성원을 바란다.

책속부록 **숙종, 경종, 영조 시대의 붕당 조직도**

남인

희빈장씨 지지

조인성, 민암, 권대운,
목내선, 김덕원, 이봉징,
배정휘, 김태일, 이정,
채성윤, 심득원, 유명현,
이의징, 정유악, 목임일,
허목, 오정창, 이중환,
심관, 오광운

↔ 적대 관계

서인

인현왕후 지지

정귀주, 민유중, 김수홍
이명, 김수항, 김만중
김만기, 김석주, 오두인
박태보, 이세화

노론

세자 윤(경종) 지지

김일중, 최석항, 유봉휘,
이광좌, 조태구, 조태억,
목호룡

↔ 적대 관계

소론

연잉군 금(영조) 지지

이이명, 김창집, 조태채,
이건명, 한중혁, 김춘택,
장붕익, 김용택